ullstein

Das Buch

Zwischen diesen Buchdeckeln erwartet dich geballtes Philosophie-Wissen fürs stille Örtchen. Guck in die Badezimmer der großen Philosophen von Platon bis Wittgenstein, lerne den Unterschied zwischen Wahrheit und Weisheit und finde heraus, ob wir alle eigentlich in der Matrix leben oder die Zombie-Apokalypse unmittelbar bevorsteht.

Mit jeder Menge tollen Extras wie Philosophie-Bingo, Abschlusstest und Klugscheißer-Diplom!

Die Autoren

Konrad Clever ist das Pseudonym von Adam Fletcher und Lukas N.P. Egger.

Adam Fletcher, Jahrgang 1983, ist ein glatzköpfiger Engländer. Wenn er nicht gerade Bücher und Artikel schreibt, verbringt er seine Zeit damit, die Namen berühmter Philosophen grob falsch auszusprechen, sich am Bart zu kratzen und seine Wahlheimat Berlin unsicher zu machen. Er ist der Autor von »Denglish for Better Knowers« und »Make Me German«.

Lukas N.P. Egger, ebenfalls Jahrgang 1983, ist ein noch nicht glatzköpfiger Österreicher. Als Philosoph hätte er es sich nicht träumen lassen, jemals mit Büchern Geld zu verdienen. Stattdessen hat er sich simpleren Dingen zugewandt und arbeitet an der Entwicklung von künstlicher Intelligenz. Außerdem fragt er sich oft, warum so viele Dinge, die Spaß machen, entweder unmoralisch sind oder dick machen.

Konrad Clever

Klo-Philosoph

In 100 Sitzungen zum Klugscheißer

Aus dem Englischen von
Oliver Domzalski und Rainer Vollmar

Ullstein

Besuchen Sie uns im Internet:
www.ullstein-taschenbuch.de

Originalausgabe im Ullstein Taschenbuch
1. Auflage November 2015
3. Auflage 2016

Umschlaggestaltung und Coverillustration: Robert M. Schöne
Satz: Pinkuin Satz und Datentechnik, Berlin
Gesetzt aus der Skolar Latin
Druck und Bindearbeiten: CPI books GmbH, Leck
Printed in Germany
ISBN 978-3-548-37614-1

EINLEITUNG

IMMATRIKULATION

EIN BRIEF VON PROF. KONRAD CLEVER

Liebe (Klo-)Studentinnen, liebe (Klo-)Studenten, herzlich willkommen zu eurem ersten Tag in der Klo-Universität. Wie ich sehe, habt ihr schon Platz genommen, und wir können direkt anfangen. Wenn ihr euren Blick schweifen lasst, stellt ihr vermutlich fest, dass euer Seminarraum ganz anders aussieht als die Räume, in denen ihr bisher studiert habt – hier gibt es mehr Porzellan, mehr Comichefte und vielleicht hängt ein etwas unangenehmer Geruch im Raum. Kurzum, euer Seminarraum in der Klo-Universität ähnelt ziemlich stark einem bescheidenen Badezimmer. Aber keine Sorge, das ist durchaus Absicht …

Wusstet ihr, dass ihr im Verlauf eures Lebens mehr als ein Jahr, sieben Monate und fünfzehn Tage im Badezimmer verbringt? Volle 92 Tage davon sitzt ihr einfach nur auf dem Klo. Wäre es da nicht klug, diese zehn oder zwanzig Minuten pro Tag sinnvoll zu nutzen? Dann wäre das Klo nicht nur ein Ort der Erleichterung, sondern auch ein Ort der Erleuchtung. Man käme mit weniger Körpergewicht, aber mehr Gehirnmasse vom Klo zurück ins normale Leben.

Dies ist das hehre Ziel der Klo-Universität: kurze, aber scharfsinnige Wissensausbrüche. Ausgereifte Konzepte, die neu und spannend präsentiert werden, für alle, die sich nicht lange aufhalten, aber intellektuell gut versorgt werden wollen. Das Buch ist deshalb auch in »Sitzungen« aufgeteilt, die für die tägliche Lektüre auf dem Klo gedacht sind. Theoretisch muss man diese nicht in der vorgegebenen Reihenfolge lesen, in der Praxis empfiehlt es sich aber, die Sitzungen eines Kapitels nacheinander zu lesen, da diese von miteinander in Beziehung stehenden Konzepten handeln.

Wir beginnen mit der Philosophie; ihr haltet also das perfekte Buch für alle »Klugscheißer« in den Händen. Philosophie ist ein faszinierendes Thema, das normalerweise aber leider stinklangweilig präsentiert wird, indem die Denker wie Zootiere vorgeführt werden. *Hier haben wir einen Kant (1724 bis 1804) und hier einen Nietzsche (1844 bis 1900) - bitte nicht anfassen!* Aber natürlich gehen wir nicht in den Zoo, um uns inhaltlich korrekte, aber vor allem langweilige Schautafeln über Tiere durchzulesen. Wir wollen einen Affen beobachten, der mit Kacke nach Besuchern wirft, oder Nilpferde beim Sex ertappen. Wir wollen nicht endlos mit Fakten drangsaliert werden oder eine dröge Belehrung über uns ergehen lassen. Wir wollen spannende Geschichten und Action. Wir wollen wissen, welcher Philosoph Batman am ähnlichsten ist, welcher in einer Tonne lebte und wie man mit Hilfe der Philosophie attraktive Menschen auf Partys verführt.

All dies und noch viel mehr lernt ihr in den zwölf Kapiteln dieses Buchs, das mit dem Kapitel *Fragen und Antworten* beginnt und mit dem Kapitel *Wissenschaft und Paradigmen* endet. Danach gibt es dann noch unseren großen Abschlusstest, den ihr bestehen müsst, um euch als weltweit anerkannte (Klo-)Philosophen bezeichnen zu können. Natürlich kann dieses Buch kein jahrelanges Studium und keinen richtigen Uni-Abschluss ersetzen, aber es bietet einen unterhaltsamen Überblick. Die Weisheit in Löffeln. Das ultimative PISA-Wissen.

Vielleicht fragt ihr euch, warum ihr ausgerechnet mit Philosophie beginnen sollt, wo es doch so nützliche Wissensgebiete wie Ingenieurwesen, Jura, Informatik oder Feng-Shui gibt. Sind Philosophen nicht einfach nur alte weißhaarige Griechen oder Deutsche, die herumsitzen und über die Vergänglichkeit nachdenken? Hilft Philosophie euch wirklich, euer Leben zu verstehen?

Liebe (Klo-)Studentinnen und (Klo-)Studenten, die Philosophie ist die Lehre vom richtigen Lernen. Sie liefert euch die Grundlagen, auf denen ihr eure lebenslange geistige Weiterentwicklung aufbauen könnt. Bei der Philosophie geht es nicht um das Streben nach Antworten, sondern um das Ziel, bessere Fragen zu stellen. Wie schon Einstein sagte: Man kann Probleme nicht mit derselben Denkweise lösen, durch die sie entstanden sind. Philosophie wird euch helfen, alten Problemen mit neuen Sichtweisen zu begegnen.

Das bedeutet leider nicht, dass Philosophie immer funktioniert. Dazu eine Geschichte, die perfekt zeigt, was alles passieren kann: Ein junger Philosoph verliebte sich hoffnunglos in ein hübsches Mädchen, das aber kein Interesse zeigte und all seine Avancen zurückwies. Wie viele Philosophen konnte er am besten mit Worten arbeiten, daher entschloss er sich, ihr ein Jahr lang jeden Tag einen Liebesbrief zu schreiben. Mit der nötigen Hingabe und überzeugenden Argumenten würde er sie auf jeden Fall für sich gewinnen können. Ein Jahr lang schickte er ihr jeden Tag einen Liebesbrief, bis sie schließlich einwilligte und den Postboten heiratete.

Darum geht es, in aller Kürze, bei der Philosophie. Sie ist perfekt geeignet, um Probleme zu erkennen: »Ich liebe sie, und sie liebt mich (noch) nicht.« Sie verfolgt vornehme Ziele: »Mehr Liebe in der Welt.« Sie kann sogar hilfreich sein, Lösungen zu entwickeln: »Ich werde ihr meine Liebe mit wunderschönen Versen und klugen Argumenten beweisen, die sie umgarnen und unterhalten werden.« Die praktische Umsetzung bewirkt aber dann oftmals etwas ganz anderes, und die Briefe schaffen erst die Möglichkeit, sich mit dem gutaussehenden Postboten zu unterhalten. Sich mit Philosophie zu beschäftigen, um konkrete Alltagsprobleme zu lösen, ist genauso zielführend, wie Erzbischof zu werden, um mehr Frauen kennenzulernen. Philosophie stellt genau die Fragen, auf die es leider keine einfachen Antworten gibt. Der Philosoph fragt beispielsweise nicht, was es zum Mittagessen geben soll, sondern eher, ob es in Ordnung ist, Tiere zu töten, um sie zu verspeisen. Das ändert aber nichts daran, dass es höchst ehrenwert ist, nach den richtigen Antworten zu streben. Die Philosophie liefert keine Lösungen, und das ist auch nicht ihre Aufgabe. Stattdessen liegt ihre wahre Stärke darin begründet, dass sie neue Sichtweisen eröffnet und Verständnis verbreitet. Nun habt aber ihr die Chance, die Ideen und Überzeugungen der größten Denker kennenzulernen. Ich bin sicher, dass euch das gefallen wird …

Dr. K. Clever

Euer Prof. Dr. Konrad Clever

P.S.: Die Philosophie ist auch die einfachste Methode, bei anderen einen klugen Eindruck zu hinterlassen - ohne dass man höhere Mathematik können muss. Und wer versteht schon höhere Mathematik?

tl;dr: In den Abschnitten »too long, didn't read« fasse ich den Inhalt einer Sitzung zusammen oder mache Witze darüber. Da es sich bei diesem Buch ohnehin um ein einziges »zu lang, nicht gelesen« der westlichen Philosophie handelt, gibt es aber eigentlich keine Ausrede dafür, nicht den kompletten Text zu lesen …

SITZUNG 01

WAS GENAU IST PHILOSOPHIE (NICHT)?

Was fällt unter Philosophie, im Gegensatz zu anderen (und höchstwahrscheinlich besser bezahlten) Fachrichtungen?

tl;dr: *Wenn du keine Antwort findest, gibt es vermutlich auch keine, aber du hast dich dennoch gewinnbringend mit der Frage beschäftigt. Korrekt, existent, einfach – für die meisten Antworten gilt: Wähle zwei aus drei Eigenschaften. Freu dich! Du hast die Philosophie für dich entdeckt.*

SITZUNG 02

DIE KASSENSCHLAGER DER PHILOSOPHISCHEN MYTHEN

Seit der Urmensch auf die Sonne zeigte und »Ugg« sagte, sind wir damit beschäftigt, diese seltsame Welt zu verstehen, in die wir geboren werden. Zu Beginn versuchten wir es meist mit einer simplen Variante der immer gleichen Geschichte: 1. Nichts, 2. Gott, 3. Lustige Geschichte über den Ursprung der Welt (oft spielen in diesen Geschichten Einhörner, Drachen, Monster, Fluten, Halbgötter usw. mit), 4. Wir (und unsere Überlegenheit und Einzigartigkeit gegenüber allen anderen Lebewesen).

Diese Geschichten waren nett und praktisch, aber auch oft beliebig und komplett unlogisch. Immerhin nahmen sie uns etwas von dem Druck, die Welt nicht zu verstehen. Götter und andere Mythen kamen uns gerade recht. Wir konnten uns zurücklehnen und darauf vertrauen, dass jemand anders alles unter Kontrolle hatte und selbst absurde Ereignisse wie Krieg, Hungersnot, Politik oder Schokoladenfondue erklärbar wurden. Alles war Teil eines größeren »Entwurfs« mit tieferer Bedeutung, Mystik und spannenden Intrigen zwischen Göttern inklusive. Es gab nicht nur Chaos. Nachdem das Leben sich mit der Zeit aber als genauso chaotisch und beliebig erwies wie zuvor, verloren einige Querdenker das Vertrauen in diese Entwürfe. Vielleicht weil sie ihnen zu praktisch waren. Vielleicht auch, weil ihnen ihre Rolle als Querdenker gefiel. Oder weil sie einfach nicht begriffen, was an Schokoladenfondue so toll sein soll.

Vor etwa 2500 Jahren trafen sich diese Querdenker immer häufiger und begannen schließlich, ihre (oftmals häretischen) Theorien an die Öffentlichkeit zu tragen. Ihr Ziel war es, dogmatische Erklärungen, die behaupteten, sie hätten alles durchschaut, in Wirklichkeit aber nur sagten, »dass es eben so sei«, als solche zu überführen. Auf diese Weise gerieten solche Erklärungen in Verruf und so verschob sich allmählich der Blick von den Mythen, die die Welt erklären sollten, hin zum *Logos* (griech. *logos* = Sinn, Vernunft), womit unsere philosophischen

Querdenker den »durchdachten Diskurs« bezeichneten. Die Überzeugung reifte, dass es nicht deswegen blitzte, weil ein Gott einen schlechten Tag hatte oder wir mit einer schlechten Ernte bestraft wurden, wenn wir einem mystischen Meeresungeheuer nicht genug Sklaven opferten, sondern vernünftige Ursachen all dies erklären könnten. Es brauchte neue Sündenböcke: elektrostatische Energie. Unzureichende Bewässerung. Den Monsanto-Konzern. Wir lagen nicht immer richtig, aber wir probierten wenigstens andere Möglichkeiten aus. Wir fingen an, nach der Kausalität in unserer Welt zu suchen. Aktion. Reaktion. Ursache. Wirkung.

Plötzlich gab es viel nachzudenken. Da Kaufleute, Soldaten und Bauern bereits sinnvolle Tätigkeit ausübten, einigte man sich darauf, dass auch Menschen ohne praktische Fähigkeiten einer Arbeit nachgehen sollten. Professionelle Denker sozusagen (schließlich gab es im alten Griechenland noch keine Taxis). Sie waren zuständig für Fragen wie:

Epistemologie: Was können wir über die Welt wissen? *Welches Wissen können wir vortäuschen, um damit Geld zu verdienen?*

Metaphysik: Warum existiert die Welt überhaupt, und woraus besteht sie? *Und warum gibt es nicht mehr Kuchen?*

Ethik: Wie soll ich mich verhalten; was bedeutet es, ein guter Mensch zu sein? *Wie komme ich damit durch, wenn ich kein guter Mensch bin?*

Ästhetik: Was ist Schönheit? *Wie kann ich einen schönen Menschen davon überzeugen, mit mir Sex zu haben?*

tl;dr: Durch den Übergang vom Mythos (unterhaltsame Bettgeschichten) zum Logos (durchdachter Diskurs) als Methode zur Erklärung der Welt wurde der Beruf des professionellen Denkers, des Philosophen, erfunden. Glückwunsch, du bist auf dem besten Weg, einer zu werden.

SITZUNG
03

SPICKZETTEL FÜR PHILOSOPHINNEN UND PHILOSOPHEN

① **Gehirn**: Von nun an dein bester Freund und größter Feind!

② **Brille**: Selbst bei normaler Sehschärfe solltest du darüber nachdenken, dass ein Philosoph ohne Brille einem Swimmingpool ohne Wasser entspricht. Möglich, aber sinnlos.

③ **Bart**: siehe *Brille*. Ein Bart verleiht dir automatisch intellektuelles Gewicht. Als Frau solltest du dir überlegen, ob du dir einen künstlichen Bart zulegst.

④ **Mund**: Dafür da, um Dinge zu sagen wie: »Genau genommen ist dein Vorschlag nicht Gegenstand der Metasemantik, sondern der Metametasemantik.« Ein gutes Argument besteht aus drei Bestandteilen – Kohärenz, Vollständigkeit und ~~Korrektheit~~ einer Pointe.

⑤ **Entspannte Wichtigtuerei**: Als echter Philosoph musst du mit dem Widerspruch klarkommen, dass dein Tun extrem wichtig ist, aber von 99 Prozent der Menschheit komplett ignoriert wird.

⑥ **Notizblock**: Für manchmal mehr, meist aber weniger kluge Gedanken (und als Einkaufszettel).

⑦ **Jungfräulichkeit**: Optional. Ist aber vermutlich eine Gemeinsamkeit, die dich mit anderen Philosophen näher zusammenrücken lassen wird.

⑧ **Umhängetasche**: Darin kannst du deine Lektüre (Kicker, Brigitte, Harry Potter, Klo-Philosoph) herumtragen und sie in dem Einband eines todernsten und langweiligen Buchs eines lange verstorbenen Philosophen mit einem Titel wie »Summa theologica« verstecken.

⑨ **Beine**: Dafür da, um sie beim Sitzen übereinanderzuschlagen und davonzurennen, wenn man dich wegen Häresie auf dem Scheiterhaufen verbrennen will.

⓪ **Die sock(en)ratische Methode**: Du musst jederzeit alles hinterfragen (siehe Sitzung 4). Je unangenehmer du für andere bist, desto eher stehst du kurz vor dem entscheidenden Durchbruch.

KAPITEL 1

FRAGEN UND ANTWORTEN

Wieso sind Wolken fluffig?

WESHALB SIND FURZE UNSICHTBAR?

Warum sind Fische glitschig?

Warum laufen Nasen, während Füße riechen?

Wieso zahlt die Zahnfee für meine Milchzähne?

Weshalb sind wir noch nicht da?

WARUM SIND WIR DORTHIN UNTERWEGS?

Wieso gehen wir stattdessen nicht in den Park?

DARUM.

SITZUNG 04

DIE WEISHEIT DER NAIVITÄT

Die kleine Sarah geht zu ihrem Vater und fragt: »Papa, was ist eine Gesellschaft?«

Ihr Papa antwortet: »Das ist eine schwere Frage. Ich will es dir mal so erklären, meine Liebe. Ich bin der Ernährer der Familie, nennen wir mich also Kapitalismus. Mama ist diejenige, die für die Verwaltung des Geldes verantwortlich ist, sie ist die Regierung. Da wir für deine Bedürfnisse zuständig sind, bist du das Volk. Dein Kindermädchen hilft viel im Haushalt, bezeichnen wir sie als Arbeiterklasse. Und deinen kleinen Bruder nennen wir Zukunft. Und jetzt denk darüber nach, ob das alles einen Sinn ergibt.«

Danach geht Sarah ins Bett und denkt über die Worte ihres Vaters nach. Mitten in der Nacht hört sie, wie ihr kleiner Bruder schreit, worauf sie in sein Zimmer geht und feststellt, dass seine Windel voll ist. Sie geht ins Schlafzimmer der Eltern. Ihre Mutter schläft, und ihr Vater ist nicht da. Sie will ihre Mutter nicht wecken und geht daher zum Zimmer des Kindermädchens. Da dessen Tür verschlossen ist, klopft sie vorsichtig an, als sie keine Antwort bekommt, schaut sie durchs Schlüsselloch und sieht, wie ihr Vater mit dem Kindermädchen im Bett liegt.

Sie gibt auf und geht wieder ins Bett.

Am nächsten Morgen sagt sie zu ihrem Vater: »Papa, ich glaube, ich weiß jetzt, wie die Gesellschaft funktioniert.«

»Prima, Sarah, erklär es mir doch bitte.«

»Also, der Kapitalismus fickt die Arbeiterklasse, während die Regierung schläft, das Volk sich langweilt und ignoriert wird, und außerdem ist die Zukunft beschissen.«

Sind Kinder nicht großartig? Sie fragen immer danach, warum Klebstoff in der Tube nicht klebt, wie die Sonne funktioniert und warum Pinguine nicht frieren, obwohl sie den ganzen Tag ohne Schuhe in der Kälte herumstehen. Ihr unstillbarer Wissensdurst kann auf jeden Fall zu einem trockenen Hals und einer heiseren Stimme führen, während man versucht, seine eigenen Wissenslücken tapfer zu verbergen.

Was aber, wenn es ihnen bei ihrer Fragerei gar nicht um sie selbst geht? Wenn es sich nur um einen selbstlosen Akt handelt, um uns zu zeigen, wie wenig wir wissen? Wie viele Ideen falsch sind? Wie viele Annahmen unbewiesen? In vielen Fällen imitieren sie mit ihren unendlichen Fragen, die sie anschließend zur Sicherheit noch einige Male wiederholen, lediglich den Fragestil eines der größten Philosophen aller Zeiten: Sokrates.

tl;dr: *Fragen zu stellen ist einfacher, als sie zu beantworten, und wenn man glaubt, etwas kapiert zu haben, liegt man erwiesenermaßen falsch. Außerdem sind Kinder klüger und oft hinterhältiger, als man denkt.*

»NUR NOCH EINE FRAGE« ODER: DIE SOKRATISCHE METHODE

Oft denken Menschen, sie wüssten etwas, aber wenn man unschuldig nachfragt, kommt man schnell darauf, dass dies gar nicht der Fall ist. Dieses Nichtwissen fühlt sich für den anderen oft blamabel an, wenngleich Sokrates dies überhaupt nicht so sah. Sein Ausspruch »Ich weiß, dass ich nichts weiß« ist berühmt geworden. Seine Technik, andere Leute wie Columbo auszufragen und ihnen damit zu zeigen, wie wenig sie in Wirklichkeit wissen, nennt man die sokratische Methode. Sie funktioniert etwa so:

1. Suche nach einem Satz, mit dem du das Argument deines Gesprächspartners zusammenfasst: »Du meinst also, die Antwort sei X?«

2. Schätze die Auswirkungen dieses Satzes genau ein, und achte auf Ausnahmen und Hintertürchen.

3. Anschließend überträgst du die Beweislast auf deinen Gesprächspartner, indem du das Hintertürchen

als Frage verpackst: »Gut, ich nehme also an … was du gesagt hast … wenn ich es richtig verstanden habe … und vermutlich ist mir das nicht gelungen, weil ich dumm bin … die Antwort ist X, wenn sie nicht ausnahmsweise Y lautet, oder?«

4. Gib ihm die Chance, einen Ausweg zu finden. Fast immer wird eine spontane Erklärung dazu führen, dass sich dein Gegenüber noch tiefer in das Problem verstrickt. Verheiratete Paare erheben dies teilweise zur Kunstform.

5. Wiederhole diese Schritte, bis du an den Punkt gekommen bist, an dem dein Gegner seinem ursprünglichen Argument widerspricht oder zugibt, dass es keinen Sinn ergibt.

6. Schaue verdutzt und harmlos wie jemand, der nicht weiß, warum der andere jetzt so dumm aus der Wäsche guckt. Sollte dein Gegenüber jedoch versuchen, offenkundige Widersprüche zu ignorieren, darfst du gerne darauf herumreiten.

Dies ist eine Technik, bei der ein Lehrer keine Informationen preisgibt, sondern lediglich ein paar Fragen stellt, die den Schüler entweder zur richtigen Antwort, oder - was viel wahrscheinlicher ist - dazu führt, ihm die Grenzen seines Wissens aufzeigen.

Vor allem wenn der Lehrer wie Sokrates so tut, als wüsste er nicht mehr als der Schüler, fühlt sich diese Technik für denjenigen, an dem sie erprobt wird, vermutlich nicht besonders angenehm an. Dabei wird aber ein hehres Ziel verfolgt, für das sich der Aufwand lohnt. Die Technik bringt den Schüler dazu, sich von falschen Annahmen zu lösen und sich der Wahrheit anzunähern. Leider brachte sie Sokrates aber vor allem immer wieder Ärger.

tl;dr: *Mit Fakten kann man andere Leute und deren Meinungen leicht verwirren. Die sokratische Methode ist eine einfache Fragetechnik, mit der man gut herauskitzeln kann, was andere denken. Gelingt dies nicht, bringt man sie wenigstens komplett durcheinander.*

PHILOSOPHIE ALS SCHAUBILD

SITZUNG 05

Der Weg zur Antwort

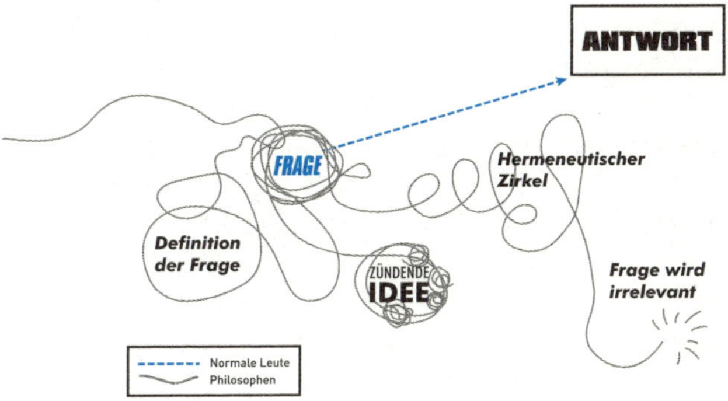

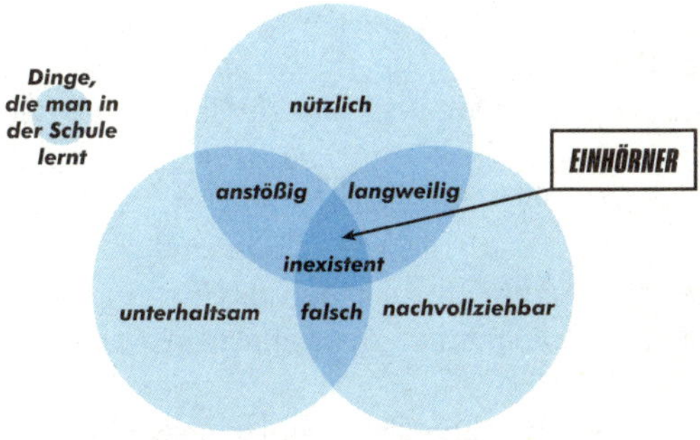

tl;dr: *Der kürzeste Weg zwischen zwei Punkten ist eine Gerade. Dies gilt nicht für Philosophen, denn die nehmen den schönsten Weg ins Nirgendwo.*

SITZUNG
06

FAKTENSAMMLUNG SOKRATES

Nationalität:	Griechenland
Zeitraum:	469 bis 399 v. Chr.
Einfluss:	■■■■■■■■■□
Groupies:	Platon, Aristoteles, Xenophon, kleine Kinder, Talkshow-Moderatoren

Beste Idee Die sokratische Methode, bei der man jemandem klarmacht, dass sein Wissen meist nur Meinung ohne Fundament ist und man Fragen wie Abrissbirnen schwenken kann. Es gilt als relativ sicher, dass Sokrates der Erfinder der falschen Bescheidenheit war.

Anekdote Oft wird Sokrates als intellektueller Superheld dargestellt, dem weder psychisch noch physisch etwas aus der Fassung bringen konnte. Selbst als er im Gefängnis auf die Vollstreckung der Todesstrafe wartete, war Sokrates quietschfidel und positiv gestimmt. Als er den Schierlingsbecher an seinen Mund führte, brach seine Frau Xanthippe in Tränen aus und beklagte bitter die Grausamkeit, dass er unschuldig sterben müsse. Sokrates schaute sie an und antwortete launig: »Wäre es dir lieber, ich würde zu Recht verurteilt?«

Zitate

»Die einzig wahre Weisheit besteht darin, zu wissen, dass man nichts weiß.«
– *Und sich nicht weiter darum zu scheren.*

»Es ist besser, Unrecht zu leiden als Unrecht zu tun.«
– *In jedem Fall sollte man Sympathiepunkte bei Zeugen sammeln.*

»Ein ungeprüftes Leben ist nicht lebenswert.«
– *Aber das gut überprüfte Leben führt zu hohen Arztrechnungen.*

SEIN BADEZIMMER

① Stock: Sokrates nahm häufig einen Stock auf seine Spaziergänge mit, um andere einzuschüchtern.
② Schierlingsbecher: Wegen seiner radikalen Gedanken und seines streitsüchtigen Verhaltens kam Sokrates vor Gericht. Zur Strafe musste er aus dem Schierlingsbecher trinken.
③ Voller Nachttopf
④ Niedrige Armaturen: Sokrates war klein und untersetzt, und er hatte unterlaufene Augen und eine Himmelfahrtsnase.
⑤ Stein: Bevor er sein Einkommen als Lehrer hatte, verdiente Sokrates seinen Lebensunterhalt als Steinmetz.
⑥ Stoßlanze: Sokrates diente als sogenannter Hoplit bei der bewaffneten Infanterie und trug während dreier Feldzüge Schild, Stoßlanze und Helm.
⑦ Fragezeichen-Poster: Er liebte Fragen.
⑧ Figur in der Popkultur: Columbo. Wie Sokrates ist auch der legendäre Ermittler aus L.A. klein, trägt schäbige Klamotten und macht einen ungepflegten Eindruck. Beide hatten eine ähnlich brilliante und wissbegierige Art, den Leuten Fragen zu stellen. Anstatt ihre Intelligenz zu betonen, stellten sie sich gerne dumm.

SITZUNG 07

FRAGEN AN DEN FRAGENSTELLER SOKRATES

Wie, ihr wollt, dass ich die Kummerkastentante spiele? Ich? Der berühmte Sokrates? Das ist schon ein wenig ironisch, da von mir Sätze stammen wie »Ich kann niemandem etwas beibringen, ich kann ihn nur zum Nachdenken bringen«. Versuchen wir es halt. Da ich aus Prinzip kein Geld für meine Arbeit nehme, passt das ja perfekt zu den Hungerlöhnen, die Autoren heutzutage bekommen.

Frage: *Ich bin jetzt seit fünfzehn Jahren mit meiner Freundin zusammen und ihre Familie drängt auf Heirat. Was soll ich tun?* – **Robert aus Pirna**

Antwort: *Auf jeden Fall heiraten: Ist sie eine gute Ehefrau, wirst du glücklich; ist sie eine schlechte, wirst du Philosoph – ist sie so lala, wirst du vermutlich Beamter.*

Frage: *Sokrates, ich habe einen festen Freund, der weniger als du trinkt, und dennoch muss ich dauernd an einen Arbeitskollegen denken. Was soll ich tun?*
– **Susann aus Leipzig**

Antwort: *Das Leben besteht aus zwei Tragödien. Die eine besteht darin, dass die Sehnsucht nicht erfüllt wird, die andere darin, dass sie erfüllt wird. Wer nicht mit dem zufrieden ist, was er hat, wird auch nicht mit dem zufrieden sein, was er gern hätte.*

Hm, kompliziert. Vielleicht ein Dreier?

Frage: *Hallo Sokrates, ich bin ein großer Fan von dir! Ich habe in meiner Stammkneipe deine sokratische Methode angewandt, aber die Konsequenzen waren verheerend. Viermal wurde ich geschlagen, und einmal schüttete man mir ein Bier über den Kopf. Was mache ich falsch?*
– **Tim aus Wolfsburg**

Antwort: *Wie kommst du darauf, dass du etwas falsch gemacht hast?*

Frage: *... na ja, alle hassen mich. Ich versuche, ihnen ihre Denkfehler aufzuzeigen, aber sie wollen nichts dazulernen.*

Antwort: *Niemand möchte etwas dazulernen. Die beste Methode, einer anderen Person etwas beizubringen, besteht darin, den anderen nicht merken zu lassen, dass er der Schüler ist.*

Frage: *... Okay, aber warum muss deine Methode dann so nervig sein?*

Antwort: *Nun, der Lehrer muss ja auch ein bisschen was davon haben, oder?*

tl;dr: *Wegen seiner völlig unvoreingenommenen Art wäre Sokrates eine optimale Kummerkastentante gewesen. Zumindest für die Leser, wohl weniger für die Ratsuchenden.*

MOTZ DEIN WISSEN AUF

SITZUNG 08

Meistens legen wir unseren Fokus nur auf Antworten, aber tatsächlich offenbaren Fragen oft mehr als die dazu gehörigen Antworten. Händler, Politiker und Diplomaten sind darin geübt, grundsätzlich keine Antworten zu geben bzw. ihre Antworten an die Erwartungen ihrer Zuhörer anzupassen. Die meisten Menschen bluffen aber tatsächlich nur mit Antworten und vergessen, dass sie ihre echten Interessen über ihre Fragen verraten. Ein guter Klo-Philosoph sollte sich daher nicht nur auf die Antworten konzentrieren, sondern auch darauf achten, welche Fragen gestellt wurden und vor allem welche *nicht* gestellt wurden!

Im Idealfall ist eine Frage der Ausgangspunkt für neues Wissen. Wissen ist aber nicht gleich Wissen. Vielmehr gibt es vier Kategorien von Wissen:

1. **Bekanntes Wissen.** Wird traditionell für Wissen gehalten. »Ich weiß, dass ich weiß, wie alt ich bin, und wünschte mir, meine Partnerin wäre zehn Jahre jünger.«

2. **Bekanntes Nichtwissen.** Negatives Wissen war der Aspekt des Wissens, auf den Sokrates am meisten stolz war. »Ich weiß, dass ich die Hauptstadt von Uganda nicht kenne.«

3. **Unbekanntes Wissen.** Vermutungen, von denen wir entweder behaupten, dass wir sie nicht wissen, oder die noch nicht überprüft wurden. »Natürlich wäre ich ein genauso guter Schauspieler wie Brad Pitt.« In diese Kategorie fallen auch Glaube und Aberglaube.

4. **Unbekanntes Nichtwissen.** Wahre Ignoranz bedeutet nicht nur, etwas nicht zu wissen, sondern

nicht zu wissen, dass man etwas nicht weiß. Diesen Teil des Wissens kann man sich nicht aneignen, da einem gar nicht bewusst ist, dass er einem fehlt. »Ich wusste nicht, dass meine Frau mit unserem Steuerberater durchbrennt. Hätte ich es gewusst, hätte ich meine Steuererklärung selbst gemacht.«

Es gibt aber nicht nur diese vier Kategorien des Wissens, sondern obendrein zwei verschiedene Arten, *wie* man wissen kann:

A. Wissen, *dass* (Fakten): »Ich weiß, dass steile Treppen gefährlich für Betrunkene sind.«

B. Wissen, *wie* (Methoden): »Ich weiß, wie ich einen Arzt rufen kann, der meine schmerzenden Prellungen behandeln kann.«

Die Debatte darüber, ob »Wissen, dass« wichtiger als »Wissen, wie« ist oder andersrum und ob es sich wirklich um verschiedene Arten oder nur um dasselbe Wissen in leicht unterschiedlicher Ausführung handelt, hält an.

tl;dr: *Das gefährlichste Wissen ist unbekanntes Nichtwissen, da es sich um kognitive Blindflüge handelt. Man kann sich auch nicht herausreden, wenn es um Schwerkraft geht, der Fall über die Treppen ist unabhängig von einem Dass oder Wie und der Aufprall absolut sicher.*

WIE LAUTETE DIE FRAGE NOCH MAL?

SITZUNG 09

Es kann schlimme Folgen haben, wenn man von der Richtigkeit einer Antwort oder Lösung so überzeugt ist, dass man gar nicht mehr darauf achtet, ob sie überhaupt noch zur Frage oder Aufgabe passt. Denkt an WALL-E aus dem gleichnamigen Pixar Film. WALL-E ist ein kleiner Roboter, dessen Aufgabe darin bestand, die Erde aufzuräumen. Er machte auch noch sauber, als die Erde schon längst verlassen und außer ihm (und seinem einzigen Freund, einer Kakerlake) keiner mehr da war. Außerdem gab es so viel Müll, dass er seine Aufgabe unmöglich erfüllen konnte. Dennoch konzentrierte er sich weiterhin voll und ganz auf seine Aufgabe und merkte dabei gar nicht, dass die Schlacht längst verloren war. Wie WALL-E kann auch eine Gesellschaft wie die unsere so mit ihren eigenen Antworten beschäftigt sein, dass sie sich gar nicht mehr die ursprüngliche Frage stellt oder den Sinn der Aufgabe anzweifelt. In dem Fall handelt es sich nur mehr um eine leere Doktrin.

Diese Lektion kann man in E.F. Schumachers einflussreichem Buch »Small is beautiful. Die Rückkehr zum menschlichen Maß« lernen.[1] Danach ist es ein Fehler, beispielsweise das Bruttoinlandsprodukt zum Zentrum der Gesellschaft zu erklären. Unser Glaube an das Wirtschaftswachstum (oder Gigantismus, wie er es nannte) ist das perfekte Beispiel einer außer Kontrolle geratenen, sich verselbständigenden Antwort. Sie führt dazu, dass wir meinen, wir könnten unsere natürlichen Ressourcen hemmungslos verschwenden, obwohl sie unser wichtigstes Kapital sind. Ressourcen sind einmalige Geschenke. Sind sie weg, sind sie wirklich weg, und man kann sich bei keinem Manager darüber beklagen. Schaut man sich die Natur an, gibt es laut Schumacher gar nicht so viel Wachstum. Stattdessen findet man umso mehr Balance und Ein-

1 Ich bin sicher, dass Schumacher sich nicht auf Bankkonten, IQs und Genitalien bezog.

SITZUNG 11

DIE WAHRHEIT? VERGISS SIE …

Warum ist der Ruf der Wahrheit so lange makellos geblieben, obwohl es so viele Enttäuschungen gab? Heutzutage lachen wir über Leute, die die Erde für eine Scheibe hielten oder glaubten, ein Porträt oder ein Foto würde ihnen ihre Seele rauben. Was sie für Wahrheit hielten, sind aus heutiger Sicht nur noch lächerliche Vorstellungen und Irrtümer. Die Frage lautet daher, warum tun wir immer noch so, als wüssten wir etwas, obwohl wir aus der Erfahrung lernen könnten, dass heutige Wahrheiten die schenkelklopfenden Witze zukünftiger Generationen sein werden?

Vielleicht liegt es an der Wahrheit selbst! Die Wahrheit ist ein so vielversprechendes, so wünschenswertes Konzept, dass man sich nicht davon trennen möchte. Eine trügerische und gleichermaßen flüchtige Wonne, ein Versprechen, unseren grundlegenden menschlichen Mängeln entkommen zu können. Wir Menschen sind vergänglich, die Wahrheit währt ewig; wir haben Fehler, sie ist unumstößlich. Wahrheit ist das exakte Gegenteil all unserer existentiellen Unzulänglichkeiten, die wir als bewusste und sterbliche Wesen empfinden. Finden wir die Wahrheit – verstehen wir also, wie etwas wirklich ist oder funktioniert –, schenkt uns das nicht nur Einsicht, sondern es gibt uns auch das Gefühl, unsere eigenen Grenzen und Mängel überwunden zu haben. So gesehen könnte Wahrheit auch ein psychologischer Trick sein, mit dem wir uns selbst hereinlegen. Konfrontiert mit unseren Unzulänglichkeiten, verkehren wir diese einfach ins Gegenteil und idealisieren sie in dieser neuen Form. Wir haben unsere Grenzen, die Wahrheit ist absolut. Verehren wir die Wahrheit, verehren wir unsere eigenen, getarnten Mängel.

Wie das Rezept für die perfekte Kindererziehung entgleitet uns aber auch die Wahrheit immerzu. Alles muss nach einer gewissen Zeit erneut auf den Prüfstand. Häufig besteht dann der einzige Unterschied zwischen Wahrheit und Irrtum in dem Zeitraum, der in der Zwischenzeit vergangen ist. Und je sicherer uns etwas einst erschien, umso verwirrender ist es, wenn die vermeintliche Gewissheit sich als weiterer Mythos oder kognitive Verirrung entpuppt.

Wir sollten deshalb versuchen, unsere Vorstellungen von *Wahrheit, Antworten* und *Wissen* aufzugeben. Sie führen nur dazu, dass man nicht weiterkommt. Wer Wahrheiten verkauft, verkauft in der Regel nur interessante Geschichten mit einer schönen Verpackung im monatlichen Abo zu überhöhten Preisen. Man sollte nichts zu ernst nehmen[2], und schon gar nicht so ernste Dinge wie die Philosophie. Wahrheit hört sich gut an, in Wirklichkeit ist sie aber ein unerreichbarer Zustand. Wie zum Beispiel durch das Münchhausen-Trilemma aufgezeigt wird ...

tl;dr: *Meist ist Wahrheit nur eine schöne Illusion. Und wir fahren besser damit, sie nicht allzu ernst zu nehmen. Fragen sind sowieso viel interessanter als Antworten.*

DIE WAHRHEIT ÜBER DAS MÜNCHHAUSEN-TRILEMMA

SITZUNG 12

Der Philosoph Hans Albert entwickelte das Münchhausen-Trilemma, um zu erklären, warum es für die Begründung einer Wahrheit keinen Beweis geben kann. Er zeigte auf, dass Annahmen, die einen Wahrheitsanspruch erheben, immer an einem von drei Problemen scheitern, wenn man sie logisch zu Ende denkt – Ungesicherte Annahme, Infiniter Regress oder Zirkelschluss.

Problem 1 – Ungesicherte Annahme.
Auch Dogma genannt. Dabei handelt es sich um eine Aussage, für die keine Rechtfertigung mehr gegeben wird. *»X ist richtig, weil das eben so ist!«*

2 Außer den Termin für die Steuererklärung. Den schon!

Deutliche Anzeichen, dass man bei der Wahrheitssuche am absoluten Tiefpunkt angekommen ist, sind Formulierungen wie »Jeder weiß das« oder »Das ist doch klar!« Dieses Berufen auf den »gesunden Menschenverstand« oder »offensichtliche Wahrheiten« (auch sogenanntes Weltwissen) offenbart nie etwas Neues, vielmehr erreicht man damit nur, dass das Gespräch abbricht, bevor jemand etwas sagt, das niemand hören möchte.

Problem 2 – Infiniter Regress.
Die Prämisse beruft sich ständig auf neue Prämissen, immer und immer weiter: »*X stimmt, wenn wir W beweisen, und wir können W beweisen, wenn wir V beweisen, und wir können V beweisen, wenn wir U beweisen.*«

Problem 3 – Zirkelschluss.
Die Prämisse rechtfertigt sich selbst. Die Bibel ist das Wort Gottes. Das wurde uns von Gott in der Bibel mitgeteilt. »*X ist wegen Y wahr, und Y ist wegen X wahr.*«

Das Trilemma ist nach dem berühmten Aufschneider Baron Münchhausen benannt, der sich nach eigenen Angaben an seinen Haaren aus dem Sumpf zog. Suchen wir nach Antworten auf die großen Fragen des Lebens, nach unumstößlichen Wahrheiten, geraten wir früher oder später in Münchhausens Lage. Es gibt keinen neutralen Ort, an dem wir uns aufhalten können, um Wahrheiten zu begründen, und keine Distanz von unserer Subjektivität. Wir versinken im Sumpf unserer eigenen Ansichten, wenn wir versuchen, uns am eigenen Schopf herauszuziehen. Das mag furchtbar klingen, weil es scheinbar den Nutzen der Philosophie untergräbt. In Wirklichkeit ist es aber gar nicht so schlimm. Im Unterschied zu Vertretern anderer Disziplinen habt ihr als Klo-Philosophen schon die Grenzen eurer individuellen Unwissenheit akzeptiert. Ihr seid ehrlich zu euch. Ihr schafft es, die irrtümliche Annahme, ihr könntet etwas wissen, gegen die Sicherheit eintauschen, dass ihr zumindest nichts glaubt, was einfach nicht sein kann.

tl;dr: *Alle Aussagen, die einen Wahrheitsanspruch erheben, stoßen auf eines von drei Problemen, wenn man sie zu ihrem logischen Schluss führt – Ungesicherte Annahme, Infiniter Regress oder Zirkelschluss. Nichtsdestotrotz wirst du häufig Aussagen begegnen, die den Ritt auf der Kanonenkugel wagen und versuchen damit zu überzeugen, dass sie sich vermeintlich am eigenen Schopfe aus den sprachlichen Untiefen der Argumentation ziehen können.*

KAPITEL 2

WAHRHEIT UND KORRESPONDENZ

SITZUNG 13

DIE RTL II - HÖHLE

Stell dir vor, du wärst deinen Eltern direkt nach der Geburt weggenommen und in einen Raum mit zwei anderen Babys gesteckt worden. Grundlegende Bedürfnisse wie Wasser, Bewegung, Windeln, Liebe und Schokokekse kommen in dieser imaginären Welt nicht vor. Du bist ein extrem pflegeleichtes Individuum, das sich einfach seines Lebens freut.

In dem Raum befinden sich ein Sofa und ein Fernseher. Du verbringst die ersten 18 Jahre deines Lebens in diesem Raum. Der Fernseher läuft 24 Stunden am Tag. Der einzige Kanal, den es gibt, ist RTL II. Du nennst ihn »Ugg«, und er ist deine Sicht der Realität. So vergehen fast zwei Jahrzehnte.

Was glaubst du, wie du die Welt wahrnehmen würdest, wenn du sie nur durch das Fernsehen erleben könntest? Was hätten dir »Frauentausch« und »Berlin Tag & Nacht« über die Menschheit beigebracht?

Irgendwann gelingt es dir, den Raum zu verlassen, und du betrittst mit aller Vorsicht die »reale Welt«. Zunächst bist du völlig überwältigt, doch mit der Zeit passt du dich an. Du erkennst, dass die Welt, die dir »Ugg« präsentierte, nur die Fernsehvariante der Realität war. Das Fernsehen lieferte dir nur eine Nuance des riesigen Spektrums, das echtes Leben ausmacht.

Du fragst dich, ob du zu deinen Mitgefangenen zurückkehren und ihnen von deinen Entdeckungen erzählen sollst. Was würdest du ihnen über die Welt außerhalb ihres Raums erzählen? Kann man jemandem überhaupt etwas erklären, von dem er nicht einmal den Ansatz einer Vorstellung hat? Ist es nicht so, als würde man einem Blinden die Farbe Blau erklären?

Du kehrst in den Raum zurück. Du findest deine Mitbewohner so vor, wie du sie verlassen hast, offensichtlich haben sie gar nicht bemerkt, dass du weg warst. »Das da ist gar kein echtes Auto. Das ist nur das TV-Abbild eines Autos«, rufst du ihnen während einer Dokusoap zu.

»Wovon redest du da?«, lautet die Antwort.

»Von der Realität!«

»*Dies* ist die Realität«, antworten sie und zeigen auf *Ugg*.

»Nein. Das ist nur ein Abbild der Realität. Alles Schwindel. Ich habe die Realität gesehen«, sagst du mit Nachdruck.

»Halt's Maul«, schnauzt dich der eine an, und der andere: »Du bist einfach nur ein Lügner.« Die beiden kommen auf dich zu und stoßen dich vor die Brust. Im Raum herrscht erstmals seit 18 Jahren aggressive Stimmung.

Du würdest weiterstreiten, aber in dem Moment beginnt eine Folge von »Köln 50667« und du setzt dich zu den anderen und siehst zu.

tl;dr: *Was wüsstest du von der Realität, wenn du dein ganzes Leben in einem Raum eingesperrt wärst, in dem sich nur ein Fernseher befindet? Und gibt es das Stockholm-Syndrom auch in Extremfällen wie Reality-TV?*

PLATONS (UN)GERECHTFERTIGTE WAHRE MEINUNGEN

Die RTL II-Höhle ist eine moderne Version einer Allegorie, die als Platons Höhlengleichnis bekannt ist. Wohingegen der Ausdruck »RTL II-Hölle« keine Allegorie, sondern eine Tatsachenbeschreibung wäre. Platon war davon überzeugt, dass es neben unserer normalen Welt auch noch eine »echte« und »wahre« Welt gibt. In unserer normalen, mangelhaften Welt sind wir quasi Gefangene in einer Höhle, die nur die Schatten des realen Geschehens zeigt. Wir kennen nur die Abbilder, die reine und ideale Welt ist uns verschlossen.

Durch rationales Denken ermöglicht uns die Philosophie, aus der Höhle auszubrechen und die wahre, ideale Welt der reinen Ideen wahrzunehmen. Platons Höhlengleichnis gilt als Eckpfeiler seiner Philosophie. Platon nutzte das Höhlengleichnis, um den Anspruch der Vernunft bzw. der Philosophie zu erklären. Nach Platon führt der einzige Weg aus der Höhle über die Vernunft. In seiner Allegorie steht die Sonne für die Vernunft. Sie erleuchtet die reale Welt und bietet jedem (zumindest jedem Philosophen) die Möglichkeit, aus der Höhle zu entkommen und zu verstehen, wie die Welt wirklich funktioniert.

Anstatt sich auf Mythen und Dogmen zu verlassen, begründet man seine Aussagen auf »gerechtfertigten, wahren Meinungen«. Das funktioniert so: Man kann sagen, dass A *weiß*, dass B *wahr* ist, wenn drei Bedingungen erfüllt sind:

1. B *ist* wahr – Man kann nur etwas wissen, das auch tatsächlich der Fall ist.

2. A *glaubt*, dass B wahr ist – Man kann nur wissen, woran man auch glaubt.

3. Es ist *gerechtfertigt*, dass A glaubt, dass B wahr ist – Wissen ist keine Vermutung, sondern man braucht Gründe für die eigene Überzeugung.

Die Philosophen schätzten Platons Konzept von gerechtfertigter, wahrer Meinung so sehr, dass es zwei Jahrtausende lang das Nonplusultra in der Philosophie war und Licht in die dunkle Höhle brachte, die unsere Existenz ohne Bildung wäre.

tl;dr: *Platon war der Überzeugung, dass der Naturzustand des Menschen mit dem Leben in einer Höhle vergleichbar ist. Statt der Wahrheit sehen wir nur Abbilder an der Wand unserer subjektiven Wahrnehmung. Der sicherste Ausweg aus der Höhle ist, sich der Vernunft zu bedienen und dafür zu sorgen, dass unsere Annahmen über die Welt wahr und gerechtfertigt sind. Geht dies nicht, sollte man zumindest versuchen, mit geführten Touren durch die Höhle Geld zu verdienen.*

SITZUNG
14

GARANTIERT ECHTES FILMPLAKAT

FAKTENSAMMLUNG PLATON

Nationalität:	Griechenland
Zeitraum:	428 bis 347 v. Chr.
Einfluss:	■■■■■■■■□□
Groupies:	Aristoteles, Plotin, Augustinus

SITZUNG 15

Beste Idee Die Ideenlehre. Aus seiner Sicht bestand die für uns sichtbare Welt aus Schattenbildern der Realität. Ein Stuhl ist daher mit der Idee eines perfekten Stuhls verknüpft, aber dieser perfekte Stuhl ist kein Teil unserer Welt, sondern der Welt der Ideen. Die Welt der reinen, immateriellen und abstrakten Form ist eine andere als unsere Welt, aber dennoch real. Die Welt der Ideen kann man nicht mit den Sinnen wahrnehmen, da diese sehr irreführend sein können. Wir können sie nur durch rationales Denken erkennen.

Anekdote Platon versuchte, eine Definition für den Menschen zu liefern. Er stellte die Theorie auf, dass der Mensch am besten als Tier ohne Federn, das auf zwei Beinen geht, definiert werden könnte. Als Diogenes das hörte, ging er sofort zum Markt, um einen Hahn zu kaufen. Dem rupfte er die Federn aus und rief triumphierend aus: »*Hier ist dein Mensch, Platon!*« Dieser war aber eher ein Mann der Prinzipien als des Humors. Er widerrief seine Definition nicht, sondern er erweiterte sie lediglich um »*... und mit flachen Nägeln.*«

Zitate »Die größte Strafe aber ist, von Schlechteren regiert zu werden, wenn einer nicht selbst regieren will.« – *90 Prozent der Politiker sorgen dafür, dass die anderen 10 Prozent einen schlechten Ruf haben.*

»Weise reden, weil sie etwas zu sagen haben; Dummköpfe sagen etwas, weil sie reden müssen.« – *Reden ist Silber, Schweigen ist Gold, soziale Netzwerke sind Platin.*

»Liebe ist eine schwere Geisteskrankheit.« – *Schizophrenie in den Lenden.*

SEIN BADEZIMMER

① Doktorhut: 388 v. Chr. gründete Platon seine eigene Schule, die Akademie.
② Reiseführer: Er reiste viel.
③ Sportdress: Er war Ringer.
④ Geld: Er stammte aus einer sehr reichen Familie.
⑤ Federkiel: Platon war auch Dramatiker und steuerte einen wichtigen Teil der griechischen Literatur bei.
⑥ Figur in der Popkultur: Yoda. Wie der gute alte verschrumpelte Yoda wurde auch Platon von seinen Freunden für einen der klügsten Köpfe gehalten und häufig um seine Einsichten gebeten. Dies ist umso faszinierender, da man von keinem der beiden behaupten kann, er hätte sich klar und prägnant ausgedrückt. Ironischerweise schickte Yoda Luke Skywalker in eine Höhle, damit er sich Wissen aneignete, während Platon uns alle aus der Höhle heraushaben möchte, um die reale Welt erkennen zu können.

tl;dr: *Platon war ein Schüler von Sokrates und schuf das Fundament der westlichen Philosophie. Er ähnelt ein wenig Yoda. Er war ein alter Weiser mit viel Einfluss.*

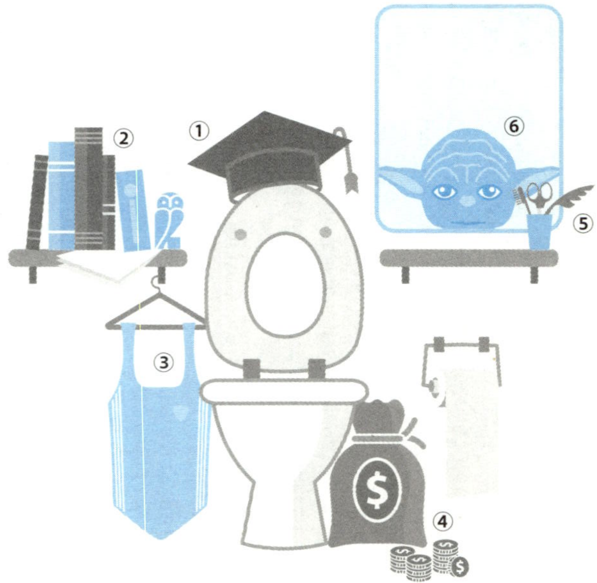

DER RICHTIGE WEG ZUM FALSCHEN

SITZUNG 16

Es ist ein heißer Tag, und du gehst in den Kiosk nebenan, um dir ein Eis zu kaufen. Beim Hinausgehen hörst du eine Frau schreien, und als du die Straße betrittst, rennt ein junger Mann mit Bart, einer schwarzen Sonnenbrille und einem blauen T-Shirt an dir vorbei. Du wendest dich nach rechts und siehst eine ältere Frau, die auf der Straße liegt und hysterisch um Hilfe schreit. Du rennst zu ihr hin, auch andere kommen zu Hilfe. Sie erzählt, dass ihr ein junger Mann in einem blauen T-Shirt die Handtasche gestohlen habe.

Zwei Minuten später stehen zwei Polizeiwagen vor dem Kiosk, und da du den Räuber beim Wegrennen gesehen hast, gibst du ihnen eine Beschreibung. »Er war jung, hatte kurze Haare und einen Bart, und er trug ein blaues T-Shirt und eine schwarze Sonnenbrille.« Einer der Polizisten gibt die Beschreibung mit seinem Funkgerät weiter. Du tröstest noch ein wenig die alte Dame, da überbringt euch einer der Polizisten die Nachricht, dass in der Nähe jemand mit einem blauen T-Shirt und einer schwarzen Sonnenbrille festgenommen worden sei, bei dem man auch die Geldbörse der alten Dame gefunden habe.

Alle bedanken sich bei dir. Du machst dich auf den Heimweg und fühlst dich wie ein Held. Als du in deine Straße einbiegst, siehst du den Mann in dem blauen T-Shirt, der an dir vorbeirannte, als du aus dem Kiosk kamst. Du bist komplett verwirrt, da er doch angeblich verhaftet wurde. Stattdessen läuft er mit schweißgetränktem T-Shirt direkt an dir vorbei.

Du brauchst eine Minute, bis du aus den Geschehnissen schlau wirst. Dies ist der Mann, den du vorher gesehen hast, aber er ist kein Dieb, sondern ein Jogger. Er dreht einfach nur in deinem Viertel seine Runden. Deshalb dachtest du vorher, er würde davonrennen! Vermutlich rannte der tatsächliche Dieb in die entgegengesetzte Richtung davon, und du hast ihn gar nicht gesehen, als du aus dem Kiosk kamst. Vielmehr trugen zufällig sowohl Jogger als auch Dieb ein blaues T-Shirt, einen Bart und eine schwarze Sonnenbrille. Deine Annahmen waren alle falsch, aber am Ende hattest du dennoch die richtige Lösung.

Die Frage ist also nun, ob du bei der Beschreibung des Täters richtig lagst? Oder doch falsch? Kann man hinterher immer noch sagen, dass du mit etwas Recht hattest, wenn sich dein gesamter Gedankengang als falsch erweist?

tl;dr: *Wusste man jemals etwas, wenn alle Annahmen, die zum Wissen geführt haben, sich als falsch herausstellen? Und wie schnell muss man rennen, um Fakten zu entkommen?*

SITZUNG
17

DAS GETTIER-PROBLEM

1963 veröffentlichte der US-amerikanische Philosoph Edmund Gettier einen Aufsatz, der anhand einiger kluger Beispiele aufzeigte, dass in der gerechtfertigten und wahren Meinung ein grundlegender Fehler steckt. Es ist durchaus möglich, etwas zu glauben und dafür eine Rechtfertigung zu haben und *dennoch* falschzuliegen. Schauen wir uns noch einmal die Geschichte mit dir und dem Dieb an:

1. B *ist* wahr – *Der Dieb trug ein blaues T-Shirt.*

2. A *glaubt*, dass B wahr ist – *Du glaubtest, dass der Dieb ein blaues T-Shirt trug.*

3. Es ist *gerechtfertigt*, dass A glaubt, dass B wahr ist – *Die alte Dame sagte, dass der Dieb ein blaues T-Shirt trug, und du sahst einen Mann, der davonrannte und auf den diese Beschreibung passte.*

Und dennoch lagst du falsch. Aufgrund solcher gerechtfertigten, wahren Meinungen, die sich als falsch erwiesen, standen die Philosophen vor einer wichtigen Frage. Hattest du technisch gesehen immer noch recht, obwohl du die richtige Antwort aus dem falschen Grund gabst?

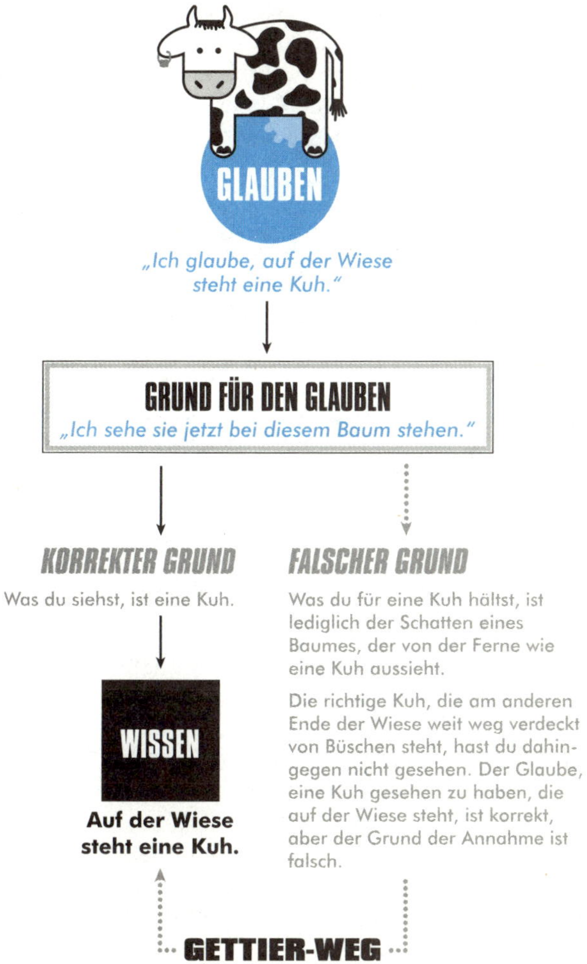

Viele stimmten tatsächlich zähneknirschend zu und erinnerten an die Uhr, die zweimal am Tag die richtige Uhrzeit zeigt, selbst wenn sie schon stehengeblieben ist. Nachdem er die gerechtfertigte, wahre Meinung untergraben hatte, versuchten viele, Gettier zu widerlegen und ein neues Modell zu entwickeln, das die gerechtfertigte wahre Meinung ersetzte. Die vorgeschlagenen Lösungen wurden aber nicht allseits anerkannt, und es konnte sich auch kein neues Konzept als gültiger Maßstab etablieren. Dies führte dazu, dass viele Philosophen im Hinblick auf das Gettier-Problem eine selektive Amnesie entwickelten und einfach so tun, als hätte das Problem nie existiert.

tl;dr: *Das Gettier-Problem untergrub die Bedeutung der gerechtfertigten, wahren Meinung. Mit ihm zeigte er, dass man mit seiner Meinung (mit ein wenig Glück) durchaus richtig liegen kann, obwohl alle Annahmen falsch sind. Und da es leichter ist falsch als richtig zu liegen, ist es einfacher geworden recht zu haben. Jackpot!*

SITZUNG 18

DIE WAHRHEIT DER WEISHEIT, NUR FAST DASSELBE ZU SEIN

Häufig wird der Begriff Wahrheit als Synonym von Wissen und Weisheit verwendet. Es gibt jedoch einen feinen Unterschied zwischen diesen Begriffen: Wahrheit ist abstrakt, Wissen ist persönlich, und Weisheit ist das, was dabei herauskommt, wenn Wahrheit und Wissen versagen. Dazu einige Beispiele:

Wahrheit bedeutet zu wissen, dass eine Tomate eine Frucht ist. *Weisheit* bedeutet, sie nicht in einen Obstsalat zu schnippeln.

Wahrheit bedeutet zu wissen, dass das Internet die Antwort auf fast jede Frage parat hat. *Weisheit* bedeutet zu wissen, dass man sie nicht auf Facebook findet.

Wahrheit bedeutet zu wissen, dass dein Partner sagt: »Alles gut.« *Weisheit* bedeutet zu wissen, dass es alles andere als gut ist.

WAHRHEIT
Schweine sind süß.

LEBENSWEISHEIT
Ich möchte nicht wissen, was diese Wurst so lecker macht.

Wahrheit bedeutet zu wissen, dass eine Wurst gut schmeckt. *Weisheit* bedeutet zu wissen, dass man nicht wissen will, was drin ist.

Wahrheit bedeutet zu wissen, dass ein Kuchen gut schmeckt. *Weisheit* bedeutet zu wissen, dass Diabetes eine schwere Krankheit ist.

Wahrheit bedeutet zu wissen, dass Karotten Vitamin A enthalten und dafür sorgen können, dass man im Dunkeln besser sieht. *Weisheit* bedeutet zu wissen, dass man sie nicht als Taschenlampe einsetzen kann.

Wahrheit bedeutet zu wissen, dass man auf den Button »Ich akzeptiere die allgemeinen Geschäftsbedingungen« geklickt hat. *Weisheit* bedeutet zu wissen, dass man von den allgemeinen Geschäftsbedingungen nur diesen Button kennt.

Wahrheit bedeutet zu wissen, dass man auf Facebook 867 Freunde hat. *Weisheit* bedeutet zu wissen, dass es nur zwölf Menschen auf der Welt gibt, die einem 100 Euro leihen.

Wahrheit bedeutet zu wissen, dass eine Ware um 50 Prozent reduziert wurde. *Weisheit* bedeutet zu wissen, dass sie immer noch das Doppelte dessen kostet, was sie wert ist.

Wahrheit bedeutet zu wissen, dass das Kino nur zur Hälfte gefüllt ist. *Weisheit* bedeutet zu wissen, dass zu 99 Prozent eine extrem große Person hereinkommt und sich direkt vor einen setzt.

tl;dr: Wahrheit bedeutet sich Wissen anzueignen, und Weisheit bedeutet zu wissen, was man mit seinem Wissen anfangen soll. Einmal geht es um die Fähigkeit, einen Idioten erkennen zu können – das andere Mal um die Fähigkeit zu merken, dass man vor einem Spiegel steht.

SITZUNG 19

»ALLGEMEINE GESCHÄFTSBEDINGUNGEN« DER WAHRHEIT

Zu erklären, wie man eine These verifiziert, sollte nicht so schwer sein, oder? Etwas ist wahr, wenn es sich um eine nicht anzweifelbare Tatsache handelt, einen Fakt. Nehmen wir zum Beispiel die Aussage: »Ein Kobold ist klein.« Stimmt sie, weil unsere Vorstellung mit der Realität übereinstimmt oder weil wir uns einig sind, dass Kobolde klein zu sein haben? Was wäre, wenn wir uns überhaupt nicht einig wären? Wie können wir dann wissen, welche der vielen Gedanken, die in unserem Kopf umherschwirren, korrekt sind? Hier sind die vier wichtigsten Theorien, was es für eine Aussage bedeutet, wahr zu sein.

1. Die Korrespondenztheorie der Wahrheit. Etwas ist wahr, weil die Realität es bestätigt. Zum Beispiel funktioniert der Satz

»Alle Phil Collins-Fans sind taub« nur so lange, bis wir einen Phil-Collins-Fan finden, dessen Gehör funktioniert (was unwahrscheinlich ist).

Vorteile: Wir können die Welt beobachten und vermessen und daraus Rückschlüsse auf die Wahrheit ziehen.

Nachteile: Diese Beobachtungen sind subjektiv und benötigen Interpretationen: »Woher wissen wir, dass wir alle Phil Collins-Fans gefunden haben? Wie definieren wir *Fan* und *taub*?«

2. Die Kohärenztheorie der Wahrheit. Etwas ist wegen anderer Wahrheiten wahr. Zum Beispiel: »Der galaktische Herrscher Xenu hat die Seelen auf die Erde gebracht« ist wahr, weil das in dem Buch »Operating Thetan Level III« steht, und das ist wahr, weil mir das OT-III-Scientologen erzählt haben, und das ist wahr, weil Ron Hubbard das Buch geschrieben hat, und das ist wahr, weil ich viel Geld für diese Information ausgegeben habe.

Vorteile: Man muss nicht alles unter einen Hut bringen.

Nachteile: Deine Wahrheit stimmt vielleicht nur in einigen (kostspieligen) Fällen.

3. Die pragmatische Theorie der Wahrheit. Etwas ist wahr, weil ich das möchte. Zum Beispiel: »Was in Las Vegas passiert, bleibt auch in Vegas« ist so lange wahr, wie das, was in Las Vegas passiert, auch tatsächlich in Las Vegas bleibt und du keine Vaterschaftsklage am Hals hast.

Vorteile: Sie ist sehr praktisch. Die Wahrheit ist ein psychologisches Konstrukt, und du bist ihr Hüter.

Nachteile: Die Wahrheit hängt von dir ab und ist nicht unabhängig belegbar.

4. Die semantische Theorie der Wahrheit. Etwas ist wahr, weil es gesagt wird. Zum Beispiel: Auf die Frage, ob Wladimir Putin ein lupenreiner Demokrat ist, antwortete Gerhard Schröder: »Ja, ich bin überzeugt, dass er das ist.« Das ist wahr, wenn wir akzeptieren, dass »lupenrein« in Wirklichkeit »extrem mangelhaft« bedeutet und das Wort »Demokrat« eine Person beschreibt, die genügen Geld und Verbindungen zum KGB hat, um jemanden verschwinden zu lassen, und die semantische Bedeutung dieses Wortes außerdem den Begriff »endgültig« impliziert.

Vorteile: Mit Worten können wir Dingen einen Wahrheitsgehalt geben.

Nachteile: Sprache ist künstlich und nicht perfekt.

tl;dr: *Es gibt viele Theorien, mit denen man etwas für wahr erklären kann – die Korrespondenztheorie, die Kohärenztheorie, die pragmatische Theorie, die semantische Theorie usw. Bringt dich das völlig durcheinander, musst du dir aber keine größeren Gedanken machen, denn den Philosophen geht es nicht anders. Leider sind der Wahrheit keine Bedienungsanleitung oder allgemeine Geschäftsbedingungen beigelegt.*

SITZUNG 20

VON ALLEN DINGEN, DIE MIR VERLOREN GEGANGEN SIND, HABE ICH AM MEISTEN AN DER WAHRHEIT GEHANGEN

Anstatt sich vorzustellen, dass es sich bei der Wahrheit um etwas handelt, das man wie einen physischen Gegenstand besitzen kann, ist die Wahrheit vielleicht eher als Handlung zu verstehen, etwas, das man »(er)schafft«. Werbeagenturen und Propagandaabteilungen wissen sofort, was ich meine.

Die Ontologie der Wahrheit

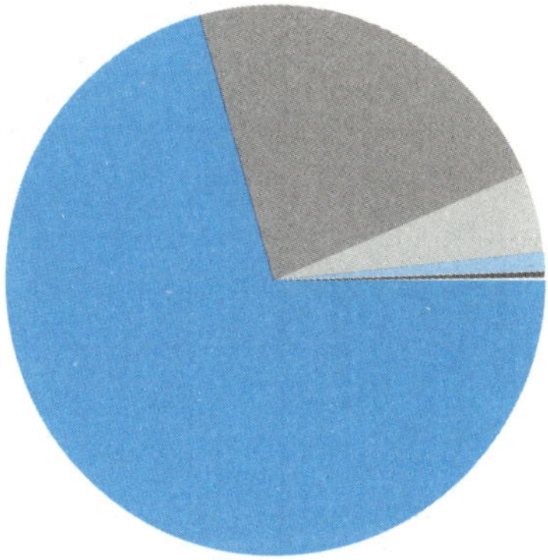

- 74 % Dinge, von denen wir vermutlich nie wissen werden, dass wir sie nicht wissen
- 24 % Dinge, von denen wir wissen, dass wir sie nicht wissen
- 4 % Dinge, die wir wissen, die aber nachweislich falsch sind
- 0,6 % Dinge, die wir genau wissen
- 0,005 % Dinge, die der Glückskeks weiß
- 0,001 % Dinge, die dein Telefonseelsorger weiß

Das Spektrum der Richtigkeit

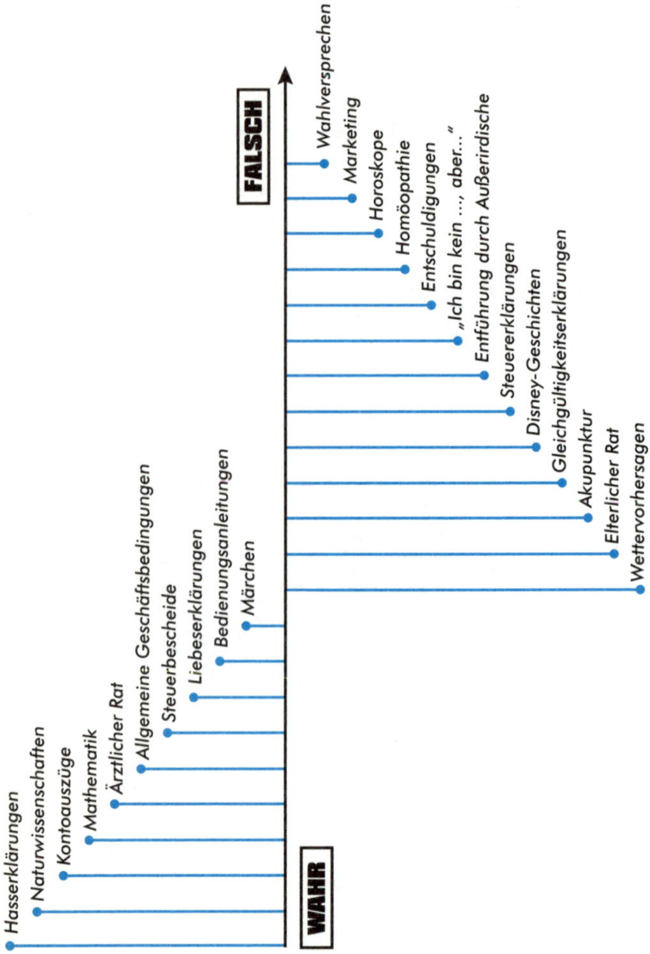

tl;dr: *Die Wahrheit ist verschlungen, und die meisten Werbegurus, Politiker und Hellseher haben den Bezug zu ihr verloren. Grundsätzlich ist es immer besser, sich nach denen zu richten, die Wahrheit suchen, statt nach denen, die sie verkaufen.*

KAPITEL 3

SEIN UND ZWECK

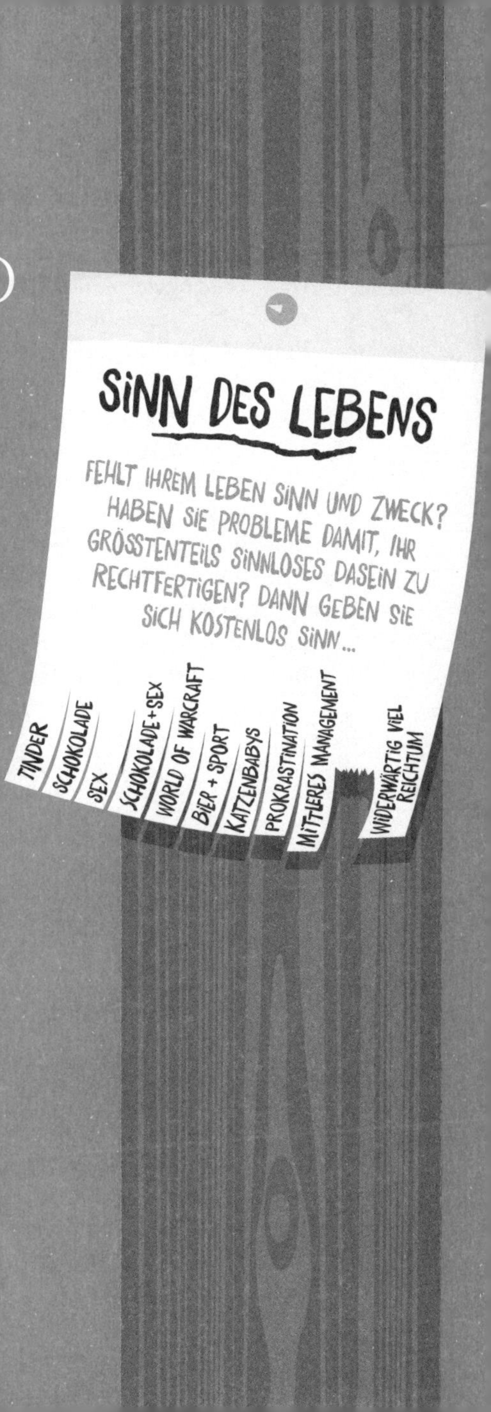

SITZUNG 21

OTTO, DER VW-BUS

Stell dir vor, du hast dir vor fünf Jahren einen wunderschönen nachtblauen VW-Bus zugelegt. Der Verkäufer war ein langhaariger Hippie namens Georg, den du auf einem Festival kennengelernt hast. Das Modell, Baujahr 1974, stammte aus einer speziellen Serie und war mit einem ausklappbaren Doppelbett und einem Heimkino mit Surroundton ausgestattet. Es war Liebe auf den ersten Blick. Im Laufe der Zeit bist du mit Otto durch halb Europa gereist. Mit ihm hast du Bergpässe erklommen, an Sandstränden geparkt, jede Nacht im Bett durch Ottos Dachfenster in den Sternenhimmel geschaut und warst einfach nur glücklich. Otto war dein Freund. Mit ihm hast du tolle Abenteuer erlebt.

Da Otto wie ein alter Freund für dich war, hast du ihn nach jeder Heimfahrt repariert und alte Bauteile durch neue ersetzt. Als du dir den Stapel mit den alten Teilen ansiehst, stellst du mit Begeisterung fest, dass du tatsächlich jedes Bauteil von Otto einmal ersetzt hast. Das einzige Originalteil, das noch verbaut ist, ist der zerschlissene Plüschwürfel, der am Rückspiegel hängt. Das führt dich zu der Frage, ob das Auto, das vor dir steht,

tatsächlich noch Otto ist, obwohl kein Originalteil mehr darin steckt. Und wenn er es nicht mehr ist, ist die Frage, ab wann er nicht mehr dein alter Freund Otto war. *Nachdem du die Hälfte der Bauteile ersetzt hattest? Oder bei 60 Prozent? Oder bei 99,9 Prozent?* Doch, denkst du dir, es ist immer noch Otto. Seine Einzelteile spielen dabei keine Rolle, und generell ist die Summe mehr als die Einzelteile.

Dann fällt dein Blick wieder auf den riesigen Stapel Bauteile in deiner Werkstatt. Du hast eine Idee. Du könntest diese Bestandteile zusammensetzen und einen neuen VW-Bus bauen. Dann aber lautet die Frage, worum es sich bei dem neuen (alten) VW-Bus handelt. Wäre nicht er der *eigentliche* Otto? Oder gibt es zwei Ottos?

tl;dr: *Kann man sagen, dass das ursprüngliche Objekt immer noch existiert, wenn man im Laufe der Zeit alle Bestandteile ersetzt hat? Und warum kostet selbst ein kleiner Haufen Ersatzteile mehr als das komplette Original?*

DAS SCHIFF DES THESEUS

Diese Kopfnuss ist eine Abwandlung der Geschichte »Das Schiff des Theseus« von Plutarch. Darin ist Otto ein Schiff, dessen Kapitän Theseus heißt und der sukzessiv alle Planken austauschen lässt, bis es am Ende zwei Schiffe gibt.

Für alle, die solche alten Geschichten eher langweilig finden, habe ich auch eine moderne Variante, die als *Sugababes*-Paradox bekannt ist. Die Sugababes waren ein britisches Popmusiktrio, bei dem irgendwann alle Mitglieder die Band verlassen hatten und durch neue Sängerinnen ersetzt worden waren. Am Ende nannten sie sich zwar immer noch Sugababes, bestanden aber nur aus neuen Mitgliedern. Dann legten die drei ursprünglichen Mitglieder der Sugababes ihre Differenzen bei und feierten unter einem anderen Namen ihr Comeback. Das aber wirft die Frage auf, wer die echten Sugababes sind (tatsächlich interessiert das eigentlich niemanden angesichts der Tatsache, dass sie in den letzten Jahren keinen einzigen Hit landeten)? Schauen wir uns an, ob sich deine Meinung zu dieser Urheberrechtsfrage mit der Meinung anderer Philosophen deckt:

Bist du der Meinung, dass es sich um etwas Neues handelt, wenn alle Bestandteile ausgetauscht wurden, denkst du wie Plutarch, der wohl emotional sehr an seinem Otto hing und von dem auch der Spruch stammt: »Man kann nicht zweimal in denselben Fluss steigen.«

Bist du der Meinung, dass es sich weiterhin um dieselbe Sache handelt, denkst du wie der griechische Philosoph Heraklit. Er war der Meinung, dass sich zwar Aspekte wie Wasser und Zeit verändern, der Fluss *an sich* aber der gleiche bleibt: »Alles fließt und nichts bleibt; es gibt nur ein ewiges Werden und Wandeln«.

Bist du der Meinung, dass die Wahrheit irgendwo dazwischenliegt, *bist du ein Drückeberger*. Aber das macht nichts. Aristoteles war derselben Meinung. Er glaubte, dass ein Gegenstand nicht nur ein Gegenstand, *ein Objekt*, ist, sondern dass ein Objekt aus vielen »Ursachen« besteht.

1. Die formale Ursache = Ottos Aussehen.

2. Die materielle Ursache = Die Einzelteile, die zusammen Ottos Aussehen ergeben.

3. Die wirkende Ursache = Der anschließende Prozess, bei dem die Einzelteile zu Ottos Aussehen zusammengefügt werden.

4. Die finale Ursache = Ottos tatsächlicher Zweck (mit dir durch Europa zu reisen).

Im Verlauf der Zeit hast du Ottos materielle Ursache langsam verändert, aber sonst nichts.

tl;dr: *Es ist umstritten, wie oft man in denselben Fluss steigen kann. Sicher ist nur, dass man immer nass wird und sich entsprechend anziehen sollte.*

FAKTENSAMMLUNG ARISTOTELES

SITZUNG
22

Nationalität:	Griechenland
Zeitraum:	384 bis 322 v. Chr.
Einfluss:	■■■■■■■■■□
Groupies:	Alle. Lange Zeit nannte man ihn einfach nur »Der Philosoph«.

Beste Idee Syllogismus. Aristoteles war einer der Ersten, der verstanden hat, wie hilfreich Klassifikationen sind. Indem man einzelne Elemente in Gruppen einteilt, kann man ihr Wesen definieren und sie leichter analysieren. Anstatt die Welt als riesigen Haufen zu betrachten, gliedert man ihre Bestandteile logisch auf. Man schafft Regeln, etwa indem man alle Tiere in Säugetiere, Vögel, Fische, Reptilien und wirbellose Tiere unterteilt. Dieser Grundgedanke brachte Aristoteles auf die sogenannten Syllogismen: Wenn alle Bs Cs sind, und C ein D ist, dann ist auch B ein D. Wenn Konrad Clever (B) ein Mann (C) ist, und alle Männer furzen (D), ist Konrad Clever (B) ein Furzer (D). Heutzutage erscheinen uns Syllogismen ziemlich simpel, doch sie waren in vielerlei Hinsicht das erste ausgearbeitete logische System überhaupt und blieben bis ins 19. Jahrhundert das Grundmodell der Logik.

Anekdote Ein fahrender Philosoph hielt vor Aristoteles einen Vortrag. Leider weckte dieser beim Zuhörer keinerlei Interesse, und nach einem faden einstündigen Monolog nickte Aristoteles ein. Als der Gast dies bemerkte, fragte er den berühmten

Philosophen vorwurfsvoll: »Musst du denn schlafen, während ich rede?« Darauf antwortete Aristoteles: »Nein, überhaupt nicht, das mache ich freiwillig.«

Zitate

»Wir sind die Summe unserer Handlungen und Gewohnheiten …«

– *Bei den meisten von uns ist dies eine Mischung aus nichts, Internet, Pornos und Keksen.*

»Es ist das Kennzeichen eines gebildeten Geistes, einen Gedanken einzugehen, ohne ihn zu teilen.«

– *Es ist das Schicksal eines philosophischen Geistes, einen Gedanken teilen zu können, ohne damit auch nur irgendjemanden dazu zu bewegen, mit diesem Gedanken einherzugehen.*

»Es gibt kein großes Genie ohne einen Schuss Verrücktheit.«

– *Wobei es aber den Anschein hat, dass sich in den letzten Jahren die Definition von Schuss hin zu Kübel entwickelt hat.*

SEIN BADEZIMMER

① Königliche Insignien: König Philip von Mazedonien lud Aristoteles ein, um seinen Sohn zu unterrichten. Dieser ging später als Alexander der Große in die Weltgeschichte ein und eroberte die halbe Welt.

② Schmetterlingssammlung: Aristoteles reiste auf die Insel Lesbos und erforschte die Tierwelt.

③ Arabisches Buch: Man schätzt, dass nur ein Drittel seiner Schriften erhalten sind und wir es nur muslimischen Wissenschaftlern zu verdanken haben, dass es überhaupt welche gibt.

④ Nicomachus-Bild: Sein Sohn Nicomachus fiel als junger Mann im Kampf.

⑤ Stethoskop: Aristoteles stammte aus einer vornehmen Familie, sein Vater war Arzt.

⑥ Regenbogen: Er hatte eine homoerotische Affäre mit einem jungen Studenten namens Palaiphatos von Abydos.

⑦ Figur in der Popkultur: Professor Charles Xavier aus X-Men. Wie Aristoteles war auch er hochbegabt und zeichnete sich in allen Disziplinen aus, denen er sich mit seinem enormen Intellekt zuwandte. Er und Charles Xavier gründeten ihre eigene Schule.

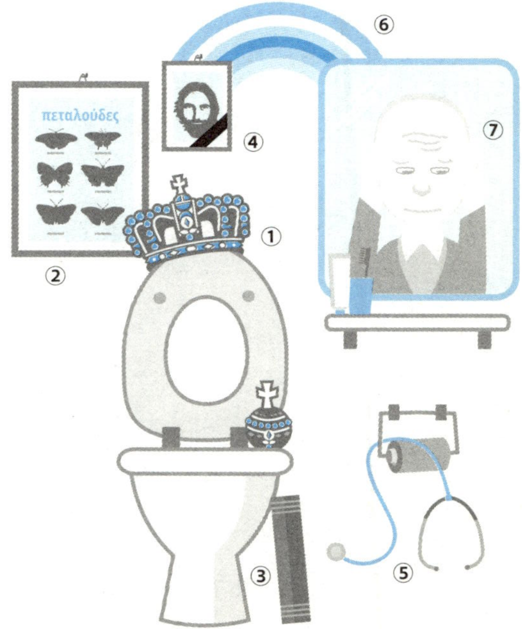

tl;dr: *Aristoteles war ein sehr produktiver griechischer Philosoph, der alle Wissensbereiche, denen er sich zuwandte, enorm weiterentwickelte, was sicherlich für die meisten seiner Zeitgenossen unglaublich ärgerlich war.*

SITZUNG 23

DIE GROSSE KETTE DES SEINS

Im Mittelalter waren die Gelehrten davon besessen, die antike griechische Philosophie mit christlicher Doktrin in Einklang zu bringen. Eines dieser Projekte war es, alles in eine hierarchische Reihenfolge zu bringen. Es galt zu zeigen, dass es in allen Bereichen des Lebens eine göttliche Struktur gibt. Aristoteles war der Erste, der eine solche Leiter entwickelte, die sogenannte Stufenleiter der Natur. Christliche Gelehrte griffen diese Idee auf, doch während Aristoteles nichts über den Menschen gestellt hatte, wollten diese unbedingt Gott unterbringen. Also gaben sie ihm eine spezielle Position und ließen ihn wie eine gütige Wolke über der Leiter schweben. Heute kennt man diese Einteilung als »Die große Kette des Seins«:

Da Steine nicht gewerkschaftlich organisiert sind, können sie sich nicht beschweren und müssen sich mit ihrer Position ganz unten abfinden. Keine Sonderzulagen. Je weiter man die Leiter hochsteigt, desto mehr positive Eigenschaften weist die jeweilige Gruppe auf. Pflanzen existieren nicht nur, sondern leben auch. Tiere können sich bewegen und Appetit haben, womit wir schließlich beim Menschen und seiner Vernunft landen.

Zwar ist es durchaus attraktiv, die ganze Natur in ein einheitliches Konzept zu zwängen, doch hat man bei der Leiter das große Problem, dass man keine Positionen tauschen kann. Man steckt fest. Vielleicht erklärt dies auch, warum Charles Darwins Evolutionstheorie nicht sofort wie eine Bombe einschlug: Sie stand im Widerspruch zu den Prämissen der Kette, dass alle Stufen voneinander getrennt und unveränderlich sind, und holte uns auf den Boden des Selektionsdrucks zurück. Darwins »Survival of the Fittest« ließ die Leiter komplett zusammenbrechen.

Aristoteles' Konzept findet heutzutage aber immer noch Anhänger. Vermutlich, weil der Mensch sich gern als höchstes Lebewesen sieht, obwohl ein Baum noch nie einen Krieg angezettelt, geschweige denn ein Wald eine Boygroup gegründet hat.

tl;dr: *Der Glaube, dass es eine unveränderliche hierarchische Struktur der Lebewesen gibt, ist sehr verbreitet. Wer an der Spitze sein will, sollte sich gewerkschaftlich organisieren und kein Stein sein.*

SITZUNG 24

DIE ENTDECKUNG DER ZWECKLOSIGKEIT

Ausgehend von der Einteilung Aristoteles' und der alten Griechen, entwickelten mittelalterliche Mönche die Stufenleiter der Natur weiter. Die Mönche waren davon überzeugt, dass jedes Lebewesen einen Zweck und damit eine Funktion im Kreislauf des Lebens hat. Pflanzen etwa sorgen für Sauerstoff, während Gnus ein leckeres Mittagessen für Löwen abgeben. Ganz oben in dieser Hierarchie stehen *wir*, die Menschen. Nun könnten wir uns damit zufrieden geben, aber die Frage bleibt: Was ist unser Zweck? Warum sind wir hier? Warum sollen wir überhaupt etwas tun? Oder was sollen wir zuerst tun? Wie können wir ein sinnhaftes Leben führen?

Für den italienischen Philosophen Giovanni Pico della Mirandola war die Antwort einfach: Wir haben keinen Zweck. Wir sind die einzigen Wesen, die von diesem klar umrissenen Schicksal befreit sind. Im Gegensatz zu Steinen, Pflanzen oder Delphinen können wir frei entscheiden, womit wir unsere Zeit verbringen wollen. Wir können Briefmarken sammeln, auf Ameisen herumtrampeln oder einen Berg besteigen. Wir entscheiden, was sich lohnt. Das ist befreiend und beängstigend zugleich. Den eigenen Zweck und das eigene Schicksal zu bestimmen, ist jedoch der Ursprung unserer Würde. So wie Gott die Freiheit hat, alles erschaffen zu können, haben wir die Freiheit, unser Leben frei zu gestalten. Mirandola ging deshalb sogar so weit zu behaupten, dass unsere Zwecklosigkeit uns einen göttlichen Status verleiht! Deshalb kannst du, wenn dein Partner oder deine Partnerin das nächste Mal ins Zimmer kommt, während du deine Füße auf dem Tisch ausgestreckt hast und aus dem Fenster starrst, auf die Frage, was du da machst, einfach »nichts« antworten, ganz entspannt und zuversichtlich lächeln und ihm/ihr erklären, dass dies *göttlich* sei.

tl;dr: *Laut dem italienischen Philosophen Giovanni Pico della Mirandola sind Menschen die einzigen Lebewesen ohne Zweck. Dadurch sind wir nutzlos, aber auch göttlich. Also ein bisschen wie Zuckerwatte.*

WOHER KOMMT DIE PERSÖNLICHKEIT?

SITZUNG 25

(Tipp: Nicht vom Storch)

Wenn wir keinen klar definierten Zweck haben, muss es einen anderen Grund geben, warum wir einen bestimmten Lebensweg einschlagen. Warum werden manche Jongleur oder international anerkannte Schürzenjäger, während andere sich mit sicheren Berufen wie Versicherungskaufmann zufriedengeben? Für die meisten ist die Antwort klar – wegen unserer Persönlichkeit. Doch woher kommt diese Persönlichkeit? Hier ein Überblick einiger interessanter Theorien, die es dazu gibt:

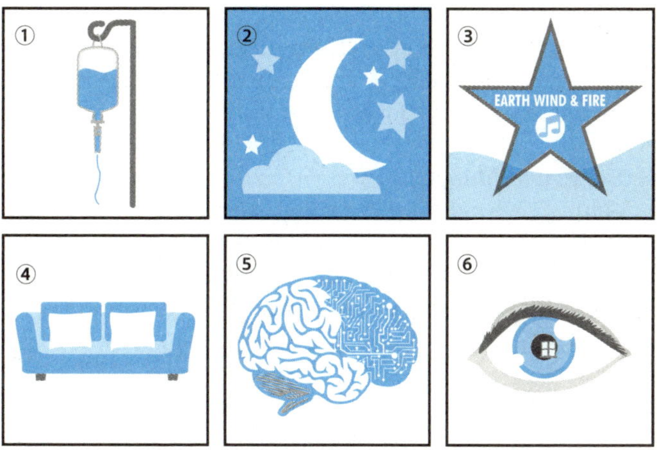

① **Körperflüssigkeit.**

Ägypter waren die Ersten, die an die Lehre der vier Temperamente glaubten, abhängig vom Mischungsverhältnis von Blut, gelber Gallenflüssigkeit, schwarzer Gallenflüssigkeit und Schleim.

② **Die Sterne.**
Laut Astrologie hängt unsere Persönlichkeit davon ab, wie bei unserer Geburt die Sterne und Planeten am Himmel stehen. Und wenn man an so manchen Arbeitskollegen denkt, wäre es wohl besser, eine Reihe von Planeten zu entfernen.

③ **Die vier Elemente.**
Griechische Philosophen kreierten aus der Temperamentenlehre eine Vier-Elemente-Lehre:

· Sanguiniker	(Luft)	optimistisch und aktiv
· Choleriker	(Feuer)	reizbar und erregbar
· Melancholiker	(Erde)	analytisch und ruhig
· Phlegmatiker	(Wasser)	entspannt und friedlich

④ **Die Eltern.**
Herr Freud und seine Couch waren sich ziemlich sicher, dass unsere Persönlichkeit anerzogen und nicht angeboren ist. Aus diesem Grund können Eltern auch so einiges anrichten.

⑤ **Die Hirnwindungen.**
Geht es nach der Neurologie, ist unsere Persönlichkeit eher angeboren und nicht anerzogen. Sie hängt mit unseren Hirnwindungen zusammen, und diverse chemische Prozesse sind entscheidend dafür, wer wir sind.

⑥ **Die Seele.**
Die Theologie dagegen ist eher der Meinung, dass unsere Persönlichkeiten festgelegt und Teil der Seele sind. Wo aber befindet die sich? Und verändert sich unsere Seele, wenn die Persönlichkeit besoffen ist?

Anmerkung:
Der Grund, warum es so viele verrückte Theorien gibt und jede Richtung heftige Verfechter hat, könnte auch mit dem sogenannten Barnum-Effekt (auch Forer-Effekt) zu tun haben. Menschen glauben eher an etwas, das ihnen schmeichelt und

ihr bereits vorhandenes Weltbild bestätigt. Ein Zwilling glaubt eher an Astrologie, wenn sein Horoskop behauptet, er wäre extrem kreativ, als wenn es ihn als Narziss sieht, dem alle aus dem Weg gehen. Man kann viel Geld verdienen, indem man anderen Leuten erzählt, was sie hören wollen.

tl;dr: *Wie sehr unsere Persönlichkeit anerzogen bzw. angeboren ist, ist weiterhin unklar. Aber keine Sorge, es gibt immer jemanden, dem man seine Schwächen in die Schuhe schieben kann. Im Zweifel den Eltern.*

FOUCAULTS ARCHÄOLOGIE

SITZUNG 26

Wie können wir unsere Vorstellung von Persönlichkeit mit der Erkenntnis in Einklang bringen, dass diese sehr schwankend ist? Warum verändert sie sich so schnell, wenn wir einen Marsriegel essen, einen Long-Island-Eistee trinken oder Liebeskummer haben? Wie wäre es, wenn die Persönlichkeit nicht festgelegt wäre, wie viele Menschen glauben, sondern über die Zeit beständig von Umständen geformt würde?

Das war die Meinung des französischen Philosophen Michel Foucault. Foucault war sicher, dass man sich grundlegend anders entwickelt hätte, wenn man beispielsweise hundert Jahre früher geboren worden wäre. Aber nicht, weil die individuelle Persönlichkeit in eine andere Zeit geworfen worden und zur Anpassung gezwungen gewesen wäre, sondern weil sie ein soziales Konstrukt ist. Persönlichkeit ist direkt mit der Zeit und den Umständen verbunden, in denen man lebt. Wenn wir Menschen wie Vögel fliegen gelernt hätten, würde die heutige Gesellschaft völlig anders aussehen. Wir hätten ein völlig anderes Bild vom Menschen und vermutlich auch deutlich weniger Billigfluglinien.

Archäologen können den Boden aufgraben und nach Knochen und anderen Relikten unserer Vorfahren suchen. Entsprechend, so Foucaults Meinung, muss es auch eine Archäologie unserer Gedanken geben. Ein Beispiel, das er nennt, ist der Unterschied zwischen Wahnsinn und Vernunft. Wären wir vor fünfhundert Jahren geboren worden, hätten wir die Idee der geistigen Gesundheit in ihrer heutigen Form gar nicht gekannt. Geistige Gesundheit und die Vorstellung, dass die Psyche krank und hilfsbedürftig werden kann, sind moderne Ideen. Ihre Entstehung führte dazu, dass wir Irrenhäuser bauten (um die psychisch kranken Menschen aufzunehmen, die »entstanden«), und deren Entstehung führte wiederum dazu, dass wir Psychologen (und andere Mitarbeiter in diesem Bereich) brauchten.

Viele Menschen gehen davon aus, dass ihre Persönlichkeit wie ein fester Anker ruht. Laut Foucault wäre es aber exakter, von einem Hohlraum auszugehen, der von verschiedenen Prozessen ausgefüllt wird. Wie etwa der Gesellschaft, in der wir leben, und deren Ansichten und Werte. All dies wird durch den Schleier unserer Erfahrungen gefiltert. Aus diesem Sammelsurium kreieren wir dann die Fiktion von uns selbst und unserer Persönlichkeit. Dies ist auch die Erklärung für Foucaults berühmten Satz, der sinngemäß lautet: »Ich muss nicht genau wissen, wer ich bin. Das Hauptinteresse im Leben und bei der Arbeit ist, jemand zu werden, der man vorher nicht war.«

tl;dr: *Die menschliche Natur ist keine feste Konstante, sondern ein Zustand, der von Faktoren geprägt wird, die uns meist nicht bewusst sind. Dementsprechend ist ein mittelmäßiger Manager auch kein Höhlenmensch, der gut angezogen ist und wenig Respekt vor Mammuts hat, auch wenn viele Manager eine Menge tun, um diese Aussage zu widerlegen.*

DIE ARCHÄOLOGIE DES MODERNEN MENSCHEN – EIN AUTHENTISCHER KRIMINALFALL

SITZUNG
27

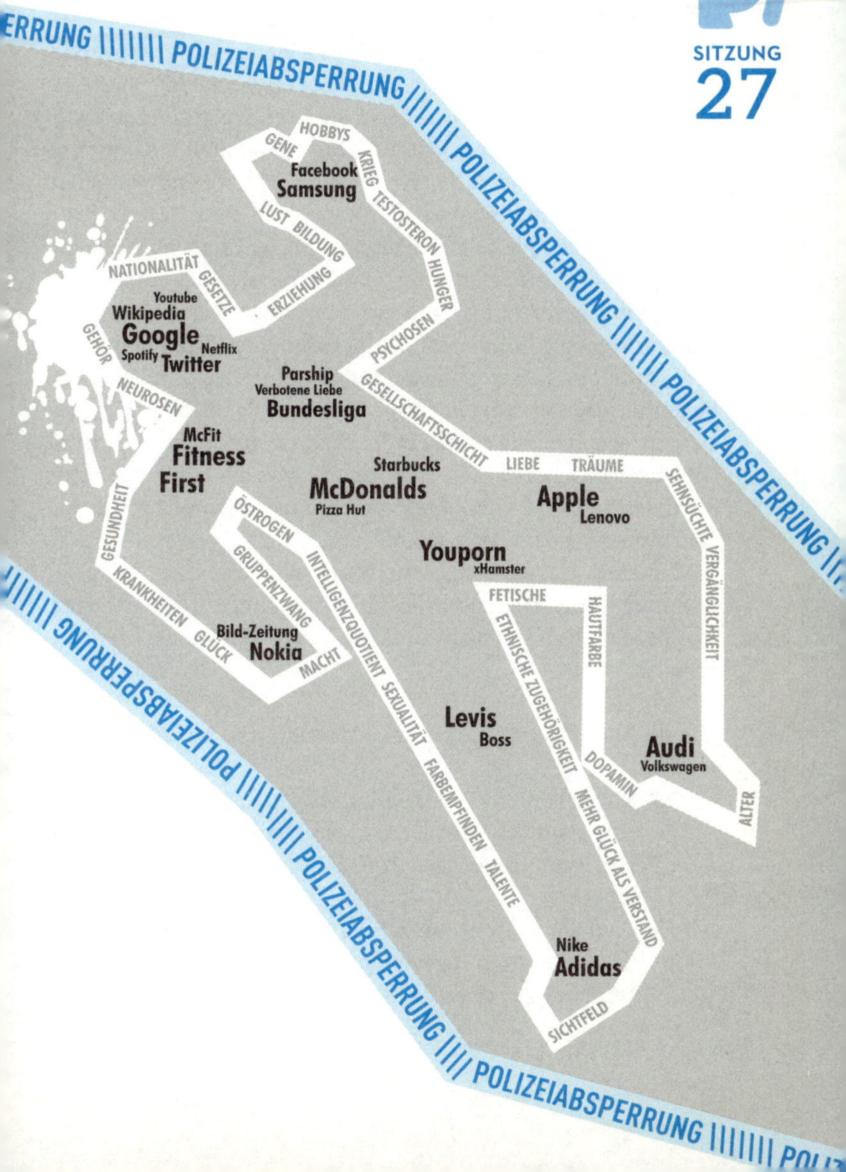

SITZUNG 28

AUF DEM FRIEDHOF DES DASEINS

Wie können wir authentisch leben, wenn die äußeren Umstände so wesentlich sind und unsere Persönlichkeit so stark damit verknüpft ist?

Der deutsche Philosoph Martin Heidegger entwickelte ein Konzept, um diese Frage zu beantworten. Er nannte es *Dasein*. Normalerweise liefern Philosophen große Lösungsansätze, wenn sie die Existenz erklären wollen. Dabei versuchen sie möglichst alles, vom Kosmos bis zur individuellen Persönlichkeit, miteinzubeziehen.

Heidegger machte es genau andersherum. Er begann bei den ganz persönlichen Erfahrungen und arbeitete sich darüber zu den grundlegenderen Fragen vor. Sein Ansatz ist bekannt als Phänomenologie - sie stellt die persönlichen Erfahrungen in den Mittelpunkt der philosophischen Untersuchungen. Dies bedeutet, dass man nicht fragt, was es bedeutet, ein Mensch zu sein, sondern wie es *ist*, ein Mensch zu sein. Sein Argument war, dass nur Lebewesen sich fragen, was die Logik oder der Kern des Seins ist. Gekochte Bohnen fragen sich nicht, warum sie existieren oder was sie sind.

Man kann authentisch leben, wenn man sich diese Perspektive vergegenwärtigt und die Einschränkungen der Existenz und der Zeit begreift, also etwas tut, das gekochte Bohnen nicht können:

1. Stein/Baum/Marsriegel = Existieren in der Welt.

2. Menschen = Wir existieren, wissen aber auch, und das ist entscheidend, dass wir existieren. Wir können über unser *Dasein* reflektieren.

3. Weil wir wissen, dass wir da sind, wissen wir auch, dass wir eines Tages nicht mehr da sein werden. Wir sind uns unserer Vergänglichkeit bewusst.

4. Der Tod macht aus unserem *Dasein* etwas Einzigartiges. Niemand kann unseren Tod erleben, er ist einmalig und ganz allein unserer.

5. Authentisch zu sein, bedeutet, den Tod nicht als das Ende eines zeitlichen Vorgangs zu begreifen, sondern als Teil des Daseins an sich.

6. Durch Authentizität können wir die tägliche Routine überwinden und die Freiheit gewinnen, die Vergänglichkeit unserer Existenz besser zu reflektieren.

7. Erkennen wir nicht, wie stark wir von anderen und unserer Umgebung beeinflusst werden, sind wir nicht authentisch.

In Heideggers Werk ist Vergänglichkeit ein ständig wiederkehrendes Thema. Auf die Frage, wie man ein besseres Leben führen kann, antwortete er: »Mehr Zeit auf Friedhöfen verbringen.«

tl;dr: *Martin Heidegger war ein morbider deutscher Denker, dessen Philosophie aus einer Mischung von YOLO und »Sei du selbst« bestand.*

SITZUNG 29

DIE AUTHENTIZITÄT EINES FACEBOOK-DASEINS

Würden Philosophen sagen, dass Facebook-Profile und -Freundschaften authentisch sind? Schauen wir uns an, wie das Internet und vor allem Facebook unsere Beziehungen verändert hat.

Freundschaften vor dem Internetzeitalter: Tiefe statt Breite. Ein ziemlich kompliziertes Durcheinander, bei dem man Menschen sogar noch persönlich traf. Eine Person, die man als Freund bezeichnete, musste man auch persönlich kennen. Die Ergänzung »echt« war unnötig.

Freundschaften im Internet: Breite statt Tiefe. Eine meist lose Kombination aus Gefällt mir, Retweets, wirren E-Mails und passivem Konsum der Statusmeldungen anderer Leute, die mit Schablonen übermittelt werden, die von Privatunternehmen zur Verfügung gestellt werden. Zum Beispiel: »Sarah ist mit Jonas zusammen«, oder »Tobias hat seine Stelle bei Burger King verloren«.

Die moderne Version der Freundschaft ist keine abgekupferte oder verwässerte Variante, sondern eine Transformation und Entfremdung, die zu etwas Neuem führt. Sie ist Teil eines größeren öffentlichen Spektakels. Lange vor der Erfindung des Internets prägte der französische Philosoph Guy Debord den Begriff der »Gesellschaft des Spektakels« und begründete ihn damit, dass unsere moderne Lebensweise vor allem aus dem passiven Konsum von Spektakeln bestehe. Spektakel, die wir in glasklarer HD-Auflösung, ohne jegliches Flimmern, von den Massenmedien geliefert bekommen. Und das Internet ist die jüngste Form dieser Entwicklung. Debord hätte hysterisch gelacht, wenn er erfahren hätte, dass eine digitale Verbindung zweier designter Profile als »Freundschaft« bezeichnet wird.

Er würde argumentieren, die Art unserer Beziehungen habe sich so verändert, dass es sich nicht mehr um uns handelt, sondern um eine Maschinerie, die in Zahlen denkt und nicht authentisch ist. Indem Betroffenheit, Skandale und missratene Modeexperimente von Berühmtheiten als Hashtags um die Welt gehen, wird das Spektakel immer größer, immer schneller – und immer vergänglicher. Genauso verhält es sich mit Internetfreundschaften. Es sind Freundschaften, die nicht von uns definiert wurden. Massenmedien und Kapitalismus machen aus Authentischem Nichtauthentisches und verkaufen das Produkt anschließend werbefinanziert an uns zurück.

Debord hatte keine Angst vor Medien, sondern er wusste, dass die Gesellschaft das Spektakel bis zu einem gewissen Grad braucht, um existieren zu können. Allerdings wollte Debord uns auf die Verfälschung und den Austausch aufmerksam machen, die stattfinden, wenn wir uns auf die gesellschaftlichen Spektakel einlassen. Und darauf, wie spektakulär diese Show ist!

tl;dr: *Facebook-Freunde sind keine Freunde, sondern Teil eines Spektakels, bei dem ein paar Menschen reich werden und die meisten anderen Angst haben, nicht fotogen genug zu sein.*

SITZUNG 30

IN-AUTHENTI-PHRENIE

Zustand, bei dem die betroffene Person nicht in der Lage ist, nach ihren eigenen Wünschen und Hoffnungen zu leben, sondern in ihren Idealen und Handlungen übermäßig von der Gesellschaft um sie herum beeinflusst wird. Vermutlich gehen folgende Symptome damit einher:

Offizieller Medizinbericht:

Symptome

- Tätowierung mit chinesischen Schriftzeichen
- Posten von geistreichen Zitaten
- Beatles-Fan
- Duftkerzen
- Besitz einer tibetischen Gebetsfahne, obwohl die Person nie Europa verlassen hat.
- All-Inclusive-Urlaub
- Praktische Kleidung von Jack Wolfskin oder Schöffel

Medikation

2 x tägliche Einnahme von 10mg Dasein sowie 20mg Eudaimonie nach dem Stuhlgang.

Zu Risiken und Nebenwirkungen lesen Sie die Packungsbeilage

ORIGINAL

Dr. Willem v. Tinkel

München, 29. März 2015

MEDIKATION

In der Philosophie sind zwei wirksame Medikationen bekannt: *Dasein©* von Heidegger Pharma und *Eudaimonie©* von Griechische Philosophen & Co.

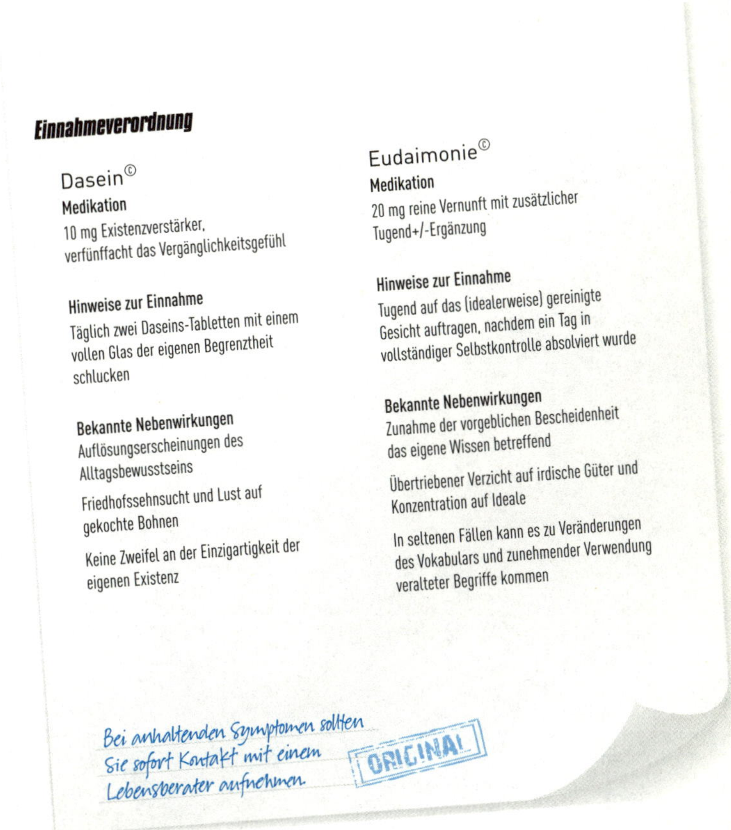

Einnahmeverordnung

Dasein©

Medikation

10 mg Existenzverstärker, verfünffacht das Vergänglichkeitsgefühl

Hinweise zur Einnahme

Täglich zwei Daseins-Tabletten mit einem vollen Glas der eigenen Begrenztheit schlucken

Bekannte Nebenwirkungen

Auflösungserscheinungen des Alltagsbewusstseins

Friedhofssehnsucht und Lust auf gekochte Bohnen

Keine Zweifel an der Einzigartigkeit der eigenen Existenz

Eudaimonie©

Medikation

20 mg reine Vernunft mit zusätzlicher Tugend+/-Ergänzung

Hinweise zur Einnahme

Tugend auf das (idealerweise) gereinigte Gesicht auftragen, nachdem ein Tag in vollständiger Selbstkontrolle absolviert wurde

Bekannte Nebenwirkungen

Zunahme der vorgeblichen Bescheidenheit das eigene Wissen betreffend

Übertriebener Verzicht auf irdische Güter und Konzentration auf Ideale

In seltenen Fällen kann es zu Veränderungen des Vokabulars und zunehmender Verwendung veralteter Begriffe kommen

Bei anhaltenden Symptomen sollten Sie sofort Kontakt mit einem Lebensberater aufnehmen.

ORIGINAL

tl;dr: *Inauthentiphrenie ist eine (fiktive) Krankheit, an der Menschen leiden, die nicht authentisch sind. Am ehesten heilen kann man sie mit Heideggers Dasein oder der Eudaimonie der alten Griechen.*

KAPITEL 4

STANDPUNKT UND PERSPEKTIVE

Technisch gesehen ist das Glas immer voll, viel wichtiger ist die Frage, was drinnen ist?

SITZUNG 31

SECHS RICHTIGE IM LOTTO UND ANDERE UNGLÜCKSFÄLLE

Ein frisch verheiratetes Ehepaar läuft Arm in Arm zu einem Restaurant, in dem es mit einigen Freunden zum Abendessen verabredet ist. Aus heiterem Himmel wird es duster, und ein mächtiger Regenschauer geht auf die beiden nieder. In einer Gasse finden sie eine Möglichkeit, um sich unterzustellen. »Das war Glück«, sagt die Frau, »ohne diesen Unterschlupf wären wir richtig nass geworden.« »Das war Pech«, antwortet ihr Mann, »wir sind nass und kommen zu spät zu unserer Verabredung.« Gerade als der Mann auf dem Boden einen Lottoschein entdeckt und ihn aufhebt, schlägt der Blitz in das Dach ein, und es bricht über den beiden zusammen.

»Das war Glück«, sagt die Frau, als sie im Krankenhaus liegen, »der Blitz hätte uns auch umbringen können.« »Das war Pech«, antwortet ihr Mann, »anstatt einfach nur nass zu werden, haben wir uns sämtliche Knochen gebrochen.«

Später zappen sie durch die Sender des Fernsehers im Krankenzimmer und stoßen zufällig auf die Ziehung der Lottozahlen. Dem Ehemann fällt der Lottoschein ein, er greift mit schmerzverzerrtem Gesicht zu seiner Jacke und stellt fest, dass er sechs Richtige hat. »Das war Glück«, sagt die Frau, »wir sind reich.« »Das war Pech«, antwortet ihr Mann, »sechs Richtige sind in der Regel ein Fluch.« Trotzdem meldet der Mann den Gewinn an und beginnt fleißig, das Geld zu verplanen.

Nach ihrer Entlassung kommen sie nach Hause und finden im Briefkasten ein Schreiben von der Lottogesellschaft, in dem steht, dass der Chef sich mit dem gesamten Geld nach Trinidad abgesetzt hat, das Unternehmen pleite ist und der Gewinn nicht ausgezahlt werden kann. »Na gut«, sagt die Frau mit einem Schulterzucken, »wir haben den Lottoschein ja auch nur gefunden. Wie gewonnen, so zerronnen. Macht nichts, wir haben ja uns, oder?«

»WIE GEWONNEN, SO ZERRONNEN?«, schreit ihr Mann ungläubig. »Mir ist ein Dach auf den Kopf gefallen! Ich habe

mir die Knochen gebrochen! Mir wurde mein Lottogewinn gestohlen! Ich bin mit einer Frau verheiratet, die immer mit allem zufrieden ist! Leck mich am Arsch mit deinem blöden ›Wie gewonnen, so zerronnen‹!«
Das Paar lässt sich scheiden. »Das war Glück«, sagt die Frau, »jetzt bin ich den blöden Kerl endlich los.«

»Das war Glück«, sagt der Mann, »endlich ist diese unbekümmerte Idiotin weg. Wann geht der nächste Flug nach Trinidad? Ich habe noch eine Rechnung offen.«

Natürlich ist diese Geschichte frei erfunden, aber vermutlich kann sich jeder Leser entweder eher mit der Weltanschauung des Mannes oder der Frau identifizieren. *Wer hat den klareren Blick? Ist es besser, sein Glas als halbvoll, als halbleer oder schlicht als Gefäß in einer Cocktailbar mit unbegrenztem Potential zu betrachten? Wie viel Kontrolle hat man über sein eigenes Leben, und wie viele Gedanken sollte man sich darüber machen?*

tl;dr: *Wir alle nehmen das, was uns widerfährt, unterschiedlich wahr. Die Ehe ist eine komplizierte Angelegenheit, ein Flug nach Trinidad und rohe körperliche Gewalt hingegen nicht.*

DIE STOIKER – WEN JUCKT'S?

Es ist uns nicht möglich, kein Bild von der Welt zu haben. Wir können aber entscheiden, wie wir sie wahrnehmen wollen. Diese praktische Weisheit ist der Eckpfeiler einer philosophischen Schule namens Stoizismus. »Die Ursache des Schmerzes ist nicht er selbst, sondern wie wir ihn wahrnehmen«, sagte Marc Aurel, der gleichzeitig römischer Kaiser und ein wichtiger Stoiker war. Kurz gesagt, selten hat man es unter Kontrolle, wenn einem das Leben übel mitspielt, aber was man immer kontrollieren kann, ist die eigene Wahrnehmung.

Dies spiegelt die Überzeugung wider, dass wir die Welt nicht nur erleben, sondern es zu jedem Ereignis auch eine Geschichte gibt, nämlich wie wir die Welt sehen wollen. Der Mann und die Frau in der letzten Geschichte hatten dieselben Erlebnisse, jedoch völlig verschiedene Auffassungen von Glück und Unglück. Während die Frau das Leben als unterhaltsamen Disney-Film wahrnahm, erlebte der Mann es als griechische Tragödie.

Bei jedem Erlebnis steht man erneut vor der Entscheidung, welche Geschichte man sich selbst erzählt. Oft haben die eigenen Geschichten wenig mit der Realität gemein. Max Frisch stellte dazu fest: »Jeder Mensch erfindet eine Geschichte, die er für seine Biographie hält.« Jedes Mal, wenn einem jemand auf den Fuß tritt oder einen in der Supermarktschlange überholt, kann man dies als Zufall, Tolpatschigkeit, bewusste Unhöflichkeit oder schlicht als Kriegserklärung betrachten.

Die Idee der Stoiker wie Epiktet oder Marc Aurel war, sich diese Geschichten weder schlimm- noch schönzureden, sondern immer darauf zu achten, was man selbst beeinflussen kann und was nicht. Auf diese Weise befreit man sich emotional von den Launen des Schicksals und der Fehlbarkeit der eigenen Erzählkunst. Relevant für das eigene Leben ist nur das, was man tatsächlich kontrollieren kann, und das ist nicht viel. Alles andere ist schlicht belanglos.

Heutzutage verwendet man den Begriff *stoisch* häufig in Sätzen wie »Du hast sehr stoisch reagiert, als du dir mit einem

Stromschlag fast das Leben ausgeblasen hast«, und meint damit gefühllos oder gleichgültig. Das ist vermutlich ein bisschen unfair. Der Stoizismus wollte nie eine Machogeste emotionsloser Härte sein, sondern eine praktische Lebensweise, bei der man keine Zeit damit verliert, etwas ändern zu wollen, das man nicht ändern kann. Er will einem einfach nur klarmachen, dass man umso mehr Zeit hat, das Leben zu genießen, je weniger Zeit man in seine Erklärung oder das Hadern mit dem Schicksal investiert.

tl;dr: *Der Stoizismus ist eine Denkschule, die davor schützen will, unter den Geschichten zu leiden, die man sich selbst erzählt. Schafft man das nicht, muss man eben ein guter Märchenonkel sein.*

PERSPEKTIVISMEN

SITZUNG 32

Wenn in unserem Leben Scheiße passiert, können wir verschiedene Perspektiven einnehmen. Hier ein schneller Überblick:

Hinduismus: Die Scheiße hatten wir doch schon mal.
Islam: Wenn Scheiße passiert, ist es Allahs Wille.
Katholizismus: Wärst du zur Beichte gekommen, wärst du die Scheiße jetzt los.
Protestantismus: An dieser Scheiße bist nur du allein schuld.
Fundamentalismus: Für diese Scheiße wirst du ewig in der Hölle schmoren/im Paradies leben.
Judaismus: Warum passiert diese Scheiße immer uns?
Kreationismus: Auch diese Scheiße ist von Gott geschaffen.
Christliche Wissenschaft: Bei Verstopfung geh nicht zum Arzt, sondern bete!
Unitarismus: Lasst uns gemeinsam darüber reden, was Scheiße gelaufen ist.
Utopismus: Diese Scheiße wird einmal wunderbar riechen.

Darwinismus: Warten wir ab, was sich aus dieser Scheiße entwickelt.
Kapitalismus: Diese Scheiße kann man wunderbar verkaufen.
Kommunismus: Diese Scheiße gehört allen.
Feminismus: An der ganzen Scheiße sind die Männer schuld.
Chauvinismus: Tut doch nicht so, in Wirklichkeit wollt ihr doch unsere Scheiße ...
Heldenkult: Komm, wir vergolden die Scheiße.
Stoizismus: Wenn es externe Scheiße ist, dann ist es weder gut noch schlecht.
Hedonismus: Schöne Scheiße!
Zeugen Jehovas: Wir möchten mit Ihnen über Scheiße reden.
Agnostik: Vielleicht ist Scheiße passiert, vielleicht nicht.
Atheismus: Ich glaube nicht an diese Scheiße.
Nihilismus: Scheiße gibt es nicht.

tl;dr: *Man kann viele Perspektiven einnehmen. Jede verändert deinen Blick auf die Welt und möglicherweise auch die Anzahl deiner Leben.*

SITZUNG
33

FAKTENSAMMLUNG MARC AUREL

Nationalität:	Altes Rom
Zeitraum:	26. April 121 bis 17. März 180 n. Chr.
Einfluss:	■■■■□□□□□□
Groupies:	Selbsthilferatgeber, George Washington, Bill Clinton

Beste Idee Kein anderer römischer Kaiser war so beliebt wie er, und keiner bekam zu seinen Ehren so viele Statuen aufgestellt. Zudem heißt es, viele römische Bürger hätten ein Bild von ihm zu Hause gehabt. Entweder stimmt das, oder er hatte die besten PR-Berater, die man für Geld kaufen konnte. Was seine Verdienste um die Philosophie betrifft, ist er zwar das

Aushängeschild der Stoiker und einer der bekanntesten antiken Philosophen, er hielt aber nur wenige seiner Gedanken schriftlich fest. Meist sammelte und wiederholte er nur die Gedanken seiner Lehrer und Idole, aber das ist schon eine ganze Menge, wenn man bedenkt, dass er permanent Kriege mit den Germanen führen musste, um die Stellung des römischen Reiches zu verteidigen.

Schlechteste Idee Commodus. Während seiner 30-jährigen Ehe zeugte Marc Aurel 13 Kinder, an denen er sehr hing. Von ihnen überlebten ihn nur fünf. Damals war es üblich, dass Kaiser ihre Kinder adoptierten, um sie als Nachfolger zu installieren. Meist waren dies ihre fähigsten Generale oder kluge Senatoren. Marc Aurel brach mit dieser Tradition und entschied sich für seinen niederträchtigen, grausamen und zügellosen Sohn Commodus. Jeder beliebige Sklave wäre wohl besser gewesen. Was für ein übler Geselle Commodus war, sieht man daran, dass man ihn mehr oder weniger komplett für den schnellen Untergang des römischen Reichs verantwortlich gemacht hat und er auch in dem Film *Gladiator* nur den Bösen spielen durfte.

Zitate

»Man braucht nur wenig, um ein glückliches Leben zu führen; alles Nötige steckt in dir, in der Art deines Denkens.«

– *Oft hat man aber das Gefühl, Ignoranz wäre der bessere Wegbereiter der Glückseligkeit.*

»Die Kunst des Lebens besteht mehr im Ringen als im Tanzen.«

– *Was nicht bedeuten soll, dass ein gelegentlicher Ringergriff auf der Tanzfläche nicht auch hilfreich sein kann.*

»Alles, was wir hören, ist Meinung und kein Fakt. Alles, was wir sehen, ist nur Perspektive und keine Wahrheit.«

– *Alles was wir abgrundtief hassen, hat es dennoch verdient.*

SEIN BADEZIMMER

① Spanien-Poster: Seine Familie stammte von der Iberischen Halbinsel.
② Wappen: Er kämpfte erfolgreich gegen die germanischen Barbaren und wehrte deren feindliche Übergriffe ab.
③ Stoa-Miniatur: Nachbildung einer bemalten Athener Säulenhalle, nach der die philosophische Richtung benannt wurde.
④ Poster mit zerrissenen Ketten: Sein Idol Epiktet war ein ehemaliger Sklave, der heute der vermutlich bekannteste Stoiker neben Marc Aurel ist.
⑤ Erste-Hilfe-Kasten mit Gladiatorenblut: Eine Empfehlung römischer Ärzte zur Heilung diverser Krankheiten, etwa Unfruchtbarkeit. Diese Mode artete so stark aus, dass es Verkäufer gab, die das noch warme Blut ans Publikum verkauften, wenn ein Gladiator getötet wurde.
⑥ Figur in der Popkultur: Nelson Mandela. Wie Marc Aurel ist auch er ein Nationalheiliger, der von seinem Volk geliebt wurde, in schwierigen Zeiten an die Macht kam und mit Weisheit und Zurückhaltung regierte.

tl;dr: *Übe dich in objektiver Wahrnehmung und selbstlosem Handeln, und wenn das nicht hilft, in Duldsamkeit. Strebt man dauerhaften Ruhm an, ist es keine schlechte Idee, Statuen aufzustellen.*

DAS »WHO IS WHO« VERKAPPTER STOIKER

SITZUNG 34

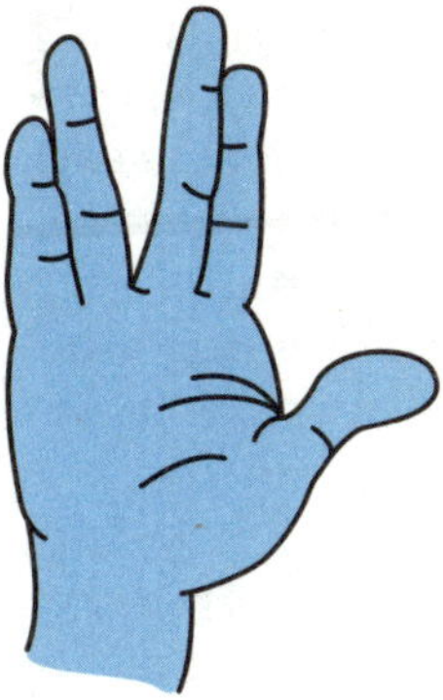

Spock. Der Pragmatiker mit den langen Ohren aus Star Trek ist vielleicht der berühmteste fiktive Stoiker. Obwohl er ein absolut korrekter Mann ist, äußert er vor allem in Krisensituationen regelmäßig völlig irritierende Sätze wie zum Beispiel: »Das Notwendige ist niemals unklug«, oder »In kritischen Situationen sehen Männer bisweilen, was sie sehen wollen«, oder »Angst findet im Gehirn statt, und das Gehirn kann man unter Kontrolle bekommen«. Interessant ist, dass er mit den Beziehungen, die er auf der Enterprise eingeht, regelmäßig die Grenzen seines Stoizismus auslotet. In einer Folge wiederholt er mehrfach das Mantra »Ich habe meine Emotionen unter Kontrolle«, ehe er sie prompt verliert und in Tränen ausbricht.

Andy Dufresne. Erinnert ihr euch, wie »Red« (gespielt von Morgan Freeman) unseren Lieblingsposterhelden Andy Dufresne (gespielt von Tim Robbins) in dem Film »Die Verurteilten« beschreibt? »Jetzt verstehe ich, warum ihn so viele Jungs für versnobt halten … Er spaziert so sorglos durch die Welt, als würde er einen unsichtbaren Mantel tragen, der ihn beschützt.« Andy ist auf das System, das ihn zu Unrecht in den Knast brachte, nie böse, da er es nicht ändern kann. Stattdessen kratzt er an der Mauer seiner Zelle herum, ohne zu wissen, wie dick sie ist oder was ihm das bringen wird. Sein unsichtbarer Mantel ist kein wasserdichtes Gore-Tex, sondern der Stoizismus.

Sherlock Holmes. »Nichts ist irreführender als eine offensichtliche Tatsache.« – »Die emotionalen Qualitäten sind der Feind klaren Denkens.« – »Verbrechen gibt es viele, Logik nur selten. Aus diesem Grund sollte man sich mehr mit der Logik als mit dem Verbrechen befassen.« Wie gelang es Arthur Conan Doyles berühmtem Detektiv aus dem viktorianischen London nur, so viele Verbrecher zu durchschauen? Ganz einfach: Er war ein begnadeter Stoiker.

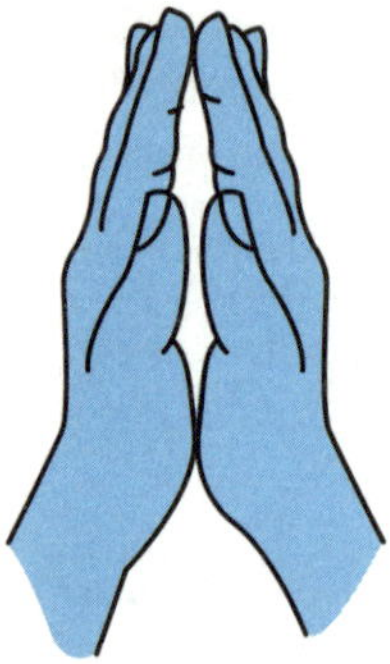

Das Gelassenheitsgebet. Die Anonymen Alkoholiker und ähnliche Organisationen beginnen ihre Treffen mit dem sogenannten Gelassenheitsgebet. Vermutlich kennt ihr den Namen, aber nicht seinen Wortlaut: »Gott, gib mir die Gelassenheit, Dinge hinzunehmen, die ich nicht ändern kann; den Mut, Dinge zu ändern, die ich ändern kann; und die Weisheit, das eine vom anderen zu unterscheiden.« Unbestätigten Gerüchten zufolge soll es noch einen Vers mit den Worten »Falls mir das nicht gelingt, hätte ich gerne einen Gin Tonic« geben.

tl;dr: *In der Popkultur gibt es viele bekannte Stoiker, zum Beispiel Spock, Sherlock Holmes und Andy Dufresne. Stoiker sind in der Regel nicht die Leute, die andere zu einer Party einladen, sondern sie stehen eher als verkopfte Nervensägen in der Ecke herum und analysieren die Gäste.*

ANLEITUNG FÜR STOIKER, WIE MAN JEMANDEN AUF EINER PARTY ABSCHLEPPT (BZW. SICH NICHTS DARAUS MACHT, WENN ES NICHT KLAPPT)

SITZUNG 35

Ist hier jemand, den ich abschleppen möchte?

NEIN → Ist in Ordnung. *„Freiheit erreicht der Mensch nicht durch die Erfüllung seiner Wünsche, sondern durch den Verzicht."*
EPIKTET

JA → **Hast du die Person in ein Gespräch verwickelt?**

NEIN → *Sprich mit ihr/ihm*

JA → **IST DIE PERSON BETRUNKEN?**

NEIN → Hast du der Person ein Getränk geholt?

- **NEIN** → *Besorg ein Getränk!*
- **JA** → (siehe unten)

JA → Will die Person mit zu dir nach Hause gehen?

- **NEIN** → (siehe unten)
- **JA** → ***YES!*** Ähm … genieß ruhig den Moment, aber mach nicht den Fehler, auf eine dauerhafte Beziehung zu hoffen.

„Lass nicht zu, dass etwas an dir klebt, was nicht dein Eigenes ist; dass dir etwas ans Herz wächst, das dir Qualen bereitet, wenn es dir weggenommen wird."
EPIKTET

Abschleppzitate für Stoiker:

„Weißt du, was dir großartig stehen würde? ~~Ich.~~ Eine antike griechische Philosophie aus dem dritten Jahrhundert vor Christus."

„Falls ich sage, dass du einen wunderschönen Körper hast, hoffe ich, ~~du drückst ihn an mich~~ du erinnerst mich daran, dass wir zwar von Reichtum, Vergnügungen und gutem Aussehen angezogen werden, diese Dinge aber keinen wirklichen Wert haben."

„~~Du siehst wunderbar aus~~ lebst heute Abend sehr tugendhaft."

„Hallo, willst du nicht heute Abend mit mir zusammen nichts wollen?"

„Was dir Fortuna nicht gegeben hat, kann sie dir nicht wegnehmen."
SENECA, DER JÜNGERE

Da die (dumme) Entscheidung des anderen, keinen Sex mit dir haben zu wollen, nicht in deiner Hand liegt, wäre der Wunsch, sie/ihn doch noch zu überreden, oder der Ärger darüber, dass das nicht klappt, etwa so, als wolltest du die Beschaffenheit des Universums ändern. Bringt nix.

SITZUNG

36

DIE VORTEILE DER VERDORBENHEIT, MORAL IST WAS FÜR LOSER!

Es scheint, als könne der Stoizismus vor Schmerz schützen. Indem man sich vergegenwärtigt, was man wirklich unter Kontrolle hat (wenig) und was nicht (viel), erweist sich der Stoizismus als sehr hilfreich. Wir lernen zu akzeptieren, was wir nicht ändern können. Viele halten das aber für fortgeschrittenen Selbstbetrug und sind der Meinung, Stoizismus sei eine Art des »Zurücktretens« von der Welt. Und zurücktreten zählt für diese Menschen nur, wenn man zurücktritt, um Anlauf zu nehmen, um dann mit Gebrüll und faustschwingend nach vorne zu stürmen. Wer sich so verhält, wird in der Regel für verrückt erklärt oder taucht in Werbespots für Extremsport-Events auf – aber vielleicht ist doch was dran? Warum eigentlich soll man sich nicht ungehemmt seinen Gelüsten hingeben, vor allem den körperlichen? Ist der Drang, sich zu vergnügen, nicht eine logische Folge unserer Vergänglichkeit? So fragen vor allem die libertären Freidenker. Für sie ist Moral nichts anderes als der törichte Versuch, sich den Spaß zu verderben. Und anstatt sie als unmoralisch und unfair zu bezeichnen, sollte die brave Gesellschaft ihnen dafür danken, dass sie sie daran erinnern, was es heißt, Spaß zu haben.

Die einzige Methode, mit der man die Stärke von Moral und Tugend überprüfen kann, ist vermutlich ein Gedankenexperiment: Wie würde ich leben, wenn ich wüsste, dass ich mit allem ungestraft durchkomme? Mit dieser Frage beschäftigt sich das Buch »Der Fürst« des italienischen Philosophen Niccolò Machiavelli. Sein Fazit lautet, dass sich ein Bauer gerne Gedanken über Moral machen könne, ein Führer sich aber um sein Vermächtnis, seinen Staat und den Machterhalt kümmern müsse. Deshalb heiligt für ihn der Zweck die Mittel. Diese Idee erwies sich als so überzeugend, dass Machiavellis Vermächtnis sein eigener Name ist. Er wird heutzutage verwendet, um skrupellose Machtmenschen zu beschreiben, die ihre Ziele ohne Vorbehalte verfolgen.

Sonderlich beliebt waren libertäre Freidenker nie - das zeigt auch der Fall des Marquis de Sade. Der sexbesessene Aristokrat glaubte weder an den Staat noch an Immobilienbesitz noch daran, dass irgendjemand seine Freiheiten begrenzen könne. Die Ironie des Schicksals sorgte aber dafür, dass ausgerechnet er mehr als 30 seiner 72 Lebensjahre eher unfrei in staatlichen Immobilien mit Hochsicherheitstrakt verbrachte, nämlich im Gefängnis. Den Großteil seiner Zeit beschäftigte er sich damit, heftige pornographische Literatur eines Genres zu verfassen, das heute seinen Namen trägt: *Sadismus*. Vielleicht stießen Machiavelli und Marquis de Sade mit ihren Ideen nicht deshalb auf Ablehnung, weil sie falsch lagen, sondern weil sie nicht die Macht besaßen, ungestraft damit durchzukommen. Für den US-amerikanischen Vizepräsidenten Dick Cheney war das 2006 kein Problem. Damals schoss er einem Freund bei der Wachteljagd aus Versehen eine Schrotladung ins Gesicht. Der überlebte zum Glück - und äußerte eine Woche später beim Verlassen des Krankenhauses: »Meine Familie und ich bedauern zutiefst, was Vizepräsident Dick Cheney in der letzten Woche durchmachen musste.« Fazit: Ist man mächtig genug, entschuldigen sich die anderen sogar dafür, *dass du ihnen ins Gesicht geschossen hast*.

tl;dr: *Ist Moral ein Wert an sich oder einfach nur ein Argument, damit man nicht mit jedem Blödsinn durchkommt? Falls ihr vorhabt, jemandem ins Gesicht zu schießen, solltet ihr auf jeden Fall genug Geld haben, um euch die »Justiz reicher Weißer« leisten zu können.*

DIE WEIBLICHE PERSPEKTIVE

SITZUNG 37

Sicher ist euch aufgefallen, dass in diesem Buch (und generell in der Philosophie) eine wichtige Perspektive bislang viel zu kurz kam - die weibliche. Oft werden ihre Vertreter und Vertreterinnen einfach verkürzt als »Feministinnen« bezeichnet und von allen anderen ignoriert. Es geht aber auch anders, deswegen gibt es hier zumindest einen ganz kurzen Überblick über die wichtigsten Gedanken fünf bedeutender Philosophinnen:

Hypatia von Alexandria (365 bis 415): Hypatia war die hochangesehene Leiterin einer platonischen Philosophieschule. Sie schrieb vor allem über die Gefahren der Religion und war der Meinung, dass dem Menschen die geistige Kapazität fehle, komplizierte Ideen wie Gott zu verstehen. Sie sagte: »Verteidige dein Recht zu denken. Denken und sich zu irren ist besser, als nicht zu denken.« Sie wurde von einer Gruppe extremistischer Christen ermordet, die sie mit Austernschalen malträtierten und zerteilten.

Hannah Arendt (1906 bis 1975): Die deutsch-jüdische Philosophin musste vor dem Naziregime fliehen. In ihren Werken geht es um das Wesen politischer Macht, Autorität und Totalitarismus. Sie prägte den Begriff »Die Banalität des Bösen«, um zu beschreiben, dass das Böse nichts Radikales, sondern eher ein Ausdruck von Gedankenlosigkeit ist. »Die traurige Wahrheit ist, dass das meiste Böse von Menschen angerichtet wird, die sich nie die Frage gestellt haben, ob sie gut oder böse sind ... Bekenntnisse der Kollektivschuld sind der beste Schutz für die Täter, und das schiere Ausmaß des Verbrechens die beste Ausrede, nichts dagegen zu tun.«

G.E.M. Anscombe (1919 bis 2001): Gertrude Elizabeth Margaret Anscombes Hauptwerk ist ihr Buch »Absicht« aus dem Jahr 1957. Darin beschreibt sie das Verhältnis zwischen menschlichem Verhalten und verschiedenen Formen des Willens. Es gilt als eines der wichtigen Werke der Handlungstheorie (Wer hat behauptet, Philosophen würden nie handeln?). Bekannt ist sie aber vor allem für ihre Ansichten über Sexualität: »Wer Sex nur als lockeres Vergnügen betrachten will, bekommt die Quittung: Er wird oberflächlich. Alle Gespräche, die diese Einstellung widerspiegeln und preisen, sind ebenfalls oberflächlich.

Sie achten ihre Körper nicht und schätzen das gering, was mit dem natürlichen Ursprung des Lebens verknüpft ist.«

Simone de Beauvoir (1908 bis 1986): Die französische Schriftstellerin und Philosophin gilt als Begründerin der feministischen Bewegung des 20. Jahrhunderts. Ihr einflussreichstes Buch trägt den Titel »Das andere Geschlecht«. Darin stellt sie die These auf, dass die Frauen unterdrückt wurden, weil in einer männlich dominierten Gesellschaft auch die Norm einem männlichen Ideal folgt und Weiblichkeit nicht als eine Alternative, sondern ein Abweichen von der Norm betrachtet wird. »Die Gesellschaft, deren Regeln von Männern festgelegt wurde, hat bestimmt, dass die Frau minderwertig ist; sie kann diese Minderwertigkeit nur bekämpfen, indem sie die männliche Überlegenheit zerstört.«

Judith Butler (geb. 1956): Die amerikanische Philosophin beschäftigt sich mit Geschlechterfragen und Sexualität. Sie glaubt, dass beide Geschlechter performativ sind (also nicht festgelegt sind, sondern einem Rollenmuster folgen). »Wir handeln, als wäre es eine innere Realität, eine simple Wahrheit oder Tatsache, ein Mann oder eine Frau zu sein. In Wirklichkeit ist es ein Phänomen, das ständig produziert und reproduziert wird, und aus diesem Grund bedeutet die Aussage, dass Geschlechter performativ sind, dass niemand von Beginn an ein Geschlecht hat.«

tl;dr: *Frauen könnten in der Philosophie einen enormen Einfluss haben. In den vergangenen 2500 Jahren ließen die Männer sie aber nicht oder taten sie viel zu oft als »Feministinnen« ab.*

KAPITEL 5

HEDONISMUS UND AUSWAHL

SITZUNG 38

DER SUPERMARKT DES LEBENS

Stell dir vor, deine Seele landet nach deinem Tod in einem riesigen Supermarkt. Du wendest dich an die Seele direkt neben dir, die gerade ein Paket mit der Aufschrift »Fußballerische Fähigkeiten« in ihren Einkaufswagen legt. Du fragst: »Entschuldigung, wo bin ich hier gelandet?« Die Seele antwortet: »Im Supermarkt des Lebens. Such dir aus, was du in deinem nächsten Leben brauchst. Du kannst deinen Einkaufswagen beliebig füllen, aber sobald du durch die Kasse bist, geht nichts mehr. Anschließend wirst du wiedergeboren und kannst dich nicht mehr daran erinnern, dass du hier warst.« Du hättest noch viele Fragen, aber die andere Seele ist schon im Gang mit den Bildungsprodukten verschwunden.

Du schnappst dir einen Einkaufswagen und gehst auf Erkundungstour. Je luxuriöser eine Ware ist, desto größer scheint sie zu sein. Da dein Einkaufswagen klein ist, wählst du sorgfältig aus. »Hohes Alter« ist das erste Produkt, außerdem nimmst du noch eine Schachtel mit der Aufschrift »Überdurchschnittliche Größe«. Dann noch eine Zweizimmerwohnung. In der Abteilung »Lebenspartner« verbringst du eine halbe Ewigkeit, weil du dich nicht zwischen »Partner 3000« und »Partner 3200 in akademischer Ausführung« entscheiden kannst. Schon lange, bevor dein Einkaufswagen voll ist, wird dir klar, dass du nur die grundlegendsten Bedürfnisse abdecken kannst. Gesundheit. Eine bescheidene Wohnung. Einen Partner. Grundlegende akademische Kenntnisse. Mehr Platz hast du einfach nicht, ganz gleich, wie du die Waren ordnest. Du gehst Richtung Kasse und denkst dabei schon an dein neues Leben. Es wird großartig werden.

Gedankenverloren stößt du mit einer anderen Seele zusammen, die mit einem vollbeladenen Einkaufswagen unterwegs ist. Durch den Zusammenprall fällt eine Packung »Partner 4000 Deluxe« auf den Boden. Du bist sofort eifersüchtig. Sie hat denselben Inhalt wie »Partner 3000«, aber 25 Prozent mehr Schönheit und reiche Eltern. »Verzeihung, wo kann ich ›Partner 4000‹ finden?«, fragst du. »Im zweiten Stock. Dort hinten gibt es einen Aufzug. Ich habe da einige großartige Sachen gefunden: akademische Titel, beheizbare Handtuchhalter, ausgefallene Urlaube ...«

Du wirfst einen Blick in deinen Einkaufswagen. Du hast dir zweifellos ein schönes Leben zusammengestellt, davon bist du überzeugt. Es ist allerdings ein wenig einfach. Du fragst dich, was es im zweiten Stock gibt. Bestimmt eine Menge toller Sachen. Du gehst hoch und findest tatsächlich einen Haufen unwiderstehlicher Angebote. Du tauschst deinen Master gegen einen Doktortitel ein und gönnst dir den »Partner 4000 Deluxe«. Um genug Platz zu bekommen, musst du nur ein paar Dosen Bescheidenheit und deine Rente sowie eine 35-Stunden-Woche gegen eine 60-Stunden-Woche eintauschen. Du bist sicher, es lohnt sich.

Auf dem Weg zur Kasse kommt über Lautsprecher die Durchsage, dass gerade der dritte Stock geöffnet wurde. *Was für Schweinehunde*! Du kannst dir nur ausmalen, welche tollen Erweiterungen es dort geben wird. Vielleicht »weltweiten Ruhm« oder den sagenumwobenen »Partner 5000 in der Ausführung nymphomanischer Multimillionär«? Wieder wirfst du einen Blick in deinen Einkaufswagen. Der Inhalt reicht dir nicht mehr aus. Du gehst zum Aufzug. Zu deiner Überraschung ist es bei deiner Ankunft stockdunkel, und du hörst, wie die Türen verschlossen werden. Eine laute Stimme verkündet: »Willkommen im dritten Stock. Sie sind Besucher Nr. 75987072335 Dieses Geschoss existiert nur, um zu beweisen, dass Menschen nie zufrieden sind. Du wirst als Mistkäfer wiedergeboren. Danke für deinen Besuch im Supermarkt des Lebens.«

tl;dr: *Menschen sind nie mit dem zufrieden, was sie haben. Der Supermarkt des Lebens hat nur zwei Stockwerke. Kluge Menschen beschränken sich aufs Erdgeschoss.*

DIE NIEDRIGE HALBWERTZEIT DER ZUFRIEDENHEIT

Diese kurze Geschichte zeigt, wie es vielen Menschen im Alltag ergeht: Zufriedenheit ist von kurzer Dauer. Selbst wenn jemand noch so zufrieden ist, kommt er nicht umhin, von der nächsten Stufe zu träumen. Hat man sie erklommen, geht es wieder von vorn los. Diesen Kreislauf aus Gewöhnung und Erwartungen bezeichnet man als hedonistische Tretmühle.

In unserem hektischen Alltag kann es natürlich leicht passieren, dass wir sie vergessen und glauben, es würde uns langfristig glücklicher machen, wenn wir auf eine größere Wohnung mit Balkon und Tiefgaragenplatz sparen und die aktuelle Wohnung mit einer kleinen Küche und ohne Balkon aufgeben. Doch sobald wir sie haben, ist auch sie schon wieder Normalität, und wir fangen aufs Neue an, uns auf die Wohnung gegenüber mit dem Whirlpool zu konzentrieren. Dies wussten schon die Philosophen im 4. Jahrhundert nach Christus. Der heilige Augustinus schrieb: »Unser Verlangen kennt keine Ruhe, es ist unendlich und eine ewige Qual ...«

Nach etwas zu streben ist aber auch ein wichtiger und grundlegender Teil der menschlichen Existenz. Deswegen stehen wir jeden Morgen auf. Ohne Ziele und Wünsche wäre unsere gesamte Motivation weg: »Unerfüllte Wünsche sind ein unverzichtbarer Bestandteil der Zufriedenheit«, sagte Bertrand Russell. Problematisch wird es, wenn man denkt, es gehe im Leben tatsächlich um den Porsche und nicht um das Streben danach. Es ist vor allem der Moment, in dem unser Besitz sich um das Gewünschte erweitert, der uns glücklich macht - nicht das neue Eigentum selbst. An das gewöhnen wir uns viel zu schnell. Es ist wirklich eine uralte Binsenweisheit, aber sie stimmt, dass es *um den Weg geht, und nicht um das Ziel*. Nicht A oder B machen uns glücklich, sondern die Reise von A nach B. Wir haben immer Wünsche. Problematisch wird es, wenn wir unsere Wünsche mit konkreten Bedürfnissen verwechseln und glauben, wir bräuchten, was wir wollen, anstatt zu wollen, was wir brauchen! 1978 wurde in einem berühmten Experiment nachgewiesen, dass Menschen sich selbst nach einschneidenden Erlebnissen wie einem Lottogewinn im Positiven oder einer Querschnittslähmung im Negativen schnell anpassen und die Zufriedenheit in weniger als sechs Monaten wieder auf dem alten Niveau ist. Ganz im Sinne eines berühmten Spruchs von Robert Frost: »Glück macht durch Höhe wett, was ihm an Länge fehlt.«

Die Relativität der Zufriedenheit ist eine positive Sache. Andernfalls könnten kambodschanische Straßenkinder wohl nie zufrieden sein, zumal Hollywoodstars auch nur eine begrenzte Anzahl von Kindern adoptieren können. Die hedonistische Tretmühle ist für die meisten der Ausgleich. Wir alle stolpern und taumeln in Richtung der »Bar jeder Zufriedenheit« - und wenn wir da sind, hängt das Kneipenschild bald wieder woanders.

tl;dr:	*Unsere Wünsche definieren wir immer konkret und wollen ein »größeres Haus«, »einen besseren Job« oder »die Nachbarin«. In Wirklichkeit aber geht es uns um das Gefühl der positiven Veränderung und des Wandels und nicht um den Besitz an sich.*

SITZUNG 39

FAKTENSAMMLUNG EPIKUR

Nationalität:	Griechenland
Zeitraum:	341 bis 270 v. Chr.
Einfluss:	■■■■■□□□□□
Groupies:	Wegen seines Gartens hatte er tatsächlich Groupies. Seine Jünger führten die Schule bis ins Jahr 500 fort, feierten jedes Jahr seinen Geburtstag und lehrten die richtige Form des Genießens. Unter den Philosophen hat er angeblich Horaz (»Carpe diem«), die Stoiker und sogar Thomas Jefferson (deshalb steht in der amerikanischen Unabhängigkeitserklärung auch das klassische Epikur-Zitat »Streben nach Glückseligkeit«) beeinflusst.

Beste Idee Vor den Göttern muss man sich nicht fürchten. Epikur lebte in einer Zeit, in der die Menschen abergläubisch waren und Angst vor dem Zorn der Götter hatten. Epikur fragte sich, warum guten Menschen Schlechtes widerfährt. Während viele eine heftige Abreibung verdient hätten, aber ungeschoren davonkommen, machen andere nichts falsch und haben dennoch Pech.

Diese Frage hat in der Philosophie einen so hohen Stellenwert, dass sie mit »Theodizee« sogar ihren eigenen Namen bekam. Epikur folgerte aus dem Schlechten auf der Welt:

1. Entweder versuchen die Götter, das Böse zu verhindern, schaffen es aber nicht.

2. Oder sie könnten es verhindern, wollen aber nicht.

Unabhängig davon, was zutrifft, sind sie machtlos oder zumindest gemein, und es lohnt sich nicht, weiter darüber nachzudenken. Das war eine große Erleichterung für alle Beteiligten (außer vielleicht für die Götter, doch das spielte danach auch keine Rolle mehr).

Anekdote Epikur ist unter den Philosophen das Aushängeschild des Hedonismus. Das führt allerdings komplett an der Wahrheit vorbei, denn er war nicht übermäßig ausschweifend, sondern betonte immer wieder, man solle die kleinen Freuden genießen und auf Extreme verzichten. Dennoch sagte man ihm legendäre Partys mit wüsten Exzessen nach und dass er in Gesellschaft von vier Frauen namens Hedeia (»Zuckerschnütchen«), Erotion (»Schatzi«), Nikidion (»kleine Göttin«) und Mammarion (»große Brüste«) an *verruchten Mitternachtsphilosophien* teilnahm. Andersherum ist es vermutlich besser: Man sollte lieber berühmt dafür sein, wie asketisch man lebt, und in Wirklichkeit rauschende Partys schmeißen!

Zitate

»Der Tod ist für die Lebenden bedeutungslos, weil sie leben, und für die Toten bedeutungslos, weil sie tot sind.«

– *Die Situation ändert sich aber dramatisch, wenn die Toten auf einmal als Zombies in der Welt der Lebenden auftauchen.*

»Wem genug zu wenig ist, dem ist nichts genug.«

– *Und ein Blick auf mein Konto verrät mir, dass wenn ich bald sterbe, ich sogar genug Geld habe, um bis dahin bequem zu leben.*

SEIN BADEZIMMER

① Frau und Sklave: Epikur war für absolute Gleichberechtigung und gewährte Frauen und Sklaven Zugang zu Orten, wo andere ihn verweigerten.

② Graffiti an der Wand. Das stand auf Epikurs Gartentor.

③ Eine Couch: Wie die Freudianer waren auch die Epikureer von der Selbstreflektion und der Analyse begeistert. Außerdem schätzten sie das, was wir heute Gesprächstherapie nennen.

④ Figur in der Popkultur: Jim Jones. Wie Epikur war auch Jim Jones (von der Sekte Peoples Temple) ein charismatischer Hedonist (zumindest wenn man seinen Drogenkonsum zum Maßstab nimmt), der eine Gruppe Gleichgesinnter um sich scharte, ohne dabei auf Geschlecht oder Hautfarbe zu achten. Er glaubte leider, dass die Zivilisation eine aussichtslose Angelegenheit sei. Dies führte dazu, dass er mit seinen Jüngern in den Dschungel von Guyana reiste und dort mit ihnen Massenselbstmord beging.

tl;dr: *Epikur war der hedonistische Anführer der von ihm gegründeten Schule »Der Garten«. Er wird häufig zu Unrecht als der größte Lebemann unter den Philosophen dargestellt.*

PHILOSOPHISCHER GLÜCKSBAUKASTEN – GLÜCKSELIGKEIT OHNE ENDE

SITZUNG
40

① **Brüste und Schokoriegel:** »Genuss ist das erste und das wichtigste Gut. Er ist der Ausgangspunkt jeder Entscheidung und jeder Abneigung.« – *Epikur*

② **Schmerzmittel:** »Alles Glück ist Illusion. Das Leben schwingt also, gleich einem Pendel, hin und her zwischen dem Schmerz und der Langeweile.« – *Schopenhauer*

③ **Peitschen, Ketten, Handschellen:** »Sex ohne Schmerz ist wie Essen ohne Geschmack.« – *Marquis de Sade*

④ **Trauriges Emoticon:** »Es gibt in der menschlichen Geschichte keinen Hinweis darauf, dass es je einen glücklichen Philosophen gegeben hat.« – *H.L. Mencken*

⑤ **Spiegel:** »Das Glück entflieht uns, wenn wir hinter ihm herrennen. In Wahrheit kommt das Glück von innen.« – *Mahatma Gandhi*

⑥ **Glühbirne:** »Ich denke nach, um glücklich zu werden.« – *Spinoza*

⑦ **Krawatte und »Familie an Bord«-Autoaufkleber:** »Das Glück der meisten Menschen hängt von zwei Dingen ab: ihrer Arbeit und ihren sozialen Beziehungen.« – *Bertrand Russel*

⑧ **Kaffeetasse und Cupcake:** »Unterschätze nie die Bedeutung ausreichender Koffeinzufuhr und den Fakt, dass man mit einem Cupcake in der Hand nicht unglücklich sein kann.« – *Gesunder Menschenverstand*

⑨ **Eine Flasche Duff-Bier:** »Alkohol ist die Ursache – und die Lösung – aller Probleme im Leben.« – *Homer Simpson*

DIE QUAL DER WAHL

SITZUNG 41

Unsere Zufriedenheit hängt von unseren Wahlmöglichkeiten ab. Aber kann man deshalb auch sagen, dass man umso glücklicher ist, je mehr Auswahl man hat? Im ersten Moment will man vermutlich laut schreien: »JA, NATÜRLICH, WAS DENKST DU DENN? BLÖDE FRAGE!« Ohne Auswahl ist es einfach nur Zufall, wenn man glücklich ist, oder?

Stellt euch zwei Supermärkte vor. Der eine liegt vor dem Fall des Eisernen Vorhangs in einem ehemaligen Ostblockland und der zweite ist ein riesiger REWE-Markt. Wo würdest du eher hingehen, um Müsli zu kaufen? Zu dem Supermarkt mit der größeren Auswahl, oder?

Es gibt Denker, die der Meinung waren, dass ein Mehr an Wahlmöglichkeiten nicht automatisch und ausschließlich gut ist, sondern versteckte Probleme birgt. Der französische Philosoph Jean-Paul Sartre etwa stellte die These auf, dass alle Menschen frei geboren werden und dies eine unwiderrufliche Tatsache unserer Existenz sei. So weit, so gut. In Sartres Augen ist unsere Freiheit aber nicht nur Geschenk, sondern auch Fluch. Wir sind von Grund auf frei, was bedeutet, dass wir allein für unsere Handlungen verantwortlich sind. In diesem Sinne entspricht totale Freiheit totaler Verantwortung. Darin liegt das Problem. Da uns nie alle Informationen vorliegen, können wir nie wissen, welche Konsequenzen unsere Entscheidungen haben. Dennoch kommen wir nicht umhin, Entscheidungen zu treffen. Noch schlimmer, wir müssen mit den Konsequenzen leben. Dies ist ein wenig so, als würde man sein Gepäck aufgeben, ohne zu wissen, wo das Flugzeug landen wird. Unabhängig davon, wie sehr man sein blaues Lieblings-T-Shirt mag, ist es nutzlos, wenn man damit am Südpol inmitten einer Pinguinkolonie steht.

Dies ist der Fluch, den Sartre meinte. Wir müssen Entscheidungen treffen, und damit machen wir viele andere (und oftmals bessere) Optionen zunichte. Sobald man hypothetische Überlegungen anstellt, ist man verloren; das Gras auf der anderen (imaginären) Seite ist immer grüner. Uns bleibt nichts anderes übrig, als gleichzeitig Staatsanwalt, Richter, Geschworener, Angeklagter und Henker unserer Entscheidungen zu sein, ohne vorher zu wissen, was dabei herauskommt. In Folge müssen wir nicht nur die Last der getroffenen Entscheidung tragen, sondern auch noch allen verpassten Gelegenheiten hinterhertrauern – allen anderen Leben, die wir nicht leben; allen anderen Müslis, die wir nicht essen; allen anderen Urlaubszielen, die wir nicht besucht haben, die aber permanent von unseren Freunden in hochauflösenden Bildern online präsentiert werden.

tl;dr: *Eine Wahl zu haben, ist sicher besser, als keine zu haben. Zu viel Auswahl ist aber ein bisschen wie zu viel Zucker. Man fängt an, sich merkwürdig zu verhalten, und am Ende hat man Diabetes und ist unglücklich.*

SITZUNG 42

FREIER WILLE UND ANDERE ERFINDUNGEN

Die Diskussion über die Wahlmöglichkeiten führt uns direkt zu einer der beliebtesten menschlichen Vorstellungen – dem nicht vorhandenen freien Willen. Der Zusammenhang ist klar: Was hat man davon, wenn man die Wahl hat, sich aber gar nicht frei entscheiden kann? Welche Entscheidungen sind tatsächlich unsere eigenen? Dazu ein weiteres kleines Gedankenexperiment.

Stell dir vor, du bist mittags unterwegs und hast die Wahl zwischen zwei Gerichten – einem Salat und einem Teller mit köstlichen salzig-fettigen Fritten. *Wofür entscheidest du dich*? Nun, in diesem Fall kann es natürlich sein, dass die Sache direkt entschieden war, als du die Fritten gerochen hast. Im Prinzip ist es aber so, setzt man freien Willen voraus, so muss man davon ausgehen, dass man sich selbständig entschieden hat. Es wäre also genauso möglich gewesen, statt auf den köstlichen Fritten auf langweiligen Salatblättern herumzukauen.

Schauen wir uns deshalb unsere Entscheidung noch ein wenig genauer an. Nicht im Hinblick auf den Blutdruck oder den Cholesterinspiegel, sondern darauf, was letztlich zur Entscheidung führte. Es könnte sein, dass ich aufgrund meiner Gene den Fritten nicht widerstehen konnte. Oder soziale Umstände bzw. meine Erziehung dazu führten, dass ich nicht den Salat gewählt habe. Vielleicht waren es aber auch Erinnerungen daran, wie meine Mutter immer tolle Fritten zubereitete? Es könnte auch eine Mischung aus allen Faktoren zusammen gewesen sein. Unabhängig davon kann ich aber weder etwas für meine Gene noch für meine sozialen Umstände. Ich hatte darauf keinen Einfluss. Das klingt nicht nach freiem Willen! Im Umkehrschluss, also wenn meine Gene, meine sozialen Umstände und meine Erfahrungen nicht Basis meines freien Willen sein können, was hat der freie Wille dann noch mit mir zu tun? Wie man sieht, ist die Sache kompliziert. Aus philosophischer Sicht gibt es zwei klare Möglichkeiten:

1. Kausalität und Determinismus – »Ich tat es, weil es dazu kommen musste.«
Jede Handlung ist mit den Umständen verknüpft, die sie »verursachen«. Der freie Wille löst sich in eine Abfolge von Ursachen und Wirkungen auf. Was man für eine eigene Entscheidung hält, ist in Wirklichkeit nur der Zeitraum, bis das kausal bedingte Ergebnis bei einem angekommen ist. Alle Entscheidungen werden nur von der Kausalität getroffen. Tschüss, freier Wille!

2. Indeterminismus – »Ich tat es, weil ich es tat.«
Wir haben einen freien Willen, das ist die gute Nachricht. Unsere Entscheidungen werden nicht durch vorhergehende Ereignisse, Gene oder andere Umstände verursacht, auf die wir keinen Einfluss hatten,

und sind somit nicht vorherbestimmt. Dies wirft aber die Frage auf, wieso eine Entscheidung, die nicht ursächlich mit uns und dem zu tun hat, was uns definiert, als *unsere* Entscheidung bezeichnet werden kann. Auf einmal fühlt sich der freie Wille sehr unpersönlich und zufällig an.

Die meisten Philosophen haben sich auf die Vorstellung geeinigt, dass der Begriff des freien Willens eine hilfreiche Illusion ist, etwa so wie Photoshop beim Absatz von Make-up hilft, aber keine exakte Darstellung der Realität ist. Im Grunde halten sie die Welt für deterministisch, aber zu kompliziert für exakte Voraussagen, wodurch ein Zwischenraum entsteht, der sich wie freier Wille *anfühlt*. Das vermutlich beste Zitat zu diesem Thema stammt von Schopenhauer: »Der Mensch kann tun, was er will, aber er kann nicht wollen, was er will.«

tl;dr: *Kausalität und freier Wille sind zwei Konzepte, die nicht sonderlich gut harmonieren. Leider schmeckt Salat mit keinem von beiden besser.*

SITZUNG 43

KEINE SCHEU VOR DER REU'

Da wir einerseits wissen, dass wir Entscheidungen treffen müssen, gleichzeitig die Folgen aber nicht vorhersehen können, stellt sich eine interessante Frage: Warum bereuen wir etwas? Zumal wir doch alle immer bestrebt sind, die besten Entscheidungen zu treffen. Oder wann seid ihr zuletzt mit dem Vorsatz aufgewacht, absichtlich falsche Entscheidungen zu treffen? Vermutlich noch nie, oder?

Wie ist Reue überhaupt möglich, wenn jede Entscheidung eine logische Folge der jeweiligen Situation ist, in der sie getroffen wurde? Man kann die Uhr nicht zurückdrehen, und selbst wenn, wüsste man nicht, was herauskäme, wenn man seine Entscheidung reumütig ändert. Man steckt im selben Dilemma wie ein Zeitreisender. Heute bedauert man vielleicht, dass man dem tyrannischen Mitschüler mit 16 nicht aufs Maul gehauen hat, weiß aber auch nicht, ob er einen deshalb dann in Ruhe gelassen oder von der Brücke gestoßen hätte. Vielleicht hat man sich zu dem freundlichen, empathischen Menschen, der man heute ist, entwickelt, weil man unter diesem Tyrannen gelitten hat. Wie kann man bedauern, was einen zu dem machte, der man ist, wenn man nicht bedauert, wer man ist? Vor allem, wenn man gar nicht weiß, wie man derjenige geworden ist! Wie der freie Wille wird auch der Begriff Reue immer schwerer zu fassen, je mehr man ihn greifen will. Wenn wir glauben, eine konkrete Entscheidung zu bereuen, haben wir es in Wirklichkeit mit einer komplizierten Mischung zu tun:

- Die entscheidende Information, aufgrund der wir eine andere Entscheidung getroffen hätten, lag nicht vor.
- Die Fortschritte, die wir durch die schlechte Entscheidung erzielt haben, hätten wir ohne das negative Erlebnis nicht gemacht.
- Wir werden nie wissen, wie die Sache ausgegangen wäre, wenn wir eine andere Entscheidung getroffen hätten, können uns aber immer eine bessere Variante im Kopf ausmalen.

Vielleicht lag der dänische Philosoph Sören Kierkegaard ja mit seinen Worten richtig: »Heirate, und du wirst es bereuen; heirate nicht, und du wirst es auch bereuen ... Lachst du über die Dummheit der Welt, wirst du es bereuen; beweinst du sie, wirst du es auch bereuen ... Hängst du dich auf, wirst du es bereuen; hängst du dich nicht auf, wirst du es auch bereuen ... Das, meine Herren, ist der Kern der Philosophie.« Zwar bringt Reue bei einer konkreten Entscheidung nichts, sie kann aber in anderer Hinsicht nützlich sein. Dann nämlich, wenn sie uns dazu bringt, unsere Überzeugungen und Gedankengänge zu überprüfen, die überhaupt erst zu der Entscheidung führten.

tl;dr: *Reue ist meist nutzlos, unlogisch und unvermeidlich, nach Kierkegaard aber der Kern der Philosophie und Basis vieler toller Filme und Musikstücke.*

SITZUNG 44

KEIN GRUND ZUR BUẞE

Können wir auch für Sünden büßen, die wir gar nicht bereuen? Im Mittelalter schon. Damals erfand die katholische Kirche die sogenannten *Ablassbriefe*. Nach ihrer Einführung konnten Sünder ihre Sünden durch den simplen Kauf solcher Ablassbriefe loswerden und so dem Höllenfeuer entgehen. Im Grunde handelte es sich bei diesem Geschäft um den Traum jedes Kapitalisten. Man verkaufte ein Produkt, das jeder brauchte (die Definition von Sünde war sehr breit), das kaum Produktionskosten hat (Brief mit offiziellem Siegel genügt), das eine hohe Gewinnspanne bietet und bis zum Tod des Kunden keiner Überprüfung oder Beschwerde standhalten musste (keine Ausgaben für Customer-Service). Zum Leidwesen der Kirche setzte sich aber Mithilfe eines gewissen Martin Luther die Meinung durch, dass es sich dabei um Betrug handelte, wonach der Ablasshandel abgeschafft wurde. *Aber stimmt das überhaupt, ist er wirklich abgeschafft*?

Heutzutage gibt es viele Produkte des täglichen Konsums, die mit ethischen Zusätzen versehen sind und uns damit Buße versprechen. Buße für eine ungerechte Welt, in der Konsum dazu führt, dass Kleinbauern verarmen, Kinderarbeit noch immer existiert und natürliche Ressourcen überbeansprucht werden. Ob wir wollen oder nicht, uns sind die mannigfaltigen negativen Konsequenzen unseres Konsums bewusster denn je zuvor. Konsum einzustellen, ist aber auch keine Option, eigentlich wollen wir den Konsum ja genießen. Früher zum Beispiel war der Kauf eines Bechers Kaffee ein viel simplerer Vorgang – Kaffee, Geld, Schmerzen wegen Übersäuerung des Magens. Heute aber wird man beim Kauf eines Kaffees mit allen möglichen zusätzlichen Optionen überfrachtet, die einen Ausgleich für die durch den Konsum entstandene Schuld versprechen – Fair Trade, recyclingfähige Becher, Gefäße für Trinkgeld, Spendenboxen. *Ablassbriefe* in moderner Form. Mach dich schuldig, und kauf die Absolution. So wie es die katholische Kirche gemacht hat, oder

»Kapitalismus mit menschlichem Antlitz«, wie es der Philosoph Slavoj Žižek nennt.

Man kann mit Sicherheit davon ausgehen, dass die großen Kaffeekonzerne das Geld ihrer Aktionäre nur ausgeben, wenn sie dadurch mehr verdienen. Das ganze Geld wäre aber vermutlich besser investiert, wenn man damit das System verbessern würde. Ein System, das überhaupt erst dazu geführt hat, dass die Notwendigkeit von Fair Trade besteht. So gesehen wird durch Fair Trade das Leiden des peruanischen Bauern nur noch verlängert, und man verwehrt ihm die Chance, seine Arbeitskraft besser einzusetzen, etwa als Manager eines sozialen Netzwerkes.

Im Endeffekt sind »Ablassbriefe« wie Fair Trade vermutlich weder rein zynische Methoden zur Gewinnsteigerung noch rein altruistische Hilfsinstrumente, sondern liegen irgendwo dazwischen. So bietet diese Form des Kaufs einem nicht nur die Chance, etwas zu kaufen, sondern sich auch von jeglichem schlechten Gewissen, das mit dem Konsum einhergeht, freizukaufen. Das moralische Element ist flexibel und schwer zu erkennen. Das einzige Wertesystem, das in diesem Fall zählt, ist das, welches wir dem Produzenten abkaufen.

tl;dr: *Buße ist nie wirklich möglich. Wer sich als Büßer fühlt, büßt, und Konsum macht mehr Spaß, wenn man mit den Produkten auch ein gutes Gewissen erstehen kann. Ablassbriefe sind ein tolles Geschäftsmodell.*

MODERNE BUßE

SITZUNG
45

ABLASSBRIEFE *je* 1,–€

Der Besitzer dieses Ablassbriefs wird von folgender Sünde befreit:

KAPITEL 6

GESELLSCHAFT UND GERECHTIGKEIT

Guten Tag, Mensch Nummer 7'000'500'001, auch bekannt als Dieter Möller.

Herzlich willkommen! Aus Gründen der Annehmlichkeit haben wir für dich eine „Gesellschaft" kreiert. Das wird dir total gefallen. Wahrscheinlich gefallen. Wie dem auch sei, wir haben dich schon mal angemeldet.

Die Regeln:

1) *Land, Eigentum und Ressourcen befinden sich in privaten Händen und gehören nicht dir. Es sei denn, sie gehörten deinen Eltern.*
2) *Die Gesetze sind einzuhalten, ansonsten stecken wir dich ins Gefängnis.*
3) *Du verlierst kein Wort über den Fight Club!*

Wir sind davon überzeugt, dass du das als fair empfinden wirst. Viel Spaß mit deiner Existenz (der Spaß ist optional, hat sich aber als Popularitätsverstärker bei Partys erwiesen).

Beste Grüße
DIE REGIERUNG

ALLE SIND MIR GEGENÜBER VOREINGENOMMEN – INKLUSIVE MIR SELBST!

SITZUNG 46

Nehmen wir an, ein Politiker will einen neuen Feiertag einführen. Einen Feiertag, der so toll, so erholsam und so erquicklich ist, dass er zukünftig der Lieblingstag der ganzen Nation wird. Das ganze Jahr werden sich die Menschen auf diesen Tag freuen. Menschen aller Generationen verbringen ihn in harmonischer Atmosphäre, erzählen sich Geschichten, pflegen ihre Freundschaften, fühlen sich geliebt und sind rundum zufrieden. Die Erwachsenen sind betrunken und glücklich und zeugen mehr Kinder als an jedem anderen Tag im Jahr. Klingt gut? Als gute Demokraten beschließen die Mitglieder der Regierung, eine öffentliche Abstimmung durchzuführen, bei der über die Einführung des Feiertags entschieden wird.

Würdest du für diesen Feiertag stimmen oder dagegen?

☐ Ja ☐ Nein

Gut, und was wäre, wenn ich dir erzähle, dass 45 Millionen umgebracht werden müssten, damit der Feiertag eingeführt wird? Hunderte Millionen von Menschen werden den schönsten Tag des Jahres erleben, einen Tag der Harmonie und der Familie, doch als Ausgleich müssen dafür 45 Millionen umgebracht werden.

Wie stimmst du jetzt ab?

☐ Ja ☐ Nein

Ich habe dir verschwiegen, dass keine Menschen umgebracht werden, sondern Truthähne. Jedes Jahr werden an diesem Feiertag, der »Thanksgiving« heißt, 45 Millionen Truthähne umgebracht.

Beeinflusst das deine Entscheidung? Für unsere Ernährung werden jeden Tag Tiere umgebracht, also wo ist der Unterschied? Was sagst du jetzt?

☐ Ja ☐ Nein

Und was wäre, wenn ich zu dir sagen würde: Um Thanksgiving richtig verstehen und genießen zu können, muss man selbst einen Truthahn umbringen. Hätte das Einfluss auf deine Entscheidung? Entscheide dich jetzt!

☐ *Ja* ☐ *Nein*

Eine letzte Information habe ich noch. Was wäre, wenn du in deinem nächsten Leben als Truthahn auf die Welt kommen würdest? Zum letzten Mal: Ändert das deine Entscheidung?

☐ *Ja* ☐ *Nein*

tl;dr: *Unser Verhalten bei Wahlen hängt sehr stark davon ab, welche Konsequenzen das Ergebnis für uns hat, und nicht von einer absoluten Moral. Außerdem sollte man an Thanksgiving besser kein Truthahn sein.*

DIE UNVOREINGENOMMENE STELLUNG? (FSK 0)

Die meisten Wähler würden von sich behaupten, dass sie bei Wahlen fair und überlegt entscheiden. Sie analysieren die Kandidaten, hören sich ihre Vorschläge an und stimmen schließlich für den, der aus ihrer Sicht für die Gesellschaft am besten ist. Doch selbst wenn wir glauben, dass wir fair und überlegt wählen, stimmen wir vermutlich meist für den, der uns am meisten Vorteile bringt oder am sympathischten wirkt, und reflektieren die Moral und die Richtigkeit unserer Entscheidung erst hinterher. Als Truthahn mit Stimmrecht würden wir an Thanksgiving völlig anders abstimmen als ein hungriger Mensch.

Im alten Rom durften Menschen, die in den Randbereichen des Imperiums wohnten, nicht darüber abstimmen, ob die benachbarten Länder erobert werden sollen. Die Römer gingen nämlich davon aus, dass die Vergeltungsschläge der eroberten Nachbarn meist diese Siedlungen treffen würden. Könnte man aber nicht mit derselben Logik argumentieren, dass die Menschen, die im Zentrum von Rom wohnten, wegen ihrer (relativen) Sicherheit genauso befangen waren? Da Soldaten kämpfen müssen, sind sie befangen. Frauen, die den Verlust ihrer Ehemänner befürchten müssen, sind genauso befangen. Macht man so weiter, hat man schnell keine Wähler mehr. Selbst wenn uns der Ausgang egal ist, sind wir durch unsere Erfahrungen, Erziehung, Moral und Unvernunft voreingenommen.

Der Philosoph John Rawls untersuchte dieses Problem und erforschte, wie man gerechte Entscheidungen treffen kann. Seine Lösung nannte er die »Original Position«, womit er so etwas wie eine unvoreingenommene Ausgangsposition meinte. Sie funktioniert so:

1. Damit eine Abstimmung, wie zum Beispiel die über Thanksgiving, gerecht verläuft, müssen sich alle Wähler hinter einem »Schleier des Nichtwissens« befinden.
2. Schleier bedeutet in diesem Zusammenhang, sich in die Lage versetzen zu können, nichts wissen zu dürfen, wodurch sie befangen sein könnten – weder durch ihr Alter, ihre Hautfarbe, ihr Geschlecht, ihre Kraft, ihre Intelligenz, ihre Krankheiten, ihre Talente, ihre Werte, die Werte der Gesellschaft, noch ihre gesellschaftliche Stellung. Sie wissen nicht, ob sie Teil einer gutgelaunten Familie sind oder ein Truthahn, dem gleich die Laune vergeht.
3. Unter diesen Voraussetzungen können sie frei zum Vorteil aller abstimmen und jeden Vorschlag individuell beurteilen.
4. Erst nach Abgabe der Stimme erfahren die Wähler, wer sie sind. Sind sie ein Truthahn oder ein Mensch, und hat ihnen ihre Stimme geholfen oder geschadet?
5. Natürlich ist dieser Urzustand eine rein hypothetische Situation, da wir als Mitglieder einer Gesellschaft zwangsläufig voreingenommen sind. Wir können nicht einfach wieder bei null anfangen. Die Frage

lautet daher, wie die beste Struktur aussieht, die nicht nur hypothetisch, sondern realistisch ist. Ein extrem einflussreicher Philosoph glaubte die Lösung zu kennen. Sein Name war Konfuzius …

tl;dr: *Laut John Rawls ist eine (fiktive) unvoreingenommene Ausgangsposition die einzige Situation, in der wir wirklich gerecht wählen würden. Nur unter dieser Bedingung wissen wir nichts über uns – nicht einmal unser Alter oder Geschlecht. Außerdem würden Truthähne für Weihnachten stimmen.*

DER SCHLEIER DES NICHTWISSENS

SITZUNG 47

SITZUNG
48

FAKTENSAMMLUNG KONFUZIUS

Nationalität:	China
Zeitraum:	551 bis 479 v. Chr.
Einfluss:	■■□□□□□□□□ in Europa
Einfluss:	■■■■■■■■■■ in Asien
Groupies:	2000 Jahre lang die chinesische Bevölkerung

Beste Idee Die fünf Beziehungen. Im Zentrum seiner Lehren stehen die fünf Beziehungen, die unser Leben bestimmen. Sie lauten von oben nach unten:

1. Herrscher zu Untertan
2. Vater zu Sohn
3. Ehemann zu Ehefrau
4. Ältere Geschwister zu jüngeren
5. Freund zu Freund

Eine gute Beziehung kennzeichnet Loyalität und das Einhalten von Ritualen, Pflichten und Traditionen. Die Gesellschaft kann nicht durch abstrakte Ideale verbessert werden, sondern durch Menschen, die mit gutem Beispiel vorangehen. Nehmen sich alle zusammen und akzeptieren ihre Rolle in der Gesellschaft, wirkt sich das positiv auf das tägliche Zusammenleben aus. Alle sind loyal und respektieren die Rituale, wodurch die Gesellschaft insgesamt gerechter wird.

Anekdote Konfuzius nahm seine Schüler unabhängig von Herkunft und sozialer Stellung auf. Er war der Meinung, dass jeder Bauer ein Gentleman sein kann, solange er tugendhaft lebt. Seine Idee von der Leistungsgesellschaft war so überzeugend, dass seit seiner Zeit jeder Chinese, der ein staatliches Amt einnehmen wollte, seine Qualifikation mit einer schriftlichen Prüfung nachweisen musste. Dies ist vermutlich einer der Gründe, weswegen die chinesische Zivilisation der der westlichen Welt in den letzten zwei Jahrtausenden kulturell und technisch meist überlegen war. Dennoch starb Konfuzius in dem Glauben, er sei ein Totalversager; er erfuhr nie, dass er die chinesische Kultur für über 2000 Jahre prägen würde.

Zitate

»Es spielt keine Rolle, wie langsam du gehst, solange du nicht stehen bleibst.«

– *»Not what she said!«*

»Zu wissen, was man weiß, und zu wissen, was man nicht weiß, das ist wahres Wissen.«

– *... aber vermutlich deutlich weniger profitabel, als sein Nichtwissen lukrativ zu verkaufen.*

»Wähle einen Beruf, den du liebst, und du musst in deinem Leben keinen Tag mehr arbeiten.«

– *Alternativ kannst du auch keinen Tag arbeiten, denn dann musst du nie einen Beruf wählen!*

SEIN BADEZIMMER

① Wanderstock: Er zog durch das feudale China, um Unterstützer seiner Lehren zu finden.

② Richterhammer: Mit 50 wurde er Richter.

③ Bruce-Lee-Poster: Der Name Konfuzius ist die latinisierte Form von K'ung Fu-tzu (großer Meister K'ung), also dem Namen, der ihm von seinen Schülern gegeben wurde.

④ Konfuzius' Stammbaum, der sich mittlerweile in der 85. Generation befindet, ist der älteste, der in der Welt noch nachverfolgt wird.

⑤ »Respekt für ältere Menschen«-Aufkleber: Eckpfeiler seiner Philosophie, da Tugend seiner Meinung nach mit dem Einhalten der Tradition zu tun hat.

⑥ »Nur für Männer«-Aufkleber: Er glaubte, dass man lernen muss, Recht von Unrecht zu unterscheiden. Dennoch war er der Meinung, Frauen müssten vom Bildungssystem ausgeschlossen werden.

⑦ Figur in der Popkultur: Principal Skinner von den Simpsons. Beide sind Erzieher, die Mühe haben, respektiert zu werden. Principal Skinner schwankt ständig zwischen seinen Wünschen (Freiheit, eine Beziehung mit Edna Krababbel) und dem Pflichtgefühl gegenüber seiner Mutter. Beide sind Idealisten, die durch Erziehung die Gesellschaft verbessern wollen und wenig Erfolg damit haben (zumindest zu Lebzeiten).

tl;dr: *Konfuzius wollte, dass jeder seinen Platz kennt und die Älteren respektiert. So wollte er die Gesellschaft verbessern oder zumindest als Posterboy in ihren Zimmern hängen.*

SITZUNG 49

VEREINFACHTER VERGLEICH ZWISCHEN WESTLICHER UND ÖSTLICHER PHILOSOPHIE

	Westliche Philosophie	Östliche Philosophie
Größte Hits	Wissenschaft & Christentum	Buddhismus, Konfuzianismus, Taoismus, Zen, Yoga
Fundamentaler Unterschied	Wir teilen auf.	Sie legen zusammen.
Was bedeutet das?	Stellt euch eine Wissenschaft als Puzzle vor. Wir nehmen immer ein einzelnes Teil und untersuchen es so lange, bis nur noch Puzzleprofis wissen, was los ist.	Sie wollen alles zusammen lösen. Dazu müssen die Teile zu einem hübschen und ganzheitlichen Puzzle des Lebens zusammengesetzt werden, einzelne Teile sind nicht so wichtig.
Und jetzt bitte in philosophischen Worten …	Wir legen den Schwerpunkt auf einzelne Ereignisse und die Rolle des Individuums. Die Wahrheit über die Welt findet man durch Erforschung und Analyse der Naturgesetze heraus. Dabei nimmt man die Logik zu Hilfe und zieht die richtigen Schlüsse. Der Schwerpunkt liegt auf konkreten Fragen, die durch Unterteilung in Teildisziplinen	Ihr Ansatz ist kosmologischer und systemischer. Alle Ereignisse in der Welt hängen miteinander zusammen. Die Wahrheit kann man nicht durch einzelne Experimente herausfinden, sondern sie offenbart sich infolge der Suche in einem selbst (zum Beispiel durch Meditation). Allgemeinbildung und ein übergreifender

	beantwortet werden. Die Wahrheit muss nicht nur gefunden, sondern auch bewiesen werden.	Kontext sind die Grundlagen.
Glaube und Werte	Von außen nach innen.	Von innen nach außen.
Und wieder, das Ganze bitte etwas philosophischer …	Leistung und Erfolg werden meist anhand äußerer Faktoren (Geld, Religion, Popularität etc.) gemessen. Der individuelle Charakter der Persönlichkeit wird verehrt und gefördert. Man soll kritisch sein und den Status quo hinterfragen.	Die menschliche Innenwelt und deren Kontrolle zählen zu den größten Werten. Der Weg zur Spitze steckt in einem selbst und wird durch Weiterentwicklung erreicht. Individualismus wird nicht als Tugend angesehen.
Was bedeutet das für mein Selbstbild?	Wir und unsere Seele sind unveränderlich. Es gibt eine klare Trennung zwischen Körper und Geist.	Wir müssen unser wahres Ich finden. Die einzige Trennung findet im Kopf statt.
Rolle der Religion in der Philosophie	Feindschaft	Freundschaft

tl;dr: Zwischen östlicher und westlicher Philosophie besteht ein großer Unterschied. Im Westen denkt man sozusagen von außen nach innen. Im Osten denkt man von innen nach außen.

WARUM ORGANE VERTRÄGE MIT AUSSTIEGSKLAUSEL VORZIEHEN

SITZUNG 50

Man geht davon aus, dass in Deutschland jeden Tag drei Menschen sterben, weil sie vergeblich auf eine Organtransplantation warten. Das Problem sind jedoch nicht die fehlenden Organe, sondern zu wenige Spender. Zwar behaupten 70 Prozent aller Deutschen, sie seien zu einer Organspende bereit, doch in Wirklichkeit setzen dies nur 12 Prozent *in die Tat um*. Das System basiert auf Freiwilligkeit, und die einfachste Methode zur Teilnahme ist, in eine Apotheke zu gehen und sich einen Organspenderausweis zu besorgen. Viele kommen nicht dazu, weil sie viel zu tun haben, es vergessen oder einfach nicht mit ihrer eigenen Sterblichkeit konfrontiert werden wollen. Die Regierung investiert Millionen in die Bekanntmachung und Werbung, um das öffentliche Bewusstsein für Organspenden zu erhöhen, doch bislang waren ihre Anstrengungen wenig erfolgreich.

Es gibt aber noch ganz andere Vorgehensweisen. In Österreich zum Beispiel gelang es der Regierung, unglaubliche 99,98 Prozent der Bevölkerung als Organspender zu gewinnen! Welche wundersame Technik wandte das Land an, um seine Bürger zu überzeugen? Ganz einfach, in Österreich ist Organspende nicht freiwillig, sondern automatisch vorgegeben. Sofern man als Österreicher nicht explizit seine Zustimmung verweigert (ein einfacher Brief genügt), gehören die Organe allen Österreichern und können nach dem Tod eingefordert werden. Und warum machen nur 0,02 Prozent aller Bürger von ihrer Ausstiegsklausel Gebrauch? Vermutlich aus einem ähnlichen Grund, aus dem nur 12 Prozent aller Deutschen sich zur Organspende bereiterklären. Eine Mischung aus Gleichgültigkeit, Faulheit, Ignoranz (sie wissen einfach nicht, dass sie es tun müssen) - und in manchen Fällen vielleicht sogar der Wunsch, anderen zu helfen.

Alle Gesellschaften funktionieren so, als Mischung aus freiwilliger Beteiligung und Ausstiegsklauseln. Wählen beruht auf freiwilligem Hingehen, aus der Kirche(nsteuer) muss man aktiv austreten. Für den Beruf, den Wohnort, die Vereine, Anrufe des Telefonanbieters oder Werbe-E-Mails gibt es eine Ausstiegsklausel. Wann aber genau hat man sich der Gesellschaft angeschlossen, zu der alle diese Verträge gehören, und wie funktioniert sie? Nun, dafür ist ein sehr spezieller Vertrag notwendig. Wie die Österreicher und ihre Organe wissen nur sehr wenige, dass sie sich für ihn entschieden haben und es keine Ausstiegsklausel gibt. Die Rede ist vom Gesellschaftsvertrag und von der Funktionsweise von Regierungen.

tl;dr: *Eine Gesellschaft besteht aus Verträgen mit freiwilliger Beteiligung und Ausstiegsoptionen. Darüber steht ein Vertrag, in den man hineingeboren wird und aus dem man nicht so einfach aussteigen kann: der sogenannte Gesellschaftsvertrag.*

DAS KLEINGEDRUCKTE DER GESELLSCHAFT

SITZUNG 51

Bis zum 18. Jahrhundert war die Macht recht klar verteilt. Es gab zwei grundlegende Gesellschaftsordnungen:

1. Eine **»natürliche Ordnung«**: Wie Platons Stufenleiter. Von den Steinen am Boden bis zum Herrscher, dem Klerus oder dem Adel. Für wie natürlich man das hielt, hing davon ab, auf welcher Stufe der Leiter man sich befand.

2. Jeder gegen jeden: Wer am stärksten zuschlagen kann, hat die Macht. Oftmals auch als **Machiavellismus** bezeichnet.

Dem französischen Philosophen Jean-Jacques Rousseau erschienen diese Möglichkeiten nicht optimal. Er glaubte, dass wir alle als freie Menschen geboren werden. Die Welt in ihrem Naturzustand kennt keine Regierungen, Steuern und sonstige gesellschaftlichen Einschränkungen, aber was läuft schief? »Der Mensch ist frei geboren, und überall liegt er in Ketten.«

Na ja, die moderne Gesellschaft ist nicht nur der Ort, an dem es elektrische Zahnbürsten, Waffeln und Multiplex-Kinos gibt, sondern wir wären womöglich alle Machiavellisten, wenn sich alles immer im Naturzustand befände. Wir würden in einer Welt leben, in der jeder gegen jeden kämpft, und unsere Leben wären »einsam, armselig, ekelhaft, tierisch und kurz«, so jedenfalls sah der Philosoph Thomas Hobbes den Naturzustand. Rousseau war aber nicht naiv, er wusste genau, dass wir kein autonomes Leben ohne Gesellschaft führen können. Möglichkeit 1 und 2 waren ihm aber auch nicht recht.

Rousseau kam zu dem Schluss, dass wir uns eine legitime Herrschaftsform nur selbst geben können. Wenn wir schon »versklavt« werden, können wir die Regeln der gegenseitigen Versklavung wenigstens aus freien Stücken selbst vereinbaren. Auf diese Weise geben wir einige Rechte auf, bekommen im Gegenzug aber Schutz und können so unsere Autonomie wiedererlangen. Man verliert das Recht, den anderen umzubringen, aber im Gegenzug verliert der andere dieses Recht auch. Womöglich klingt diese Idee simpel, aber sie veränderte die Legitimation von Herrschaftsformen einschneidend. Auf einmal gab es eine dritte Möglichkeit:

3. **Der Gesellschaftsvertrag**. Er macht das Volk zum alleinigen Souverän und zur einzig legitimierten Macht. Privatbesitz, Verfassung, Demokratie, Gesetze: Alles möglich, nach unser aller Willen.

Heutzutage ist der Gesellschaftsvertrag das Kernstück fast jeder Verfassung und der Gedanke so etabliert, dass uns die Alternativen sehr befremdlich vorkommen. Tatsache ist aber, dass er in Anbetracht der Menschheitsgeschichte eine sehr moderne Erfindung ist. Und der Haken an der Sache? Wir sind darauf angewiesen, dass niemand die Ausstiegsoption wählt, sondern sich alle an den Vertrag gebunden fühlen. Mit unserer

Geburt unterschreiben wir ihn sozusagen und vererben ihn dann weiter.

tl;dr: *Echte autonome Freiheit gibt es in einer Gesellschaft nicht. Anstatt sich gegenseitig zu versklaven, hat der Mensch auch die Möglichkeit, sich in Form eines Gesellschaftsvertrags gegenseitig Rechte und Pflichten zu geben. Sklavenspielchen sollte man sich fürs heimische Schlafzimmer aufheben.*

ALLERLEI-KRATIEN

SITZUNG 52

Kratie – griechisches Suffix mit der Bedeutung: regieren, herrschen, Regierung, Obrigkeit

Aristokratie: Die Herrschaft einiger zufälliger Lottogewinner, zum Beispiel Königshäuser. *»Wir regieren, weil wir dazu geboren sind!«*

Lottokratie: Die Herrschaft durch zufällige Auswahl, z.B. eine Lotterie. *»Sie da hinten, mit dem schwarzen Hut. Glückwunsch, Sie sind der neue Kanzler. Hoch lebe der neue Kanzler!«*

Faschismus: Die Herrschaft einer totalitären Regierung oder einer Person, die nicht mehr demokratisch abgewählt werden kann. *»Ich regiere, weil ich dich kaltmache, wenn du nicht ruhig bist.«*

Kakistokratie: Die Herrschaft der schlechtesten und am wenigsten geeigneten Bürger. *»Wir regieren, weil wir das noch nie gemacht haben. Warum auch nicht? So schwer wird das schon nicht sein. Hier hast du eine Million Euro.«*

Meritokratie: Die Herrschaft der Besten (worin auch immer). *»Das sind meine sieben Kinder. Ich bin die geborene Familienministerin.«*

Monarchie: Die Herrschaft eines Einzelnen, meist eines Königs oder einer Königin. *»Ich regiere, weil ich der Sohn der Person bin, die zuletzt regierte. Meine Qualifikation? Habe ich doch gerade genannt.«*

Oligarchie: Die Herrschaft einer kleinen Elite. *»Eine Stimme für uns ist eine gute Stimme, denn ehrlich gesagt, ich glaube, dass wir gewinnen. Wähl einfach, was du willst.«*

Plutokratie: Die Herrschaft der Reichsten. *»Wir regieren, weil unser Bankkonto das sagt. Hier hast du 50 Euro, und jetzt hau ab.«*

Technokratie: Die Herrschaft von Ingenieuren, Wissenschaftlern und anderen Fachidioten. *»Unser Leben ist deutlich besser geworden, seit wir Facebook zum Kommunikationsminister gewählt haben.«*

Theokratie: Die Herrschaft durch Gott, der aber durch eine Kirche oder eine religiöse Gruppierung vertreten wird. *»Gott sprach zu mir, ich solle der Herrscher sein. Zu dir auch? Na gut, mir sagte er auch, ich solle dir sagen, dass er sich vertan hat. Wachen, tötet diesen Mann in Gottes Namen, und bringt mir danach ein Sandwich.«*

tl;dr: *Es gibt viele Herrschaftsmodelle, wie etwa die Kakistokratie (die Herrschaft der Schlechtesten) und die Theokratie (Gott machte mich zum Herrscher). Die einzige Konstante besteht darin, dass sich der Mensch immer noch verrücktere Modelle ausdenkt.*

SITZUNG 53

DIE ABSOLUTE KURZFASSUNG DER ETHIK

Der Gesellschaftsvertrag ist schön und gut. Wir akzeptieren ihn mal mehr, mal weniger gern. Wie aber sieht es mit persönlichen Verträgen aus? Wie sollten wir miteinander umgehen? Was ist gerecht? Die vermutlich berühmteste Regel für den individuellen Umgang miteinander wird Konfuzius zugeschrieben und lautet so: »Was du nicht willst, das man dir tut, das füg auch keinem andren zu.« Man nennt sie die Goldene Regel, die man nicht mit der Goldregel verwechseln darf: »Wer das Gold hat, macht die Regeln.«

Die Goldene Regel taucht im Verlauf der Geschichte in der einen oder anderen Form in fast jeder größeren ethischen oder religiösen Tradition auf. Die meisten Menschen halten sie vermutlich für einen gerechten Wegweiser und sind mit ihr einverstanden. Sei nett zu den anderen, wenn du möchtest, dass die anderen auch nett zu dir sind. Ein einfacher Moralkodex, der vermutlich auch deswegen Tausende von Jahren auf dem Buckel hat.

In den falschen Händen kann die Goldene Regel aber gefährlich werden, da es durchaus Unterschiede gibt, wann Menschen sich »gut« behandelt fühlen. Wem kein Beispiel einfällt, der sollte einfach Google öffnen und zwei Begriffe eingeben, die er sich überhaupt nicht als sexuellen Fetisch vorstellen kann, und dann auch Bildersuche klicken, um sich direkt vom Gegenteil überzeugen zu lassen. Was dem einen Vergnügen bereitet, ist für den anderen häusliche Gewalt. Folgt man blind der Goldenen Regel, kann man daher leicht an düsteren Orten landen. Stell dir folgendes Szenario vor: Es klopft an der Tür, und nachdem du »Herein« gerufen hast, steht ein blutüberströmter Mann mit einer Axt vor dir. Er wirkt sehr ruhig, sogar deutlich ruhiger, als man es bei jemandem, der blutüberströmt mit einer Axt vor einem steht, erwarten würde. Er meint, er würde eine deiner Freundinnen suchen. »Weißt du, wo sie ist?«, fragt er. Was machst du? Mit einer Lüge verletzt du die Goldene Regel, sofern du nicht Teil einer Gesellschaft von Lügnern sein möchtest.

Hältst du sie aber ein, kann es gut passieren, dass du morgen eine Freundin weniger hast.

Wegen dieser Schwachstellen haben viele Philosophen Kritik an der Goldenen Regel geübt. Einer der prominentesten Kritiker war Immanuel Kant. Er war der Meinung, dass Verhaltensregeln, die von außen vorgegeben werden, immer fehlschlagen. Mit eigenen Regeln, die von uns selbst kommen, fühlen wir uns generell besser, doch wie können wir dann sicher sein, dass wir alle die gleichen Regeln für richtig halten, wenn die Moralvorstellungen so unterschiedlich sind? Kant war jedoch davon überzeugt, dass die Ethik ein absolutes, unwiderlegbares Universalgesetz wie die Schwerkraft ist, sofern man sich der Vernunft bedient. So wie 1 + 1 immer 2 ergibt, liefert laut Kant die Vernunft für alle vernünftigen Wesen dieselben Moralregeln. Legen wir mit Vernunft unsere ethischen Werte fest, kommen wir alle zur selben Schlussfolgerung, wie wir uns verhalten sollen, und das bedeutet: Wir sollten immer so handeln, dass jede unserer Handlungen eine universelle Regel für alle anderen sein kann. Oder wie es bei Kant heißt: »Handle nur nach derjenigen Maxime, durch die du zugleich wollen kannst, dass sie ein allgemeines Gesetz werde.« Dieser Satz ist als Kategorischer Imperativ in die Geschichte eingegangen, und wer sich daran hält, lebt in Kants Augen moralisch.

tl;dr: *Kant versuchte ein universell gültiges Moralgesetz zu formulieren, das er Kategorischer Imperativ nannte. Das klingt zumindest so lange gut, bis man weiß, dass Kant einen Mörder mit einer Axt in der Hand, der nach deiner Adresse gefragt hätte, nicht angelogen hätte.*

SITZUNG 54

PLATINREGELN

Für alle, die kein großer Fan des Kategorischen Imperativs oder der Goldenen Regel sind, hier einige weitere Regeln:

I

Kein Bier vor vier.

II

Die Fünf-Sekunden-Regel
(für heruntergefallenes Essen).

III

Streite dich nie mit Idioten.
Sie ziehen dich auf ihr Niveau herab und
haben dann mehr Erfahrung.

IV

Ein Butterbrot landet immer mit der
bestrichenen Seite nach unten.

V

Sei immer du selbst,
sofern du kein Einhorn sein kannst.
Dann sei ein Einhorn.

VI

Das Geheimnis jeder Beziehung
sind niedrige Erwartungen.

VII

Wenn du nach dem Preis fragen musst,
kannst du es dir nicht leisten.

Solltest du dich jemals gefragt haben, warum Moses nur 10 Gebote vom Berg Sinae brachte, wenn so viele Lebensbereiche von willkürlicher Gesetzgebung profitieren könnten, dann stell dir vor, du müsstest Steintafeln einen Wüstenberg hinuntertragen.

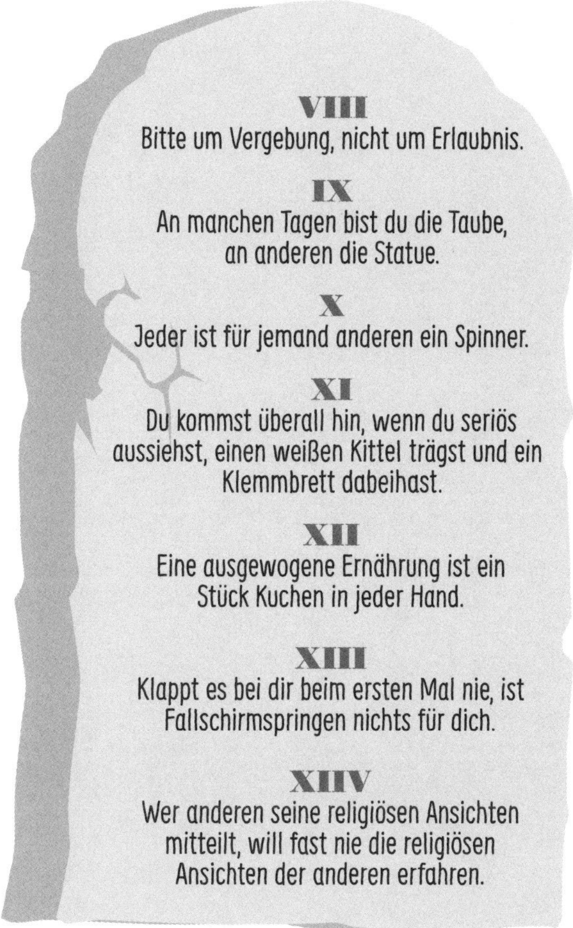

KAPITEL 7

REALITÄT UND BEWUSSTSEIN

MATRIX^2

SITZUNG 55

So richtig wohl hast du dich in deinem Leben nie gefühlt. Natürlich gibt es schöne Momente wie die herzliche Umarmung eines geliebten Menschen, eine Flasche guten Wein oder »Deutschland sucht den Superstar«. Doch obwohl es wie ein Klischee klingt, fragst du dich manchmal, ob dich das Ganze nicht zu sehr an »Matrix« erinnert.

Nachdem am Abend beim Zubettgehen noch alles völlig normal war, wirst du am nächsten Morgen gewaltsam geweckt, man zieht dir einen Sack vom Kopf, und vor dir sitzt Morpheus aus »Matrix«. Er beglückwünscht dich: Du hattest recht. Die Welt *ist* eine Simulation. In Wirklichkeit war der Film »Matrix« ein Computervirus, mit dem man die tatsächliche Matrix infizierte, um die Menschen aufzurütteln und ihnen zu zeigen, dass sie wirklich in einer Matrix leben. Gut, dass du das herausgefunden hast. Dann öffnet er seine Faust und zeigt dir wie im Film zwei Pillen - eine rote und eine blaue. Mit der roten Pille kannst du in die »reale Welt« außerhalb der Matrix zurückkehren, doch er warnt dich. Sie ist nicht schön und in vielerlei Hinsicht viel schlechter als die »reale Welt«, die im Film dargestellt wird. Du kannst nicht zwischen den beiden Welten hin- und herspringen. Es gibt keine Superkräfte. Du bist kein Held. Es wartet keine Trinity auf dich. Alternativ kannst du mit der blauen Pille hier in der Matrix bleiben und wirst dich nicht an euer Gespräch erinnern.

Wie würdest du entscheiden? Ist es besser, mit einer erträglichen Lüge zu leben oder mit einer schrecklichen Wahrheit?

Du entscheidest dich gegen die Lüge. Du willst die Realität erleben. Also schluckst du die rote Pille und wachst im 15. Untergeschoss eines dunklen Bunkers auf. Die Realität ist wirklich nicht schön. Morpheus hatte recht. Alle leben in Bunkern und ernähren sich von Produkten, die im Dschungelcamp auch als Prüfung durchgegangen wären. Du kommst nie wieder »raus«. Du kannst nie wieder »Deutschland sucht den Superstar« sehen, aber du lebst mit der Wahrheit. Die Zeit vergeht. Du machst das Beste aus deiner neuen Welt. Dann wirst du eines Nachts wieder entführt, wachst auf, man zieht dir einen Sack vom Kopf, und vor dir sitzt wieder Morpheus.

Er sagt zu dir: »Verzeihung. Das letzte Mal war ich nicht ehrlich zu dir. Diese Welt ist auch nicht die echte. Du bist immer noch in der Matrix, aber in einer postapokalyptischen Variante. Einer Art Einrichtung zur Resozialisierung für die Realität. Eine Simulation, die dir zeigen soll, wie schlimm die »Realität« wirklich ist. Wieder hält er dir die rote und die blaue Pille entgegen. »Willst du immer noch wissen, wie die wahre Welt aussieht?«, fragt er.

Was machst du? Akzeptierst du diese schlechtere Pseudo-Matrix oder jagst du wieder der brutalen Wahrheit hinterher? Noch schlimmer ist aber wohl die Frage, ob du überhaupt in der Realität landest, wenn du die rote Pille schluckst, oder ob dich Morpheus wieder in eine Matrix schickt. Was wäre, wenn sich Neo im Film »Matrix« schlicht in einer weiteren Simulation befand, als er seine Fantasie ausleben konnte, seine Freundin eroberte und schwarze Klamotten trug?

tl;dr: *Selbst wenn man der Matrix entkommt, weiß man nicht, ob die nächste Welt nicht auch eine Matrix ist. Man soll im richtigen Moment aufhören. Und genau das hätte Hollywood nach Matrix I auch tun sollen.*

ICH ~~TWITTERE~~ DENKE, ALSO BIN ICH

Ich denke, also bin ich – oder auf Latein: *cogito ergo sum* – ist das $E = mc^2$ der Philosophie. Jeder weiß, dass dieser Satz wichtig ist, aber kaum einer weiß, warum. Auf den ersten Blick wirkt *Ich denke, also bin ich* unglaublich simpel. Doch wie so oft in der Philosophie muss man den historischen Kontext kennen, um seine Tragweite wertschätzen zu können. Im Verlauf der Geschichte war der sogenannte philosophische Skeptizismus immer eine feste Größe in der Philosophie, der viele Anhänger hatte. Anstatt aus einzelnen Gedanken zusammenhängende Strukturen zu entwickeln, trampelten die Skeptiker alles nieder, indem sie zeigten, dass nichts absolut verlässlich und kein Konzept vollkommen wasserdicht ist. Der radikale Skeptizismus ist eine Art Totschlagargument, da man grundsätzlich immer alles Wissen anzweifeln kann. Genauso wie es auch immer einfacher ist, eine Sandburg zu zertreten, als sie aufzubauen.

Descartes wollte den radikalen Skeptizismus zurückweisen, dem uferlosen Skeptizismus einen Dämpfer verpassen und beweisen, dass es Wissen gibt, welches selbst der extremsten Form des Skeptizismus widersteht.

Sein Fahrplan zur Gewissheit sah so aus:

1. Gehen wir davon aus, dass es einen allmächtigen bösen Dämon gibt, der unser Denken beherrscht und unsere gesamte Wahrnehmung bestimmt.

2. Gibt es eine Methode, etwas zweifelsfrei zu beweisen, wenn man diesen Dämon als Möglichkeit akzeptiert? Gibt es irgendetwas, das er nicht unter seiner Kontrolle hat? Muss ich konsequenterweise dann nicht immer alles anzweifeln?

3. Ja, meinen Sinneseindrücken werde ich wohl nie vollständig trauen können. Aber hier liegt Descartes revolutionärer Gedanke: Um überhaupt zweifeln zu können, muss ich existieren und denken.

4. Einen Teil von mir kann der Dämon demnach nicht austricksen, nämlich, dass ich meine Existenz wahrnehme.

5. Der Schluss daraus ist: Ich denke, also bin ich. *Da habt ihr es, ihr Skeptiker und bösen Dämonen.*

Gut, damit weiß ich also, dass ich existiere, doch das klingt auch nicht gerade prickelnd, wenn man bei allem anderen falschliegt. Descartes war aber der Ansicht, dass er ein Fundament für Wissen geschaffen hatte und alles Weitere nun leichter von der Hand gehen würde. Wahrscheinlich dachte er dabei an den berühmten griechischen Denker Archimedes, der da sagte: »Gebt mir einen Hebel, der lang genug, und einen Stützpunkt, der stark genug ist, dann kann ich die Welt aus den Angeln heben.« Nachdem Descartes diese eine unwiderlegbare Wahrheit bewiesen hatte, hatte er einen Stützpunkt, von dem aus er alles andere aushebeln konnte, so die Idee. Aus diesem Grund wurde Descartes' einfacher Satz so berühmt und ist seit Jahrhunderten ein geflügeltes Wort.

tl;dr: *Die schlechte Nachricht lautet, dass es womöglich einen bösen Dämon gibt, der all unsere Gedanken beherrscht. Man existiert aber zumindest, selbst wenn man dies bezweifelt. Das Blöde an der Existenz sind weiterhin Steuern.*

FAKTENSAMMLUNG RENÉ DESCARTES

SITZUNG 56

Nationalität: Frankreich
Zeitraum: 1596 bis 1650
Einfluss:
Groupies: Immanuel Kant, Baruch de Spinoza, Dualisten

Beste Idee *Cogito ergo sum* oder *Ich denke, also bin ich.* Durch diesen simplen Gedanken kam die Aufklärung in Schwung, welche unsere Welt modern gemacht hat.

Schlechteste Idee Statischer kosmischer Fluss. Zur damaligen Zeit wussten die meisten Gelehrten schon, dass sich die Erde um die Sonne dreht, und nicht andersherum, doch die katholische Kirche hatte sich wirkungsvolle Methoden ausgedacht, andere von ihrer Meinung zu überzeugen. Eine davon war das Verbrennen bei lebendigem Leib. Aus Angst vor kirchlicher Vergeltung verzichtete Descartes deshalb auf die Publikation seines Werkes »Le monde«. Stattdessen brachte er eine abgeschwächte Version heraus, in der er einen Kompromiss zwischen geozentrischen und heliozentrischen Theorien konstruierte. Im neuen Buch befand sich der Kosmos in einem statischen Fluss, und die Erde drehte sich zwar um die Sonne, doch dabei handelte es sich eher um einen Nebengedanken.

Anekdote 1619 stand Descartes vor der Frage, Karriere beim Militär zu machen oder eine Karriere als Philosoph anzustreben. In dieser Zeit wachte er einmal nachts auf, nachdem er lebhaft davon geträumt hatte, wie er ein Buch aufschlug und darin ein Gedicht mit dem Titel »Welchen Lebensweg soll ich einschlagen?« entdeckte. Obwohl er sich an den Rest des Gedichts nicht erinnern konnte, interpretierte er das Buch als Zeichen, sich der Wissenschaft zuzuwenden und auf Schlachten und Kriege zu verzichten. Nicht klar ist allerdings, warum er es nicht als Zeichen wertete, Schriftsteller oder Bibliothekar zu werden.

Zitate

»Die Lektüre aller guten Bücher ist wie ein Gespräch mit den größten Denkern der Vergangenheit.«

– *Mit dem zusätzlichen Vorteil, dass man sie jederzeit zum Schweigen bringen kann.*

»Außer unseren Gedanken steht nichts vollständig in unserer Gewalt.«

– *Und selbst das ist nicht sicher, sondern hängt davon ab, ob man verheiratet ist.*

»Um wirklich nach der Wahrheit zu suchen, muss man zumindest einmal im Leben alles in Zweifel gezogen haben.«

– *Danach kann man einfach weitermachen wie bisher.*

SEIN BADEZIMMER

1. »Die Wissenschaft hat recht, ihr Idioten!«: Das 17. Jahrhundert war das Zeitalter der wissenschaftlichen Revolution.
2. Orden: Er diente vier Jahre beim Militär.
3. Schlafbrille: Wegen seines »schlechten Gesundheitszustands« kam er morgens nie aus dem Bett. Als er gezwungen wurde, seine Morgenroutine zu ändern, bekam er schließlich eine Lungenentzündung und starb innerhalb eines Jahres.
4. »Zensur«-Buch: Seine Werke standen auf der schwarzen Liste des Vatikans.
5. Coole Klamotten: Descartes kleidete sich modisch.
6. Münzen: Er war wohlhabend und investierte in Anleihen. Dadurch hatte er lebenslang ein regelmäßiges Einkommen.
7. Holzschuhe: Er lebte mehr als 20 Jahre in Holland. In dieser Zeit entstand der Großteil seines Werkes.
8. Figur in der Popkultur: Johnny Depp. Descartes war ein klassischer Hipster wie Johnny Depp. Er war ein Morgenmuffel und Modefan, kleidete sich gern ausgefallen und traf sich mit Leuten, die einen auf Künstler machten. Als die ersten Coffeeshops eröffneten, lebte er in Holland, und als wäre dies nicht genug, meditierte er auch noch, lange bevor dies in Mode kam.

tl;dr: *In einer schwierigen Zeit, in der die Kirche die »Tatsachen« festlegte, leistete René Descartes einen extrem wichtigen Beitrag, um die Philosophie als ehrenwerte Disziplin zu verankern.*

SITZUNG 57

DIE KÖRPER-GEIST-DIÄT: WIE MAN SEINE SEELE IN WENIGER ALS ZWEI WOCHEN VERLIERT

Neben *Cogito ergo sum* gibt es noch ein weiteres Konzept, das eng mit Descartes verbunden ist - das Leib-Seele-Problem (auch als Körper-Geist-Problem bekannt). Die Frage lautet, ob es sich bei Körper und Geist um verschiedene Substanzen handelt. Descartes schien es logisch, dass der Geist etwas völlig anderes als nur Materie ist. Während der Körper und seine Sinne vom bösen Dämon getäuscht werden können, lässt sich die Seele nicht austricksen. Aus diesem Grund war es für ihn offensichtlich, dass wir aus zwei Substanzen bestehen:

1. Ein Geist/Bewusstsein/eine Seele, die unsterblich sind.

2. Ein physischer (leider definitiv sterblicher) Körper.

Dieses Thema beschäftigt die Menschen bis heute, und man kann zwei Lager unterscheiden:

1. Dualismus.

Man unterscheidet zwischen dem physischen und seelischen Teil unserer Existenz.

Vorteile: Unsterblichkeit der Seele (in irgendeiner Form).

Nachteile: Man kann schwer erklären, warum die nichtphysische Seele den physischen Körper zu etwas bewegen kann. Warum kann die Seele krank werden? Außerdem könnte es Zombies geben.

KÖRPER

2. Monismus.
Es gibt nur eine physische Welt, die von Naturgesetzen regiert wird.

Vorteile: Kein Erklärungsnotstand. Zombies sind unwahrscheinlicher.

Nachteile: Keine Seele. Sterblichkeit. Außerdem muss man erklären, ob der Geist eine Illusion der Materie ist oder andersherum.

Die meisten Menschen bevorzugen den Dualismus, da Materie älter wird und stirbt (oder zumindest teure Schönheitsoperationen erforderlich macht), während man dieses Problem der Seele meist nicht zuschreibt. Teilt man die Welt auf diese Weise in zwei unterschiedliche Bereiche auf, hat dies zwar eine beruhigende Wirkung, man hat aber auch das Problem, das Zusammenspiel der beiden Bereiche erklären zu müssen. Man riskiert, dass man als verträumter Romantiker wahrgenommen wird.

tl;dr: *Wer glaubt, dass es eine Trennung zwischen dem physischen Körper und dem eigentlichen Ich (Bewusstsein, Persönlichkeit, Seele) gibt, ist Dualist. Wer glaubt, dass es nur die physische Welt gibt, ist Monist.*

GIBT ES EINE SEELE?

SITZUNG 58

Die Seele ist eine Idee, mit der die Kluft zwischen Leben und Tod überwunden werden soll. Im Lauf der Zeit hat sich unsere Vorstellung, wo sich diese Seele befindet und wie sie mit dem Körper und unserem Verhalten verbunden ist, stark verändert. Ganz sicher wissen wir nur, dass wir eine Seele haben möchten und unser Chef die seinige schon verkauft hat. Dazu hier ein kurzer Überblick von Meinungen einiger berühmter Denker über die Seele:

1. Sokrates & Platon: Die Seele besteht aus drei Teilen: Vernunft (Kopf), Gefühle (Brust) und Wünsche (Magen). »Habt ihr nicht verstanden, dass unsere Seele unsterblich ist und nicht zerstört werden kann?«

2. Aristoteles: Sie tritt zu unterschiedlichen Zeitpunkten der Schwangerschaft in den Körper ein. »Bei diesem männlichen Kind am vierzigsten Tag ... aber wenn es sich um ein Mädchen gehandelt hätte, am neunzigsten Tag.«

3. Buddha: Keine Seele. Nur einige geistige Elemente, die die Reinkarnation ermöglichen. »Nur aus Unwissen und Wahn hängen Menschen dem Traum nach, dass ihre Seele eigenständig und unabhängig existiert.«

4. Descartes: Zirbeldrüse im Gehirn. »Meiner Meinung nach befindet sich die Seele hauptsächlich an diesem Ort. Warum ich das glaube? Weil ich im ganzen Gehirn sonst nichts gefunden habe, das nicht doppelt vorhanden ist.«

5. MacDougall: Keine Ahnung, wo sie sich befindet, aber sie wiegt 21 Gramm (daher der gleichnamige Film). »Das Gewicht der Seele entweicht in der Sekunde des Todes, aber bei phlegmatischen Menschen kann sie noch eine ganze Minute im Körper bleiben.«

6. Bobby Byrd ft. Bobby Brown: Er sang: »*You got it, you got it, I know you got soul, if you didn't, you wouldn't be in here.*«

tl;dr: *Im Verlauf der Geschichte wurden der Seele verschiedene Definitionen und Orte zugeschrieben. Sicher ist nur, dass James Brown eine Soul-Seele hatte.*

DAS CHINESISCHE (BADE-)ZIMMER

SITZUNG 59

Häufig wird Wissen als Synonym für Intelligenz verwendet, obwohl es vermutlich präziser wäre, Wissen als das zu definieren, was man bekommt, wenn man seine Intelligenz korrekt einsetzt. Mit anderen Worten heißt das: *Wissen* plus *Gewusst wie = Intelligenz*. Das eine folgt aus dem anderen, oder? Das gilt jedoch nicht, wenn man einem Gedankenexperiment des Philosophen John Searle folgt.

Stell dir vor, du sitzt auf dem Klo (falls du das nicht gerade tatsächlich tust). Dann stellst du dir vor, dass jemand ein Stück Papier unter der Tür hindurchschiebt. Du hebst es auf und siehst chinesische Schriftzeichen. Da du kein Mandarin kannst, hast du keine Ahnung, was auf dem Papier steht. Als

du deinen Blick wieder nach unten richtest, stellst du aber fest, dass deine geliebte Ausgabe vom (Klo-)Philosophen keine erhellenden deutschen Sätze mehr enthält, sondern sich in ein riesiges Codeverzeichnis verwandelt hat. Damit kannst du die chinesischen Schriftzeichen auf dem Papier im Wörterbuch nachschlagen – und zugleich die korrekten Zeichen für eine »Antwort«.

Du hoffst, dass deine Antwort auf Mandarin einigermaßen korrekt ist, und schiebst den Zettel wieder unter der Tür durch. Einige Sekunden später kommt schon die Antwort. Du weißt immer noch nicht, worum es bei dem Dialog überhaupt geht, wer sich in deiner Wohnung befindet und warum du Nachrichten auf Mandarin bekommst. Dennoch verfasst du weiterhin Antworten und hältst den Dialog mit dem Fremden aufrecht. Du schlägst nach. Du schreibst. Du schiebst den Zettel unter der Tür durch.

Du weißt genau, was in deinem gekachelten Viereck vorgeht, doch die Person, die sich auf der anderen Seite der Tür befindet und mit dir Nachrichten austauscht, weiß es nicht. Angenommen, du hast alles richtig im Wörterbuch nachgeschlagen und deine Nachrichten sind sprachlich einwandfrei. Denkt die Person vor deiner Tür dann nicht automatisch, dass du perfekt Mandarin sprichst?

Du kannst aber gar kein Mandarin. Im Grunde arbeitest du nur wie ein Computerprogramm, das genaue Instruktionen hat, wie es eine Reihenfolge von Zeichen zu interpretieren hat und welches Ergebnis es liefern soll. Du hast keine Ahnung, was die einzelnen chinesischen Schriftzeichen bedeuten. Deine Aufgabe war nur, Muster zu erkennen und abzugleichen. Und damit sind wir auch schon bei der nächsten Frage: *Kann man sagen, dass eine Maschine intelligent ist, wenn sie statt deiner den beschriebenen Prozess durchführt? Wie kann man echtes Wissen mit maschinellem Wissen vergleichen?*

tl;dr: *Das Experiment mit dem Porzellanzimmer zeigt, dass das, was von außen wie Intelligenz aussieht, einfach nur ein Musterabgleich sein kann. Der Grat zwischen menschlicher und künstlicher Intelligenz ist schmal, und sicher ist lediglich, dass nur eine der beiden aufs Klo geht.*

WAS HAT DAS MIT ~~LIEBE~~ INTELLIGENZ ZU TUN?

SITZUNG 60

Warum ist die Unterscheidung zwischen Wissen und Intelligenz so wichtig? Von dem britischen Logiker und Informatiker Alan Turing, der den Enigma-Code knackte, stammt der berühmte Satz, dass man einen Computer als intelligent bezeichnen kann, wenn er einen Menschen davon überzeugt, dass er mit einem anderen Menschen kommuniziert. Nach ihm ist auch der Turing-Test benannt, bei dem Computer mit künstlicher Intelligenz auf Herz und Nieren geprüft werden. Dabei stellen Menschen so trickreiche, dumme bzw. zweideutige Fragen wie: »Wie viele Whiskeys würde ein Whiskey mixen, wenn ein Whiskey Whiskeys mixen könnte?« Oder aber das berühmte Lügner-Paradox des Epimenides, das vereinfacht mit dieser Behauptung beginnt: »Dieser Satz ist falsch.« Beide möglichen Antworten sind widersprüchlich, da der Satz stimmt, wenn er falsch ist, und falsch ist, wenn er stimmt – was auch die Definition eines Paradoxons ist. Für uns Menschen ist es schon schwer, eine vernünftige Antwort zu finden, aber Maschinen mit künstlicher Intelligenz tun sich noch viel schwerer.

Besteht ein Computer den Turing-Test, wird dies die Schlagzeilen beherrschen. Viele meinen, wir seien kurz davor, den Durchbruch bei der künstlichen Intelligenz zu schaffen, und können schon bald eine kluge Maschine bauen. Für John Searle jedoch war das chinesische (Bade-)Zimmer eine Widerlegung des ganzen Rummels um künstliche Intelligenz. Versteht der Computer wirklich Mandarin, oder folgt er nur blind einem Prozess, zu dem zufällig auch Mandarin gehört? So wie jemand, der einmal gegen einen Fußball tritt, kein Fußballer sein muss, und so wie man eine Toilette benutzen kann, ohne zu wissen, wie die Kanalisation funktioniert.

Künstliche Intelligenz ist nicht echt. Diese Unterscheidung war für Searle ausschlaggebend. Weiß der Computer nicht, was er tut, kann man ihn auch nicht als intelligent bezeichnen. Aus diesem Grund unterschied er zwei Kategorien von künstlicher Intelligenz:

1. Starke künstliche Intelligenz: Der Computer *hat* im gleichen Sinn wie der Mensch Verstand.

2. Schwache künstliche Intelligenz: Der Computer *simuliert* Intelligenz. Dabei spielt es keine Rolle, ob er die Aufgabe besser als der Mensch erfüllt oder nicht.

Dem Computer im chinesischen (Bade-)Zimmer kann man bestenfalls schwache künstliche Intelligenz bescheinigen; und gegenwärtig gibt es keine Maschine, die auch nur in die Nähe der starken künstlichen Intelligenz kommt. Da wir immer noch nicht genau wissen, wie unser Gehirn funktioniert, ist das vermutlich keine große Überraschung. Wir wissen nicht, ob Tausende von gleichzeitig ablaufenden Prozessen zu einem neuen Ergebnis führen, das wir – intelligent oder nicht – als *Bewusstsein* bezeichnen, oder ob das Bewusstsein völlig anders funktioniert und sich außerhalb unseres physikalischen Verständnisses befindet. Wie aber können wir beurteilen, ob jemand anders Bewusstsein hat, wenn wir nicht einmal wissen, worin genau unser eigenes Bewusstsein besteht?

tl;dr: *Der Turing-Test und das chinesische (Bade-)Zimmer zeigen, dass wir über das Bewusstsein und die Intelligenz immer noch sehr wenig wissen. Im Fall der Intelligenz scheint dies aber kein allzu großes Problem zu sein, da offenbar genug vorhanden ist. Zumindest hat sich noch nie jemand beschwert, dass er zu wenig hätte.*

SITZUNG 61

EINE BEWUSSTE ÜBERSICHT ÜBER BEWUSSTSEIN

Viele Menschen haben sich Gedanken darüber gemacht, was Bewusstsein ist. Da es niemand genau weiß, kann man sich praktischerweise für eine Variante entscheiden und liegt nie falsch. Super! Welcher Bewusstseinstyp bist du? Dazu eine kleines Spiel, bei dem du versuchen kannst, die verschiedenen Theorien mit ihren Bezeichnungen zu verbinden.

Beschreibung

1. Glaubst du, dass unser Bewusstsein in einem eigenen Bereich existiert, der außerhalb der physischen Realität liegt?

2. Glaubst du, dass unser Bewusstsein und unsere Wünsche einfach nur komplexe Hirnfunktionen sind?

3. Glaubst du, dass unser Bewusstsein ein physikalischer Bestandteil der Materie ist, wie Elektromagnetismus?

4. Glaubst du, dass unser Bewusstsein physikalischen Zuständen entspricht, die in einem Hirnscan sichtbar sind?

5. Glaubst du, dass unser Bewusstsein schlicht eine Verhaltensform ist und wir abhängig von unserem Verhalten als bewusste Menschen wahrgenommen werden?

6. Glaubst du, dass Bewusstsein einfach denken auf einer höheren Ebene ist, also sozusagen denken im Quadrat?

7. Glaubst du, dass unser Bewusstsein die Empfindung der wichtigsten Gedanken ist?

8. Glaubst du, dass wir unser Bewusstsein genießen und keine Theorien dazu entwickeln sollten?

Art

A. Du bist Kognitivist.

B. Du bist ein Funktionalist.

C. Du bist ein normaler Mensch.

D. Du bist ein Behaviourist.

E. Du bist ein Identitätstheoretiker.

F. Du bist ein Eigenschaftsdualist.

G. Du bist ein Substanzdualist.

H. Du glaubst an eine höhere Ordnung.

tl;dr: *Je nachdem, wo man den Ursprung des Bewusstseins sieht, kann man sich mit verschiedenen ausgefallenen Bezeichnungen schmücken. Von Behaviourist bis Substanzdualist.*

Richtige Antworten: 1G, 2B, 3H, 4E, 5D, 6F, 7A, 8C

KAPITEL 8

RATIONALISMUS UND EMPIRISMUS

SITZUNG 62

OHNE LOGISCHES DENKEN GEHT ES NICHT, LIEBER SHERLOCK HOLMES

Eine Frau wird tot in ihrer Wohnung aufgefunden. Zur Aufklärung des Falles werden zwei Detektive gerufen: der berühmte Sherlock Holmes und sein gewiefter Assistent Dr. Watson. Sie kommen in die Wohnung, untersuchen den Tatort und analysieren den Fall.

»Auch diesen Fall habe ich gelöst, mein lieber Watson«, meint Sherlock Holmes.

»Vielleicht, aber in diesem Fall ist es wahrscheinlicher, dass ich derjenige bin, der die richtigen Schlüsse gezogen hat«, entgegnet Watson süffisant.

»Gut«, meint Sherlock Holmes, »dann fang an.«

»Also«, beginnt Watson, »du weißt ja genauso wie ich, dass der erste Schritt zur Aufklärung die empirische Untersuchung des Tatorts ist. Die Wohnungstür ist nicht aufgebrochen, daher kannte das Opfer vermutlich den Mörder. Aus der Verteilung der Blutspuren schließe ich mit Hilfe der Induktion, dass die Tatwaffe eine Axt war. Direkt neben der Ermordeten wohnt ein Holzfäller, das steht auf seinem Klingelschild. Nach meiner Erfahrung benutzen Holzfäller meist Äxte. Aus diesem Grund ist der Nachbar höchstwahrscheinlich der Mörder.«

»Interessant«, meint Sherlock Holmes, »aber nicht zu Ende gedacht. Sind Erfahrungen nicht oft irreführend? Besser ist, man fängt deduktiv mit einer allgemeinen Tatsache an und gleicht sie mit den Beweisen ab. Es ist statistisch belegt, dass die meisten Frauen von ihrem Exfreund umgebracht werden. Wie du aus der Tür und den Verletzungen korrekt geschlossen hast, kannte das Opfer offenbar seinen Mörder. Statt des Nachbarn ist meines Erachtens aber eher der Exfreund der Täter.«

Es kommt zum Patt. Keiner gibt nach, aber weil Watsons Theorie weniger Fußweg bedeutet, gehen sie zur Nachbarwohnung. Der Nachbar gibt die Tat rasch zu. Watson hatte recht. Während der Vernehmung finden die beiden noch heraus, dass er auch der Exfreund des Opfers war. *Sherlock Holmes hatte also auch recht.*

tl;dr: *Es gibt verschiedene Methoden, korrekte Schlüsse zu ziehen. Die beiden wichtigsten sind Induktion (vom Einzelfall zur Regel, d.h. vom Speziellen auf das Allgemeine schließen) und Deduktion (von der allgemeinen Regel auf den individuellen Fall schließen). Tatorte haben Ähnlichkeit mit Horrorfilmen, wie sie in Programmkinos laufen. Man kann sie auf viele Arten interpretieren, und es gibt meist mehrere Opfer – darunter oft auch die Zuschauer.*

DAS UNBESCHRIEBENE BLATT DER ANGEBORENEN IDEEN

Die Epistemologie ist jener Zweig der Philosophie, der sich mit dem Wissen an sich beschäftigt. Während des 18. Jahrhunderts gab es eine starke Polarisierung mit zwei radikal entgegengesetzten Fraktionen:

1. Rationalisten – Wissen wird durch Deduktion *erkannt. Vom Gesetz zum Einzelfall.*

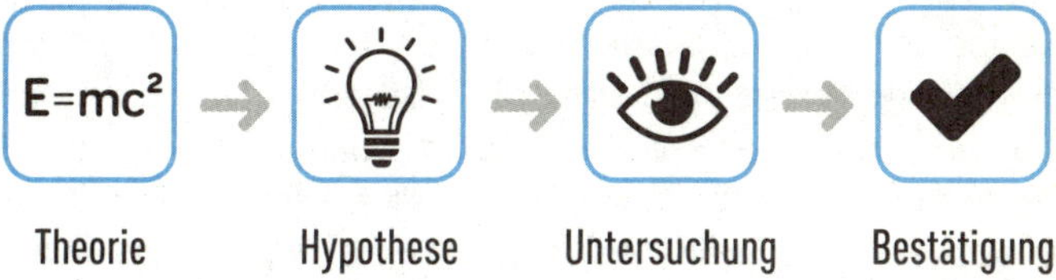

Dieser Ansatz funktioniert sozusagen von oben nach unten. Man beginnt mit abstrakten allgemeinen Gesetzen und arbeitet sich zur Lösung alltäglicher Fälle vor. *Theorie regiert Praxis.*

Die Rationalisten glauben an ein angeborenes Wissen. Mit unseren Sinnen können wir Wahrheiten erkennen, die nichts mit Erfahrung zu tun haben. In der Mathematik gibt es viele Beispiele, etwa dass ein Dreieck drei Seiten hat. Verstehen wir das Prinzip, verstehen wir auch das Gesetz. Die Wahrheit existiert unabhängig von unseren Erfahrungen. Konzepte wie Wahrheit oder Gerechtigkeit haben einen konkreten Kern. Anhänger dieser Denkschule waren zum Beispiel Platon, Descartes, Spinoza.

Damit Deduktion funktioniert, braucht man korrekte Grundprinzipien, von denen man ableiten kann. Ein Navigationssystem kann noch so gut sein, es bringt aber nichts, wenn man von seinen »Freunden« die falsche Adresse bekommen hat.

2. Empiriker – Wissen wird durch Induktion *erzeugt. Vom Einzelfall zum Gesetz.*

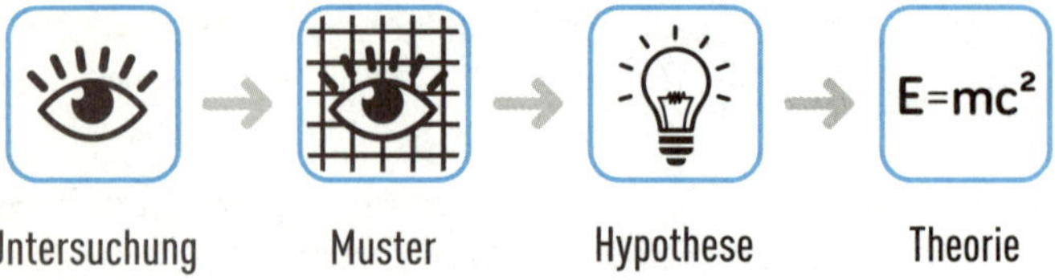

Dieser Ansatz funktioniert von unten nach oben. Man beginnt mit einzelnen Beispielen und stellt am Ende ein allgemeines Gesetz auf. *Praxis regiert Theorie.*

Das gesamte Wissen leitet sich aus Erfahrungen ab. Wir beginnen sozusagen als ein unbeschriebenes Blatt. Durch die Erfahrungen, die wir dank unserer Sinne machen, ziehen wir Schlüsse und erlangen Wissen. Die Wissenschaften stützen sich vor allem auf empirische Prinzipien, indem Theorien durch Untersuchungen verfeinert und bewiesen werden. Die bekanntesten Vertreter dieser Idee waren die Briten John Locke, George Berkeley und David Hume. Damit die Induktion zum Ziel führt, muss man seinen Sinnen trauen können. Jeder, der schon einmal betrunken eine Mauer überqueren wollte, weiß aber, dass Sinne trügerisch sein können und Mauern selbst dem größten Dickschädel standhalten.

tl;dr: *In der Philosophie wurde lange darüber gestritten, ob die kühle Logik der Deduktion oder die induktive Untersuchung mittels Erfahrungen die bessere Methode ist. Für Francis Bacon war die Antwort klar: »Empiriker sind wie Ameisen, sie sammeln Material und verwenden es zum Nestbau. Die Rationalisten dagegen sind wie Spinnen, die ihr Netz aus sich selbst heraus produzieren.« Theoretisch gibt es keinen Unterschied zwischen Theorie und Praxis, praktisch aber schon.*

DER SCHWERGEWICHTSKAMPF DER AUFKLÄRUNG – RATIONALISMUS GEGEN EMPIRISMUS

SITZUNG
63

SITZUNG 64

FAKTENSAMMLUNG DAVID HUME

Nationalität:	Schottland
Zeitraum:	1711 bis 1766
Einfluss:	■■■■■■□□□□
Groupies:	I. Kant, A. Schopenhauer, K. Popper, J. Locke, G. Berkeley

Schlechteste Idee »Traktat über die menschliche Natur«. Heutzutage wird dies als Humes wichtigstes Buch angesehen, zu seiner Zeit war es aber alles andere als ein Kassenschlager. Die Rezeption war sogar so schlecht, dass Hume schrieb, dass das Buch »als Totgeburt durch die Presse fiel, ohne auch nur ein Gemurmel der Eiferer auszulösen«. Aus diesem Grund betrieb er eine Art philosophischen Ausverkauf und brachte eine deutlich einfachere Version mit dem Titel »Eine Untersuchung über den menschlichen Verstand« heraus. Klingt zwar immer noch sehr langweilig, traf aber den Zeitgeist - obwohl *Untersuchung für Dummies* oder *Der Untersuchungseffekt - Warum unser gesamtes Wissen falsch ist und was man dagegen tun kann* vermutlich noch erfolgreicher geworden wäre.

Anekdote Hume war ein bekennender Kritiker der Kirche. Beim Spazierengehen kam er eines Tages an einem Moor vorbei und versank versehentlich im Sumpf. Er schrie um Hilfe und erregte damit die Aufmerksamkeit einer Frau. »Sind Sie nicht Hume, der Atheist?«, rief die Frau. »Ja, aber verlangt die christliche Nächstenliebe nicht von Ihnen, allen Menschen zu helfen?«, fragte Hume zurück. »Christliche Nächstenliebe hin oder her«, antwortete die Frau herablassend. »Ich tue gar nichts, bevor Sie nicht ein Vaterunser und ein Glaubensbekenntnis sprechen und sich zum Christentum bekennen. Andernfalls lasse ich Sie hier zurück, wie ich Sie gefunden habe.« Aus Angst um sein Leben tat der Philosoph wie geheißen. Schließlich wurde er befreit und schaffte es irgendwie, dem Verlangen zu widerstehen, die Frau in den Sumpf zu stoßen.

Zitate

»Ein Menschenleben hat für das Universum keine größere Bedeutung als eine Auster.«

– *Vermutlich sogar weniger, da Austern wenigstens gut schmecken.*

»Die Schönheit der Dinge ist kein Wert an sich, sondern existiert im Geist dessen, der sie anschaut; und jeder Geist hat ein anderes Schönheitsbild.«

– *Stimmt womöglich, ist aber überhaupt keine gute Anmache.*

»Ein kluger Mann bringt seinen Glauben mit Beweisen in Einklang.«

– *Andernfalls wird man PR-Manager und lässt alle Beweise ausklingen.*

SEIN BADEZIMMER

① Gepuderte Perücke: Hume studierte Jura, erklärte aber später, dieses Fach würde ihm Übelkeit verursachen.
② Clownsnase: Man sagt, er habe ein enormes Talent gehabt, sein Publikum zu unterhalten.
③ Verschreibungspflichtige Medikamente: Als junger Mann war Hume so besessen, die »absolute Wahrheit« zu finden, dass er einen Nervenzusammenbruch erlitt.
④ Zertifikate: Er besuchte die Uni bereits mit 12 Jahren.
⑤ Europaflagge: Seine Lehren wurden zunächst auf dem europäischen Festland bekannt, erst danach wurde er in England berühmt.
⑥ Figur in der Popkultur: Gandalf aus »Der Herr der Ringe«. Beide reisten viel. Wie Gandalf war Hume extrem intelligent und vielerorts ein gerngesehener Gast. Während Gandalf vor allem auf Hobbits prägenden Einfluss hatte, wirkte Humes Zauber bei einem anderen kleinwüchsigen Paar – Rousseau und Kant. Kant ging sogar so weit zu behaupten, Hume habe ihn aus seinem »dogmatischen Schlummer« gerissen. Das klingt zunächst schlimm, zumal Schlummer eigentlich immer was Schönes ist.

tl;dr: *Für Hume gabelte sich das Wissen in zwei Kategorien: Aussagen über Vorstellungen (durch logisches Denken zwar zwangsläufig richtig, aber ohne Information über die Welt) und Aussagen über die Welt (die nicht bewiesen werden können).*

OCKHAMS RASIERMESSER – SEIT DEM MITTELALTER EIN SAUBERER SCHNITT FÜR UNSERE IDEEN

SITZUNG 65

Das Leben kann ziemlich kompliziert sein, aber keine Sorge: Die Philosophie hilft. Vor allem William von Ockham und seine Rasiermesser-Metapher. Sie ist irritierend simpel, wird aber oft falsch verstanden. Kann man sich zwischen mehreren Hypothesen nicht entscheiden, soll man die nehmen, die am wenigsten Annahmen erfordert. Vermutlich nicht gewusst habt ihr aber, dass Ockham noch viele weitere erfundene Werkzeuge in seinem Koffer hatte:

① ② ③ ④

Werkzeug	Definition	Situation	Ohne Werkzeug	Mit Werkzeug
① Rasiermesser	Wenn es mehrere Hypothesen gibt, wähle diejenige, die am wenigsten Annahmen erfordert.	Die Heizung macht merkwürdige Geräusche.	Ach du lieber Himmel, auf dem Dachboden haut ein Monster aufs Heizungsrohr. Hoffentlich ist es Vegetarier.	Die Heizungspumpe ist kaputt.

② Keuschheitsgürtel	Willst du mit verschiedenen Leuten Sex haben, ist Amnesie die beste Lösung.	Du wirst der Untreue beschuldigt.	»Ja, ich hatte mit dieser Frau ziemlich oft Sex. Auch merkwürdige Spielchen mit Zigarren.«	»Ich hatte mit dieser Frau keinen Sex.«
③ Fire-wall	Sieht es wie eine Ente aus und quakt es wie eine Ente, so ist es meistens auch eine Ente.	Ein nigerianischer Prinz bietet dir mehrere Millionen an.	Eine falsche Identität und ein verlorenes Erbe.	Sieh dir den Spam-Ordner an.
④ Hackbeil	Willst du in ein Land einmarschieren, müssen deine Pressekonferenzen gut sein.	Dein Land ist knapp an Ressourcen.	»Der Irak hat eine Menge Öl, und wir hätten gern etwas davon. Da wir eine sehr gute Armee haben, sollten wir sie auch mal einsetzen, versteht ihr?«	»Der Irak hat Massenvernichtungswaffen.«

tl;dr: *Die Metapher von Ockhams Rasiermesser besagt, dass man sich immer für die Hypothese entscheiden soll, die am wenigsten Annahmen erfordert.*

EINE VORURTEILSFREIE REISE DURCH DIE WELT DER VORURTEILE

SITZUNG 66

Als nächstes Hilfsmittel, um sich von falschen Ideen zu befreien, gibt es einen Überblick über eher skurrile und unterschätzte Vorurteile. Hoffentlich fällst du nicht mehr so oft darauf rein, wenn du sie kennst.

Der Cheerleader-Effekt: Die Tendenz, in einer Gruppe besser auszusehen als allein. »*Schau dir seine Freunde an! Er* **muss** *hübsch sein.*«

Das nachträgliche Vorurteil: Die Tendenz zu glauben, alle Geschehnisse seien vorhersehbar. »*Aus meiner Sicht ist es nur logisch, dass ein Lottomillionär an einem Freitag, den Dreizehnten gleichzeitig vom Blitz und einem Klavier, das ihm auf den Kopf fällt, getroffen wird. Schließlich gibt es auf der Welt viele Menschen – und Klaviere. Also das hätte man doch wirklich voraussehen können!*«

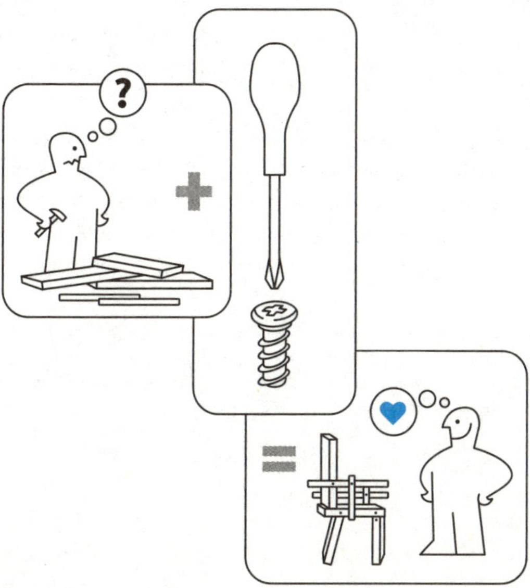

Der IKEA-Effekt: Die Tendenz, eine stärkere emotionale Bindung zu selbstzusammengebauten Dingen zu haben, auch wenn man gerade erst die Beine angeschraubt hat. *»Der tiefgefrorene Apfelkuchen, den ich gerade im Ofen aufgebacken habe und der keine Äpfel enthält, ist (im Nachhinein) echt lecker!«*

Eingebildete Kontrolle: Die Tendenz, unseren Einfluss auf äußere Ereignisse zu überschätzen. *»Meine Gebete sind die beste Impfung, die man sich vorstellen kann, wozu eine Spritze?«*

Informationsvorurteil: Die Tendenz, Informationen beschaffen zu wollen, obwohl diese unsere Entscheidung gar nicht beeinflussen können. *»Zähl mir bitte noch einmal all diese Vorurteile auf! Die sind echt lustig (und im Nachhinein habe ich sie völlig unter Kontrolle!)«*

Rechtfertigung einer Kaufentscheidung: Die Tendenz, eine Anschaffung für sinnvoll zu erklären. *»Ich wusste einfach, dass es (im Nachhinein) richtig ist, mir das Buch ›Der (Klo-)Philosoph‹ zu besorgen. Es ist so intelligent und so witzig, und der Autor sieht so gut aus (wenn er in einer riesigen Menschenmenge steht).«*

Der Dunning-Kruger-Effekt: Die Unfähigkeit inkompetenter Menschen, ihre eigene Inkompetenz zu erkennen, weil sie den Unterschied zwischen Kompetenz und Inkompetenz nicht kennen. *»Das könnte mir nie passieren. Ich bin extrem kompetent in der Analyse von Kompetenz.«*

tl;dr: *Im Nachhinein und in einer Gruppe bist du kompetent und attraktiv und hast alles unter Kontrolle, sofern du selbst etwas dazu beigetragen hast. Außerdem bist du zu uninformiert, um zu erkennen, wie falsch du liegst. Beweis: Du bist sehr froh, dass du dir dieses Buch gekauft hast.*

RHETORISCHE FALLSTRICKE

SITZUNG 67

Da ein Philosoph, der nie an einer Diskussion teilnimmt, einem Boxer entspräche, der nie in den Ring steigt, muss man sich das entsprechende Rüstzeug aneignen. Häufig weisen die Argumentationen deiner Widersacher rhetorische Denkfehler auf – logische Mängel, Bedeutungsverschiebungen oder eine ungenaue Darstellung der Tatsachen. Deck sie auf, oder begib dich einfach auf ihr Niveau und wende dieselben Tricks an. Die folgenden sechs rhetorischen Kategorien bzw. Unterkategorien werden dir dabei helfen:

1. An den Verstand appellieren – mit der Behauptung: »Deutsche Philosophen sind die besten, weil …«

a. Berufung auf Autoritäten: »… mehr als 400 Spitzenfußballer derselben Meinung sind; übrigens sagen sie alle, dass Aristoteles ihr liebstes griechisches Restaurant ist.«

b. Usus: »… in deutschen Kneipen alle philosophieren und sie daher natürlich auch die besten sind.«

c. Erfolg: »… die reichsten Philosophen allesamt aus Deutschland kommen.«

d. Ignoranz: »… ich keinen einzigen deutschen Philosophen kenne, der nicht großartig ist.«

e. Tradition: »… die deutschen Philosophen im 19. und 20. Jahrhundert am einflussreichsten waren und es deshalb auch im 21. Jahrhundert sein werden.«

2. An die Emotionen appellieren – mit der Behauptung: »Der beste Philosoph ist der (Klo-)Philosoph, weil …«

a. Furcht: »... dich alle anderen Philosophen umbringen wollen.«

b. Schmeichelei: »... jemand, der so intelligent ist wie du, das selbstverständlich weiß.«

c. Spott: »... traditionelle Philosophie höher als die (Klo-)Philosophie einzuschätzen ungefähr so ist, als würde man an den Weihnachtsmann und Schokoladeneinhörner glauben.«

d. Konsequente Meinung: »... du dieses Buch gekauft hast und nicht zu den Leuten gehörst, die ihr hart verdientes Geld für schlechte Bildung ausgeben.«

3. Falsche Schlüsse – mit der Behauptung: »Es ist völlig in Ordnung, dass ich unser letztes Geld für magische Bohnen ausgegeben habe, weil ...«

a. Anekdote als Beweis: »... ich eine Geschichte von einem Jungen gelesen habe, der sein letztes Geld für magische Bohnen ausgab und damit das große Glück erlebte.«

b. Falsche Kausalität: »... magische Bohnen genau so viel kosteten, wie ich Geld übrighatte. Das ist das Zeichen, dass der Kauf richtig war.«

c. Zockerdenken: »... die letzten fünf Bohnen nicht gewirkt haben und sich das Glück jetzt zu meinen Gunsten wenden muss.«

d. Scheinbarer Mittelweg: »... du wolltest, dass ich Brot davon kaufe, aber ich wollte das Geld aus Protest gegen den Kapitalismus verbrennen. Magische Bohnen sind ein fairer Kompromiss.«

4. Manipulative Rhetorik – mit der Behauptung: »Du solltest mich wählen, weil …«

a. Lüge: »… das Lieblingshobby meines Gegners das Morden von jungen Robben ist.«

b. Ablenkung: »… danke für die Frage, sie erinnert mich an eine schöne Geschichte, die ich letzten Sommer mit einem Robbenbaby erlebt habe …«

c. Falsche Bestätigung: »… die ersten zehn Google-Resultate über mich alle sehr positiv ausfallen.«

d. Falsches Dilemma: »… entweder ich gewinne oder die Terroristen. Das können wir nicht riskieren.«

e. Verallgemeinerung: »… eine Umfrage unter meinen Freunden zeigte, dass ich der populärste Kandidat bin.«

5. Direkte Angriffe – mit der Behauptung: »Die (Klo-)Philosophie ist keine Zeitverschwendung, weil …«

a. Ad hominem: »… jeder, der die (Klo-)Philosophie angreift, Hass verbreitet.«

b. Beweislastumkehr: »… mir das noch keiner beweisen konnte. Zeig mir, wieso.«

c. Denkfehler bzgl. des Ursprungs: »… die intellektuellen linksliberalen Medien natürlich wieder verbreiten, dass Philosophie nichts bringt.«

d. Sippenhaft: »… du deinen Kindern genau wie ein Terrorist keine (Klo-)Philosophie beibringen willst.«

e. Stellvertreter: »… man genauso wenig behaupten kann, dass die Geisteswissenschaften nichts zur Wirtschaft beitrügen, wie man auch nicht sagen kann, dass alle Philosophen Taxifahrer sind.«

6. Freie Auslegung von Ursache und Wirkung – mit der Behauptung: »Die Regierung sollte jedem Bürger ein Exemplar der (Klo-)Philosophie zur Verfügung stellen, weil …«

a. Zirkelschluss: »… Bildung wichtig ist. (Klo-)Philosophie bildet. Daher ist jeder, der bestreitet, dass die (Klo-)Philosophie an alle Menschen verteilt werden sollte, bildungsfeindlich.«

b. Minus mal Minus gibt Plus: »… es falsch ist, Steuergelder für 80 Millionen Exemplare des Klo-Philosophen auszugeben, aber das gilt für Waffen und Krieg genauso. Im Endeffekt ist es das kleinere Übel.«

c. Behauptung einer gemeinsamen Ursache: »… seit Erscheinen der (Klo-)Philosophie die Wirtschaft gewachsen ist. Je mehr Menschen sie lesen, desto besser für unsere Wirtschaft.«

d. Bekräftigung der Folgen: »… die Menschen durch die Lektüre von Philosophiebüchern einen größeren Wortschatz bekommen. Demnach hast du eindeutig eine Menge philosophischer Bücher gelesen.«

tl;dr: *Jeder interpretiert immer alles falsch. Dies zu wissen, ist befreiend und beängstigend zugleich. Argumentieren ist ein bisschen wie Fußball – solange der Schiedsrichter nicht pfeift, ist es kein Foul.*

FAKTENSAMMLUNG IMMANUEL KANT

SITZUNG 68

Nationalität:	Preußen/Deutschland
Zeitraum:	1724 bis 1804
Einfluss:	
Groupies:	Im Grunde jeder Philosoph. Er war so berühmt, dass mit dem Kantianismus eine eigene Denkschule nach ihm benannt ist.

Beste Idee Kopernikanische Wende. In der Regel wird dieser Begriff verwendet, um den Paradigmenwechsel vom geozentrischen zum heliozentrischen Weltbild zu beschreiben. Man verwendet ihn auch als Metapher für Kants neuen Philosophieansatz. Traditionell stellten die Philosophen die äußere Welt und ihre Objekte ins Zentrum ihrer Untersuchungen. Kant hatte die revolutionäre Idee, einen anderen Weg einzuschlagen und nicht zu fragen, wie die Welt und ihre Objekte an sich beschaffen sind, sondern stattdessen zu analysieren, aufgrund welcher Voraussetzungen wir etwas über die Welt wissen können, d.h. zu untersuchen, welches die Bedingungen sind, damit wir Wissen erwerben können. Damit stellte er das Subjekt ins Zentrum.

Anekdote Kant ist eine der seltsamsten Figuren der Geschichte, und über sein exzentrisches Verhalten sind etliche Anekdoten im Umlauf. Seine Tage waren präzise durchgeplant. Jeder Morgen begann um 5 Uhr damit, dass sein Diener die Worte »Es ist Zeit!« ausrief. Kant aß nur zu Mittag, das Essen war zwischen 13 und 16 Uhr angesetzt und dauerte exakt drei Stunden. Dazu waren mindestens zwei, aber nie mehr als fünf Gäste eingeladen. Anschließend spazierte Kant unabhängig vom Wetter genau achtmal dieselbe Straße in seiner Heimatstadt Königsberg auf und ab. Im Verlauf seines Lebens versäumte oder verschob er diese Spaziergänge nur einige wenige Male. Angeblich verstellten die Bewohner Königsberg ihre Uhren, wenn dies geschah, da sie es für wahrscheinlicher hielten, dass diese falsch gingen, als dass Kant zu einer anderen Zeit unterwegs gewesen wäre.

Zitate

»Habe Mut, dich deines eigenen Verstandes zu bedienen.«

– *Da man aber nur Mut haben kann, wenn man auch Angst verspürt, bedeutet dies wohl, dass Verstand eine sehr gefährliche Sache ist.*

»Sogar die Philosophen halten ihm als einer gewissen Veredelung der Menschheit eine Lobrede, uneingedenk des Ausspruchs jenes Griechen: *Der Krieg ist darin schlimm, dass er mehr böse Menschen macht, als er deren wegnimmt.*«

– *Was für den einen Krieg gegen den Terror ist, ist für den anderen die Entstehung des Terrors.*

»Wir sind nicht auf der Welt, um glücklich zu werden, sondern um unsere Pflicht zu erfüllen.«

– *Es hilft aber ungemein, wenn man seine Pflicht darin sieht, viel Eiscreme zu essen und ausreichend zu schlafen.*

SEIN BADEZIMMER

① Milchstraßen-Poster: Seine erste Arbeit war eine vielbeachtete Abhandlung über Himmelskonstellationen.
② Bücher von Hume und Descartes: als Vertreter des Rationalismus und Empirismus.
③ Auszeichnung als bester Lehrer: Er war bei seinen Schülern sehr beliebt.
④ »Heimat«-Fußmatte: Er reiste nie.
⑤ Kleiner Schemel: Er war sehr klein.
⑥ Figur in der Popkultur: Superman. Wie Superman wurde auch Kant stark von seinem Pflichtgefühl geleitet. So wie Superman sein Pflichtgefühl im Weg stand, wurde Kant von seiner extremen Vernunft eingeschränkt. Und wie die von Superman sind auch Kants Kräfte so grandios, dass man sie kaum fassen kann – die Philosophiegeschichte ist in Epochen wie »Die Griechen« oder »Die Römer« usw. eingeteilt, doch er ist der einzige Denker, der seine eigene Epoche namens *Kant* bekommen hat. Jeder angehende (Klo-)Philosoph kann sein Können beweisen, indem er die Begriffe »vorkantisch« und »nachkantisch« verwendet.«

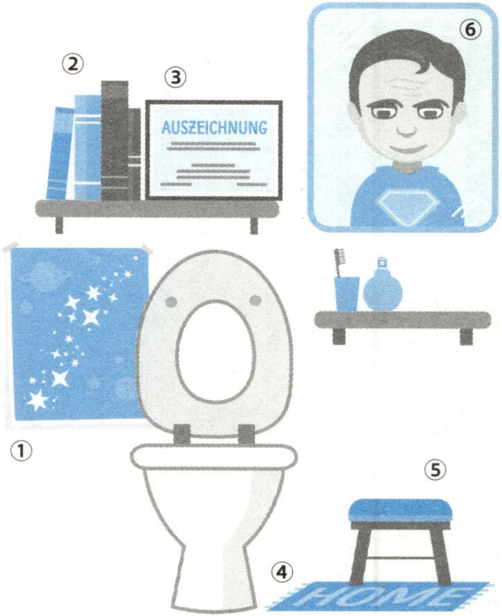

tl;dr: *Kant war ein schrulliger preußischer Philosoph, der so einflussreich war, dass eine ganze Denkschule nach ihm benannt wurde. Er interessierte sich für Vernunft und verließ aus unerfindlichen Gründen nie seine Heimatstadt.*

SITZUNG 69

DIE BEZIEHUNG MIT WISSEN *»ES IST KOMPLIZIERT«* – KANTS *SYNTHETISCHES A PRIORI*

Wie erlangen wir Wissen? Durch Erfahrung oder durch das Erfassen von Wahrheiten? Kants entscheidender Fortschritt war die Neuformulierung dieses Problems: Er erkannte, dass Rationalismus und Empirismus keine sich ausschließenden Theorien sind, sondern es sich dabei vielmehr um zwei Seiten einer Medaille handelt. Um zu verstehen, wieso Kant die ursprüngliche Gegenüberstellung verwarf, müssen wir seine Unterscheidungen zwischen analytisch und synthetisch sowie zwischen A-priori-Wissen und A-posteriori-Wissen verstehen. Das klingt anstrengend und wahrlich nicht nach Zuckerschlecken, und tatsächlich handelt sich um ein sehr schwieriges philosophisches Konzept. Wer es begreift, ist allerdings den meisten normalen Philosophiestudenten weit voraus. Fangen wir also vorsichtig an. Wer sich irgendwann ausklinkt, muss sich definitiv nicht schämen.

Im Kern gibt es zwei grundlegende Arten des Wissens:

1. *A priori* = Aussagen, die wir ohne Erfahrungen treffen können. Beispiele sind etwa »7 × 7 = 49« oder »Junggesellen sind ledig«. Was ein Junggeselle ist, hängt nicht von verschiedenen Arten von Junggesellen ab, sondern steckt schon in seiner Definition, sprich, ein Junggeselle muss ledig sein, um ein Junggeselle zu sein.

2. *A posteriori* = Aussagen, die wir nur aufgrund von Erfahrungen fällen können. Zum Beispiel Aussagen wie »In England regnet es meist« oder »Deutsche sind gut im Elfmeterschießen«.

Das ist recht einfach zu verstehen und erinnert an die ursprüngliche Kontroverse, bei der es um die Frage ging, ob Erfahrungen oder logisches Denken wichtiger sind, um Wissen zu erlangen.

Kant aber führte eine weitere Unterscheidung ein, indem er zusätzlich zwischen *analytischen* und *synthetischen* Aussagen differenzierte:

1. *Analytisch* = Aussagen, die einen Begriff erklären, der bereits im Subjekt enthalten ist. Ein Beispiel wäre etwa: »Ein Dreieck hat drei Seiten«. Die Aussage verweist sozusagen nach innen, auf sich selbst. Dreiecke beinhalten bereits die Begriffe »drei« und »Seiten«.

2. *Synthetisch* = Aussagen, die sich auf Tatsachen beziehen, die nicht schon in der Aussage enthalten sind. Das klingt scheußlich, ist aber recht normal, wie folgendes Beispiel zeigt: Die Aussage »Alle Lebewesen mit einem Herzen haben auch Nieren« bezieht sich nicht auf sich selbst, sondern verweist auf etwas anderes. Der Begriff »Herz« enthält nicht automatisch »Nieren«.

Verknüpft man diese Unterscheidungen, erhält man die folgenden vier Kombinationsmöglichkeiten, die auf der nächsten Seite als Tabelle dargestellt sind. Die vier Fälle bilden alle Möglichkeiten des Wissens ab, die bei der Kombination des Bezugs (analytisch und synthetisch) und der Rechtfertigung (a priori und a posteriori) entstehen.

Urteil	**A priori** (keine Erfahrungen zur Verifizierung nötig)	**A posteriori** (durch Erfahrungen verifiziert)
Analytisch (nach innen – Subjekt enthält Prädikat)	**Analytisch a priori** = Alle Junggesellen sind ledig. *Etwas, das wir von Natur aus wissen, weil wir es selbst definiert haben. Einfach und langweilig. Dies ist der Ort, an dem alle Definitionen leben. Die Rationalisten halten diese Art des Wissens für die wahre.*	**Analytisch a posteriori** = nicht existent. *Gibt es nicht, durch Erfahrungen kann man nichts verifizieren, das schon per Definition wahr ist.*
Synthetisch (nach außen – Prädikat ist nicht bereits im Subjekt enthalten)	**Synthetisch a priori** = Alle metaphysischen Fragen *Alle fundamentalen und interessanten Fragen über die Welt und unsere Existenz fallen in diese Kategorie.*	**Synthetisch a posteriori** = Regen ist nass. Ein Butterbrot fällt immer auf die bestrichene Seite. *Urteile, die durch Erfahrungen bestätigt werden und nicht selbstbezüglich sind. Einfach und langweilig. Im Grunde alles Wissen, das nicht schon per Definition richtig ist. Die Empiriker halten diese Art des Wissens für die beste.*

Viele der interessantesten philosophischen Fragen sind Urteile, die in die Kategorie des synthetischen Aprioris fallen, d.h.:

- ... sie treffen Aussagen über die Welt, die nicht auf einer Definition beruhen (synthetisch, sprich, sie bezieht sich auf etwas, das noch nicht begrifflich in ihr enthalten ist)

- ... und sie sind universell und zwangsläufig gültig (a priori, sprich, sie können sich nicht durch Erfahrungen als falsch herausstellen).

Fragen dieser Art werden normalerweise als metaphysisch bezeichnet: Wie lauten die Naturgesetze? Existiert Gott? Gibt es Kausalität wirklich, oder ist sie nur eine Illusion? Usw. Kant zeigte, dass jedes metaphysische Urteil *synthetisch a priori* sein muss, da es sonst weder informativen Inhalt hätte noch zu rechtfertigen wäre. Die große Leistung von Kants *Kritik der reinen Vernunft* besteht darin, dass er Rationalismus und Empirismus versöhnte, indem er die tiefere Struktur des Wissens aufzeigte. Anstatt sich für eine Interpretation zu entscheiden, stellte Kant die Frage in den Mittelpunkt, wie überhaupt erst die Bedingungen für die Möglichkeit aussehen müssen.

tl;dr: *Kant zeigte, dass viele der interessantesten Fragen metaphysischer Natur sind. Sie betreffen Inhalte, die wir weder intuitiv wissen noch mit Erfahrungen beweisen können und die daher synthetisch a priori sind. Blickt einer durch, wenn du den letzten Satz zitierst, solltest du einer rhetorischen Auseinandersetzung mit ihm aus dem Weg gehen.*

KAPITEL 9

MORAL UND UTOPIE

SITZUNG 70

IST TÖTEN IMMER FALSCH?

Du bist Batman. Erst mal Glückwunsch. Doch leider hat man mit viel Macht auch viel Verantwortung. Eigentlich wolltest du gerade die Flugeigenschaften deines Capes testen, doch da klingelt dein Batphone. Am Ende der Leitung ist Kommissar Gordon. Er bittet dich, so schnell wie mög-

lich zum Bahnhof von Gotham City zu kommen, da der Joker dort Geiseln genommen hat.

Heiliger Hüftschaden, Batman! Auf zum Batmobil!

Als du am Bahnhof von Gotham City angekommen bist, stellst du fest, dass der Joker gerade mit einem Schnellzug aus dem Bahnhof rast und Kurs auf fünf Arbeiter nimmt, die er an die Gleise gefesselt hat. Zunächst siehst du keine Möglichkeit, wie du eingreifen könntest, doch dann entdeckst du eine Weiche, mit der du den Zug auf ein anderes Gleis umleiten kannst. Dort ist ein anderer Arbeiter schwer beschäftigt, der von der Gefahr, in der er steckt, nichts ahnt. Er würde auf der Stelle sterben. Eine andere Möglichkeit, den Zug zu stoppen, gibt es nicht. Du hast keine Wunderwaffe an deinem Gürtel. Du hast nur die beiden Optionen. Entweder du tust nichts und es sterben fünf Menschen, oder du stellst die Weiche um und nur einer stirbt. Was machst du, Ritter im Mantel? Stellst du die Weiche um?

☐ Ja ☐ Nein

Möglicherweise ist euch ein Problem in dieser Art oder so ähnlich schon begegnet. Man nennt es das Trolley-Problem (vom engl. Wort für Straßenbahn). 95 Prozent der Leute, die damit konfrontiert werden, stellen die Weiche um. Nun wird es ein wenig komplizierter. Die Weiche ist kaputt, aber auf einer Brücke steht ein dicker Mann. Du hättest die Möglichkeit, den dicken Mann von der Brücke zu stoßen. Du bist dir sicher, dass er mit seinem enormen Gewicht den Zug zum Stillstand bringen würde, wodurch die fünf gefesselten Arbeiter ebenfalls gerettet würden, er selbst aber ums Leben käme. Würdest du ihn stoßen?

☐ Ja ☐ Nein

Wird deine Tat dadurch schlimmer? Ist das nicht Mord? Kein indirekter Mord wie beim Verstellen der Weiche? Kommen wir noch einmal auf das ursprüngliche Problem zurück. Fünf Menschen sind an ein Gleis gefesselt, ein weiterer an ein anderes Gleis. Es gibt eine Weiche. Aber die fünf Gefesselten sind alle über 70 Jahre, während die Einzelperson am anderen Gleis erst 15 Jahre alt ist. Verstellst du die Weiche und leitest den Zug um?

☐ *Ja* ☐ *Nein*

Die Ethik ist der philosophische Zweig, der sich mit diesen schwierigen Fragen beschäftigt und im Zentrum dieses Kapitels steht.

tl;dr: *Moral ist komplex. Kleine situative Unterschiede können uns schnell zu einem anderen Urteil darüber, was wir für richtig oder falsch halten, führen. Batman zu sein ist schwer.*

SITZUNG 71

ÜBERROLLTE ETHIK – DAS TROLLEY-PROBLEM

Wie so oft in der Philosophie stellt uns auch das Trolley-Problem vor viele interessante Fragen, auf die es keine einfachen, direkten Antworten gibt. Falls du Hilfe brauchst, gibt es hier einige weitere Ansätze zu dem Problem mit den fünf gefesselten Menschen:

Hedonismus: Einer oder fünf? Wen juckt's? Habt ihr überhaupt keine Ahnung, wie viel Spaß es macht, mit diesem Zug zu fahren? Schneller!

Nihilismus: Egal, wen du von Leid befreist, es handelt sich um Glücksritter!

Apathie: Nichts könnte mir gleichgültiger sein.

Moderne Apathie: Ich könnte ein paar Bilder von dem Zusammenprall auf Instagram posten.

Stoizismus: Wie die Entscheidung auch ausfällt, sie beeinflusst auf keinen Fall mein Befinden.

Pessimismus: Versuche ich die Weiche zu verstellen, geht sie vielleicht kaputt, und alles wird noch schlimmer.

Feminismus: Wer fährt den Zug? Der Joker? Ein Mann? Typisch!

Utilitarismus: Stell die Weiche um. Einer ist weniger als fünf.

USA: Dieser fahrende Zug ist ein Terrorakt. Jagt den ganzen Bahnhof in die Luft.

Griechenland: Wetten, dass es sich um einen Zug der EU handelt? Der hält nur, wenn es um Banker geht.

Nordkorea: Was ist ein ›Zug‹, und wann hat der Große Führer ihn erfunden?

Deutsche Bahn: Keine Sorge. Sollte der Zug schon bereitstehen, wird er die Weiche sicherlich erst mit einer Stunde Verspätung erreichen.

Russland: In Russland Weiche stellt dich.

China: Welcher Zug? Alles ist gut. Stell bitte keine schwierigen Fragen mehr.

Kommunismus: Der Zug gehört allen, jemand anders soll das regeln.

Kapitalismus: Der Zug ist zu groß für einen Zusammenprall. Die Regierung muss ihn freikaufen.

Psychopathie: Warum fragst du mich? Ich fahre doch nur den Zug. Tuut, tuut!

tl;dr: *Man muss das Trolley-Problem nicht mit verschiedenen -ismen abgleichen, um zu erkennen, dass man sich auf keinen Fall auf einem Gleis befinden will, auf dem ein Zug angerast kommt. Unabhängig von den Weichen.*

DAS UTILITARISTISCHE (STEUER-)MONSTER

SITZUNG 72

Menschen, die mit dem Trolley-Problem konfrontiert werden, greifen meistens auf den sogenannten Utilitarismus zurück – *im Zweifel sollte man immer das tun, was den meisten Leuten nutzt.* Stell die Weiche um. Töte einen und rette fünf. Einfache Mathematik. Ist der Utilitarismus aber wirklich die Patentlösung schlechthin?

Stell dir vor, du wärst ein freundlicher Arzt. Vor dir liegen fünf schwerkranke Menschen, die noch heute sterben, wenn du keine Organtransplantation durchführst. Du hast die notwendigen Organe nicht, aber im Nachbarraum hast du gerade einem jungen, kerngesunden Mann die Mandeln entfernt. Da er noch nicht aus der Narkose aufgewacht ist, könntest du seine Organe entfernen und fünf Leben retten. Einer für fünf. Wie beim Trolley-Problem. Was machst du?

Die Weiche im Trolley-Problem hättest du höchstwahrscheinlich umgestellt, aber jetzt zögerst du vermutlich, die Organe zu entfernen. Was ist anders, abgesehen davon, dass du wesentlich aktiver werden musst? Der Utilitarismus fleht dich förmlich an, den jungen Mann zu töten, oder nicht? Reine Mathematik, denk daran. Der Utilitarismus schien die richtige Lösung zu sein. Wo ist jetzt das Problem?

Nehmen wir an, du wärest der Präsident des brandneuen Bundesstaates *Utilitaland*, der in zehn Länder unterteilt ist. Du beschließt, die gesamten Ressourcen und Gelder des Staates auf alle zehn Länder gleichmäßig zu verteilen; Unterschiede entstehen nur durch verschiedene Einwohnerzahlen. Fünf Jahre später kommen die Ministerpräsidenten der zehn Länder zu dir und wollen die Beträge, die jedes Land erhält, neu verhandeln. Überrascht stellst du fest, dass alle Länder vor fünf Jahren gleich viel Geld bekommen haben, aber völlig unterschiedlich gewirtschaftet haben. Neun der zehn Länder haben sich recht gut gehalten, aber eines, *Utiliayern*, hat deutlich besser als die anderen abgeschnitten. Seine Wirtschaft boomt, und es entwickelt sich schneller als alle anderen Länder zusammen. Für jeden Euro, den du den *Utiliayern* gegeben hast, hast du 2,50 Euro an Steuern zurückbekommen. Die anderen Länder haben im besten Fall 1,10 Euro abgeführt, während manche sogar Minus gemacht haben. Der Ministerpräsident verlangt deshalb, dass *Utiliayern* deutlich mehr Geld für Investitionen bekommen soll als die anderen Länder.

Hat er recht? Langfristig werden die meisten Menschen profitieren, weil mehr Steuern hereinkommen, die verteilt werden können. Doch in der Zwischenzeit müssen die anderen Länder darben. Wie sieht die utilitaristische Lösung aus?

Das Problem ist, dass die anderen Länder noch weiter zurückgeworfen werden, wenn du *Utiliayern* noch mehr Ressourcen zusicherst. Und als Folge rechtfertigt dies immer mehr Investitionen. Im Endeffekt kreierst du etwas, das Robert Nozick als utilitaristisches Monster bezeichnete. Du schaffst weiterhin Anreize für ein System, das bereits funktioniert, und beschränkst damit die Ressourcen für die Länder, in denen dies nicht der Fall ist. Du bist dem Utilitarismus zwar treu, lässt aber nicht zu, dass die schwächeren Länder je aufschließen können. Der Utilitarismus schaut nur auf Zahlen. Nicht auf Schicksale, nicht auf Gerechtigkeit. Wie soll man Glück oder Nützlichkeit überhaupt quantifizieren? Warum immer Quantität statt Qualität?

tl;dr: *Es kann leicht passieren, dass man von der Quantität so besessen ist, dass man die Qualität aus dem Blick verliert. Ein Nützlicher ist womöglich wertvoller als fünf Nutzlose. Utilitarismus und Egalitarismus sind nicht dasselbe.*

ETHIK ODER MORAL, BIS DER ARZT KOMMT

SITZUNG 73

Wer schon einmal eine Gameshow auf einer einsamen Insel gesehen oder das Buch »Herr der Fliegen« gelesen hat, weiß, wie zerbrechlich unsere Zivilisation ist und wie schnell wir sie aufgeben, wenn eines unserer Grundbedürfnisse in Gefahr gerät oder ein Geldpreis winkt. Oder wie Leo Trotzki meinte: »Jede Gesellschaft ist nur drei ordentliche Mahlzeiten von einer Revolution entfernt.«

Jede Gesellschaft muss entscheiden, worauf sie ihre moralischen Werte stützt. Diverse Philosophen haben unsere Anstrengungen, mit denen wir unsere Unzivilisiertheit eindämmen wollen, in verschiedene ethische Kategorien eingeteilt. Die beiden wichtigsten sind:

1. Deontologie – *Regeln ohne Rücksicht auf Ergebnisse*
Da wir die Konsequenzen unseres Handelns meist nicht vollständig überblicken und beeinflussen können, kann man kaum

wissen, ob man nach ethischen Grundsätzen lebt oder nicht. Die Deontologie löst dieses Dilemma, indem sie sagt, wir sollten unabhängig vom Ergebnis nur danach beurteilt werden, ob wir uns an unsere Regeln gehalten haben oder nicht.

Vorteile: Einfach, klar, unzweideutig. Verantwortung wird outgesourct.

Nachteile: Unflexibel. Es ist unklar, wie gehandelt werden soll, wenn die Regeln nicht definiert sind. Die Bibel gab eindeutig Auskunft darüber, was man zu Mittag essen sollte und was nicht, ist aber bei der Frage, ob man beim Mittagessen sein Smartphone benutzen darf, deutlich vager. Außerdem, woher weiß man, welche die richtigen Regeln sind? Sind es die zehn Gebote, die Goldene Regel, die Sharia oder die Grundsätze der Pfadfinder?

2. Konsequentialismus – *Ergebnisse, ohne Rücksicht auf Regeln*
Eine Handlung ist nur so gut wie ihr Resultat. Die Konsequentialisten argumentieren, dass blindes Einhalten von Regeln die Wurzel der schlimmsten Gräuel in der Geschichte der Menschheit war. Deshalb müssen wir auf die Ergebnisse unserer Handlungen achten und anhand deren über Ethik befinden.

Vorteile: Flexibel. Man muss nicht viele Regeln lernen. Stärkt die Selbstreflexion und das Verantwortungsgefühl.

Nachteile: Die Konsequenzen sind interpretierbar. Konsequenzen für wen? Für dich? Deine Familie? Dein Land? Die Mistkäfer? Selbst auf kurze Sicht haben wir große Schwierigkeiten, die Konsequenzen unseres Tuns vorherzusehen. Frag einfach jemanden, der nach einer durchzechten Nacht am Morgen die Kloschüssel umarmt.

tl;dr: *Es gibt zwei große ethische Ansätze: Die Deontologie, bei der es um das Befolgen von Regeln geht, und der Konsequentialismus, bei dem es nur um das Ergebnis unseres Handelns geht.*

FAKTENSAMMLUNG KARL MARX

SITZUNG 74

Nationalität:	Deutschland
Zeitraum:	1818 bis 1883
Einfluss:	■■■■■■■■■□
Groupies:	Die schlimmsten Diktatoren wie Stalin, Mao, Pol Pot und Castro.

Beste Idee Marxismus. Die Geschichte wird nicht von Individuen, sondern von gesellschaftlichen Gruppierungen bestimmt. Zu Marx' Zeiten waren das die kapitalistische Bourgeoisie und das Proletariat, welche stets entgegengesetzte Ziele hatten und was zum Klassenkampf führte. Dies liegt daran, dass der Kapitalismus zur Entfremdung führt: Wir produzieren nicht mehr in einem kreativen Prozess die von uns benötigten Güter, sondern in einem industriellen Verfahren Waren für einen anonymen Markt. Dabei verliert das Proletariat immer mehr Mittel, während das Kapital unverhältnismäßig reich wird. Für Marx war eine sozialistische Revolution unumgänglich, mit der die Gesellschaftsschichten aufgelöst werden und der Klassenkampf zu einem Ende kommt.

Schlechteste Idee Marxismus. Man sagt, die größte Tragödie des 20. Jahrhunderts sei gewesen, dass man den Kommunismus nicht erst an Mäusen testen konnte. Zu seinem Glück oder seinem Pech erlebte Marx nicht mehr, in welch barbarischer Weise die Ideen des Kommunismus in mehreren Ländern missbraucht wurden. Er war überzeugt, dass eine Revolution des Proletariats, also der Klasse, die während der industriellen Revolution viel erleiden musste, zu einer gerechteren Gesellschaft führen würde. Leider sieht die traurige Wahrheit aber offenbar so aus, dass wir immer einen Grund finden, andere aufzuhängen, sobald wir genügend Stricke haben.

Zitate

»Wenn diese Leute Marxisten sind, möchte ich keiner sein.«

– *Er nahm an einer Versammlung von Marxisten teil, verließ diese aber sofort wieder.*

»Religion ist Opium des Volkes.«

– *Leider trifft das Gegenteil nicht zu, und Opium wurde keine Religion für das Volk.*

»Das Reich der Freiheit beginnt da, wo Arbeit aufhört.«

– *Dummerweise fängt das Recht, gefeuert zu werden, ebenfalls genau da an, wo man mit der Arbeit aufhört.*

SEIN BADEZIMMER

① Abzeichen einer Burschenschaft: Marx war als Student sehr gesellig, und sein Vater musste ihm einmal sogar wegen erheblicher Schulden aus der Patsche helfen.

② Ausgabe der Neuen Rheinischen Zeitung: Marx und Friedrich Engels brachten diese Zeitung heraus, um auf die prekäre Lage der europäischen Arbeiter hinzuweisen.

③ Kein Marxismus-Abzeichen: (siehe *Zitate*).

④ Aktien: Marx verdiente nur wenig als Journalist und noch weniger als Philosoph, weswegen er kurzweilig als Aktienhändler arbeitete.

⑤ Kalender: War der schlimmste Überzieher von Abgabeterminen; »Das Kapital« erreichte den Verlag mit 16 Jahren Verspätung.

⑥ Figur in der Popkultur: Che Guevara. Das Ansehen beider hat nach ihrem Tod gelitten, doch sind beide Figuren der Popkultur geblieben. Beide sind Opfer falsch verstandener Bewunderung. Beide haben großen Einfluss, doch nur die wenigsten wissen, wofür sie eigentlich standen. Auch trugen beide einen Bart. (Immer gut für den Absatz von T-Shirts).

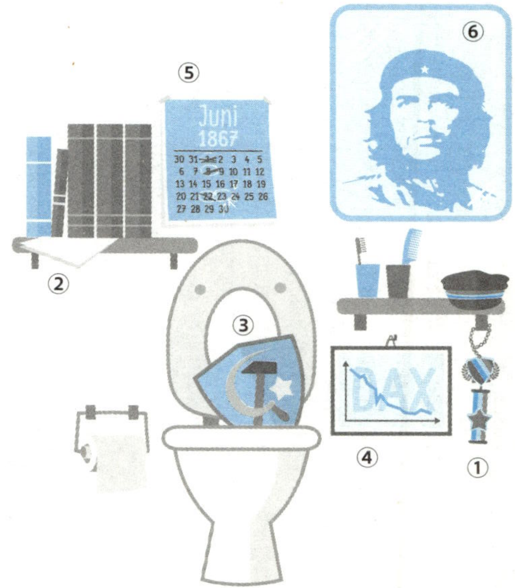

tl;dr: *Karl Marx war ein deutscher Philosoph, der für seinen Gedanken, dass die Gesellschaft in die beiden Lager Bourgeoisie und Proletariat gespalten ist, berühmt wurde. Obwohl er sich eine friedliche, weil klassenlose Gesellschaft wünschte, wurden seine Ideen meist von üblen Tyrannen missbraucht, die mit schrecklichen Taten die Ungleichheit und den Absatz von T-Shirts steigerten.*

SITZUNG 75

DYSTOPIE = UTOPIE + ZEIT

Betrachtet man die Geschichte, stellt man fest, dass wir bei einer Sache wirklich richtig schlecht waren – im Entwickeln moralisch gerechter Systeme. Nicht umsonst heißt es, dass jede Utopie, die von einer früheren Generation entworfen wurde, sich nach einer bestimmten Zeit wie eine Schreckensvision (Dystopie) anhört. Hier eine kurze Zusammenfassung einiger klassischer Zukunftsvisionen. Versuche anhand der Beschreibung herauszufinden, ob sie ursprünglich als Utopie (u) oder als Dystopie (d) angelegt waren.

Name	**Zusammenfassung**	**Jahr**
1. Platons Republik	Die Gesellschaft hat eine Maximalgröße von 5040 Leuten. Frauen und Kinder gelten als Eigentum der Männer.	380 v.Chr.
2. Utopia von Thomas Morus	Eine Insel mit 6000 Haushalten. Kein Privateigentum. Jedes Haus hat Sklaven. Es gibt einen Sozialstaat. Der Staat kann Euthanasie anwenden.	1516
3. A Crystal Age von W.H. Hudson	Der Mensch verzichtet auf Technologie, um ein einfacheres ländliches Leben zu führen, bei dem die einzige Maschine ein Kelch ist, der atmosphärische Musik erzeugt. Nur die Königin und das Alphamännchen dürfen in einem Haushalt Kinder bekommen.	1887
4. The Republic of the Future von Anna B. Dodd	Die Menschen leben in identischen Häusern, Männer und Frauen kleiden sich gleich. Es wird nur zwei Stunden pro Tag gearbeitet. Reisen ist verboten und Mittelmaß	1887

	per Gesetz vorgeschrieben. Jeder überdurchschnittlich Begabte wird abgeschoben.	
5. Die Maschine versagt von E.M. Forster	Die Menschen leben unterirdisch und in getrennten Zellen. Dort müssen sie sich lediglich um eine Maschine kümmern, die sie wie einen Gott verehren.	1909
6. Herland von Charlotte P. Gilman	Die Gesellschaft besteht nur aus Frauen, die seit 2000 Jahren ohne Männer leben und sich mittlerweile ohne Sex fortpflanzen. Nur die tapfersten Frauen dürfen sich vermehren.	1915
7. Schöne neue Welt von Aldous Huxley	Im Jahr 2540 nehmen die Menschen regelmäßig an Orgien teil, bei denen sie unter dem Einfluss eines speziellen Antidepressivums stehen, mit dem man im Schlaf lernen kann. Die niederen Schichten werden so manipuliert, dass sie weniger gebildet/wissbegierig sind.	1932
8. Flucht ins 23. Jahrhundert von William F. Nolan	Man lebt in einer überdachten Stadt, in der man bis zu seinem 21. Lebensjahr so viel Sex und Vergnügen erleben kann, wie man möchte. Dann wird man getötet.	1976

tl;dr: *Nach einer bestimmten Zeit fühlt sich jede Utopie wie eine Schreckensvision an. Das ist zum einen ein Kompliment für den menschlichen Fortschritt, zum anderen eine Bankrotterklärung für die menschliche Fantasie.*

Antworten: 1:U, 2:U, 3:U, 4:D, 5:U, 6:U, 7:D, 8:D

SITZUNG 76

HEGEL – WIE MAN DAS PRO IN DEN PROZESS BEKOMMT

Das Problem, dass sich ein Konzept ins Gegenteil verkehrt und daher im Verlauf des Prozesses obsolet wird, beschränkt sich nicht nur auf utopische/dystopische Ideen. Die philosophische Theorie, die hinter diesem Phänomen steckt, nennt man dialektische Methode. Der Begriff geht auf die Griechen zurück und bezieht sich auf den Diskurs zweier Personen, die unterschiedliche Vorstellungen haben und miteinander diskutieren, um ihre ursprünglichen Meinungen zu überwinden und gegenseitiges Verständnis zu erreichen. Sie funktioniert idealerweise so:

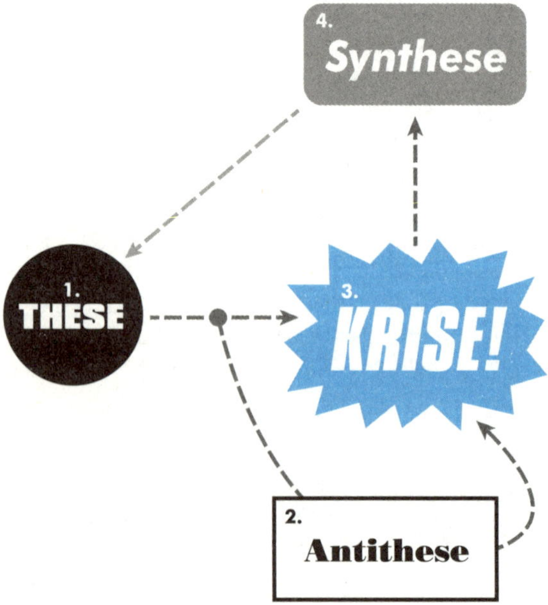

1. These = Der Status quo und der Ausgangspunkt des Prozesses, z. B. *Tyrannei*.

2. Antithese = Das Gegenteil des Status quo, z. B. *Freiheit*.

3. Krise = Der Zusammenprall von These und Antithese. Dies führt zur …

4. Synthese = FORTSCHRITT – Das Ergebnis des Zusammenpralls. Die Auflösung der beiden Vorstellungen in einem neuen, besseren Konzept, z. B. *Gesetzen* (Elemente von Freiheit und Tyrannei werden zu etwas Brauchbarem zusammengeführt).

Obwohl es sich um eine antike Methode handelt, ist mit Georg W. F. Hegel ein Philosoph aus dem 18. Jahrhundert ihr bekanntester Vertreter. In seinem Werk versuchte er zu zeigen, dass sich Geschichte stets in dialektischen Bewegungen entwickelt. Wie aber kann Geschichte dialektisch sein? Hegel war davon überzeugt, dass jedes Konzept bzw. jede These seine/ihre Antithese in sich selbst trägt. Damit zum Beispiel die absolute Unterdrückung, die in der Tyrannei steckt, erkannt werden kann, muss sie ihre Antithese enthalten – *Freiheit*. Geschichte ist die Verkörperung eines ewigen Kreislaufs verschiedener Gesellschaftsschichten, die aneinandergeraten und aus ihren konträren Vorstellungen neue Synthesen bilden. Aus diesem Grund war auch Hegel der Meinung, dass Geschichte Fortschritt bedeutet. Jedes Mal, wenn man den Kreislauf mit These, Antithese und Synthese durchläuft, entsteht ein besseres Konzept. Irgendwann endet dieser Prozess mit der perfekten Idee, die keine Widersprüche mehr enthält. Dann gibt es keinen Widerstand gegen den Status quo, keine Krisen und auch keine Synthese mehr. An diesem Punkt endet somit die Geschichte.

Vermutlich beeinflusste kein anderes Konzept das Werk

von Karl Marx so sehr wie dieses. Marx war der Meinung, dass keine abstrakten Vorstellungen die Grundlage dieses dialektischen historischen Prozesses bildeten, sondern der permanente Kampf zwischen Herrschern und Beherrschten, der sogenannte *Klassenkampf*. Beide waren der Ansicht, dass die Geschichte zu einem Ende kommt; doch während Hegel die perfekte Idee für abstrakt hielt, sah Marx im Sozialismus die reale Lösung. Damit gäbe es keinen Klassenkampf mehr und daher auch keine Notwendigkeit für den dialektischen Prozess.

tl;dr: *Für Hegel war Geschichte ein dialektischer Prozess, in dem jede Idee (These) auch ihr Gegenteil (Antithese) enthält. Die Gesellschaft arbeitet sich an diesen beiden widersprüchlichen Ideen ab und entwickelt eine neue Idee (Synthese), die dann wieder die nächste These ist, die dialektisch überwunden werden muss.*

SITZUNG 77

DAS POSTHUME VERMÄCHTNIS

Es heißt, im Tod seien alle gleich. Das mag zwar stimmen, doch passiert nach dem Tod nicht bei allen dasselbe. Wir haben keine Kontrolle über unser Vermächtnis. Genauso wie utopische Ideen im Verlauf der Zeit dystopisch werden können, kann sich auch die öffentliche Wahrnehmung einer Person verändern. Einige haben Glück und werden nach dem Tod zu absoluten Helden, während andere posthum in Grund und Boden gestampft werden.

Posthume Helden

	Vor dem Tod	Nach dem Tod
Konfuzius	Komplette Ablehnung	2000 Jahre das Non-plusultra bei fast allen gesellschaftlichen Fragen in China.

Diogenes	Lebte in einer Tonne und masturbierte in der Öffentlichkeit.	Sorgte für Belustigung, weil er in einer Tonne lebte und in der Öffentlichkeit masturbierte.
Vincent van Gogh	Verrückter Maler mit einem Ohr, der in seinem Leben nur ein Bild verkaufte.	Hochgeschätzter und einflussreicher Maler mit eigenem Museum, der verrückt war und nur ein Ohr hatte.
Alan Turing	Wurde wegen des »Sittlichkeitsvergehens« Homosexualität verurteilt, was zu seinem Selbstmord führte.	Große Dankbarkeit, dass er fast alleine den Enigma-Code knackte und den Zweiten Weltkrieg um einige Jahre verkürzte. Nationalheld.
Prinzessin Diana	Professionelle Zauderin, die auf Einweihungsfeiern komische Hüte trug.	Globale Märtyrerin. Die Prinzessin des Volkes.

Posthume Schurken

	Vor dem Tod	**Nach dem Tod**
Friedrich Nietzsche	Rundum gescheiter Kerl, der versuchte die Menschheit zu emanzipieren.	Totaler Nazi (wobei der Dank seiner Schwester zu gelten hat).
Karl Marx	Kämpfte für Gleichheit und eine bessere Welt.	Lieferte Ideen, mit denen Massenmorde gerechtfertigt wurden. »Der Tod eines einzelnen Menschen ist eine Tragödie, aber der Tod von Millionen nur eine Statistik«, sagte Josef Stalin. Auf den

		Tod von Karl Marx traf beides zu.
Che Guevara	Antikapitalist	Sein Gesicht wurde zum Geschäft für den Kapitalismus, sein Konterfei dient als Standardvorlage für Revolutionäre.
Josef Stalin	Vielfach als harmloser Diktator eingeschätzt.	Entlarvt als einer der schlimmsten Diktatoren und Mörder des 20. Jahrhunderts.

tl;dr: *Nach dem Tod hat man keine Kontrolle mehr, was andere über einen denken. Da man tot ist, spielt es allerdings auch keine große Rolle mehr.*

KAPITEL 10

NIHILISMUS UND GLAUBE

NIHILISMUS:

Für Leute, die „Nichts" gemeinsam haben.

SITZUNG 78

SELBSTZUFRIEDENHEIT BEIM EINKAUF

Stell dir vor, du bist im Supermarkt und versuchst, sämtlichen ungesunden Verlockungen wie Donuts mit Zuckerguss, alkoholischen Mixgetränken und ausgefallenen, aber fettigen Käsesorten zu widerstehen. Schließlich schiebst du deinen bescheiden gefüllten – Salat (aus der Region), Tomaten (Bio), Avocado (Fair Trade), Brot (Vollkorn), Joghurt (von glücklichen Kühen) und als kleine Belohnung eine Cola Zero – Einkaufswagen zur Kasse. Dein Blick fällt auf deine Einkäufe, und du bist stolz auf deine Selbstbeherrschung. Damit kannst du der Welt zeigen, was für ein vorbildlicher Konsument du doch bist.

Hinter dir stellt sich ein ungepflegt aussehender Typ in einer Lederjacke an die Kasse und räumt den Inhalt seines Einkaufskorbs auf das Warenband. Nacheinander legt er Kartoffelchips (die billigsten), fünf Flaschen Bier (das stärkste), Smarties (Familienpackung) und als kleine Belohnung eine Flasche Jägermeister (1 Liter) aufs Band. »Entschuldigung«, sagt er und lehnt sich vor, um auf den Knopf des Zigarettenautomaten zu drücken. *F-ü-n-f-mal!*

An dieser Stelle empfindest du vermutlich eine starke Selbstzufriedenheit, weil du dank deiner gesunden Einkäufe viel länger leben wirst als er und noch auf deinem Biosalat herumkaust, wenn er schon längst unter der Erde liegt. Aber die Höhlenmenschen aßen doch auch Bio, oder? Es gab ja gar nichts anderes. Und außerdem trieben sie vermutlich viel mehr Sport an der frischen Luft. Statt im Büro zu sitzen, mussten sie Mammuts jagen und vor Säbelzahntigern davonlaufen. Auch gab es damals weder Umweltverschmutzung noch die 38,5-Stunden-Woche, und doch lag die Lebenserwartung nur bei ca. 30 Jahren!

Das ist der Moment, in dem aus Selbstzufriedenheit Neid wird. Dafür, dass der Mann in der Lederjacke mit seinen »fragwürdigen« Einkäufen vermutlich früher und mit weniger Zähnen sterben wird als du, wird er bis dahin eine Menge Spaß haben.

Schließlich würden doch selbst Salatblätter Chips und Schokolade essen, wenn sie es könnten, oder? Wie viel zusätzliche Zeit kaufen wir uns also wirklich, und ab welchem Zeitpunkt lohnt sie sich nicht mehr? Um es mit den Worten des Schriftstellers Hunter S. Thompson zu sagen: »Das Leben sollte keine Reise mit dem Ziel sein, attraktiv und mit einem gut erhaltenen Körper an unserem Grab anzukommen. Wir sollten lieber in einer Rauchwolke seitlich hineinrutschen, unser Körper total verbraucht, und schreien: ›Wow, was für eine geile Fahrt!‹«

Wir alle schließen eine Art Wette ab, indem wir glauben, es sei besser, die Belohnung auf einen späteren Zeitpunkt zu verschieben und damit die Dauer und die Qualität der Belohnung zu verbessern. Wir setzen darauf, dass wir allein deshalb ein langes Leben haben werden, weil wir es als solches respektieren. Glaubst du, dass der Inhalt deines Einkaufswagens derselbe wäre, wenn du mit Sicherheit wüsstest, dass dir nächste Woche ein Klavier auf den Kopf fällt und du tot bist? Wir alle schließen Wetten auf eine ungewisse Zukunft ab – der einzige Unterschied ist, dass einige dabei Erdnussflips essen.

tl;dr: *In vielerlei Hinsicht bringen wir in der Gegenwart Opfer und hoffen, in einer Zukunft, die keinesfalls sicher ist, dafür die Ernte einzufahren. Wer Jägermeister und ausgefallene Käsesorten kaufen will, sollte das vermutlich auch tun und nicht bis morgen damit warten.*

HAUPTGEWINN MIT DER PASCALSCHEN WETTE

Kommen wir nun zur ultimativen Wette, die man um eine verschobene Belohnung abschließen kann. Im 17. Jahrhundert warf der französische Philosoph und Mathematiker Blaise Pascal einen rationalen und pragmatischen Blick auf die Frage, ob wir an Gott glauben sollen oder nicht. Seine Logik war wie folgt:

Pascal schloss, dass die Vorteile des Glaubens (ein Fahrschein in den Himmel und kein Risiko, in die Hölle zu kommen) deutlich gewichtiger waren als die Nachteile (keine Sünden,

bescheuerte Kopfbedeckungen, vorgeschriebene Ernährung, langweilige Gottesdienste) und man deshalb einfach klaglos glauben oder wenigstens so tun sollte.

Wie ist deine Meinung dazu? Ist es sinnvoll, die eigene Wette abzusichern und unabhängig von der Überzeugung auf jeden Fall so zu tun, als würde man glauben?

In unserer heutigen aufgeklärten Zeit wirkt die Einfachheit der Pascalschen Wette, sich einfach so den Weg ins Leben nach dem Tod zu bahnen, fast ein wenig lächerlich. Selbst wenn es ein Leben nach dem Tod gäbe, stecken in diesem Konzept jedenfalls mehrere offensichtliche Fehler:

A. Lügen, bis man im Himmel ist. Gott ist so mächtig, dass er die Welt erschaffen kann, und so rachgierig, dass er einen mit ewiger Verdammnis bestrafen könnte, merkt aber nicht, dass man ihn mit vorgegaukeltem Glauben austricksen will? Hmm.

B. Der eine wahre Gott? Ob wir das Wesen Gott, Allah, Krishna oder einfach nur Fliegendes Spaghettimonster nennen, spielt keine Rolle. Vermutlich sind alle ein und derselbe. Es könnte aber auch sein, dass die Götter wie Londoner Busse sind: Man wartet sein ganzes Leben darauf, dass einer kommt, und nachdem man gestorben ist, tauchen auf einmal zehn auf. Hat man dann den richtigen Gott verehrt?

C. Man kann nicht einfach etwas glauben, woran man nicht glaubt. Pascals »Lügen, bis man im Himmel ist« ist eine hübsche Idee, aber schwer praktikabel. Glaube funktioniert ein wenig wie Putzen. Je mehr man sich einredet, dass man es tun muss, desto mehr hasst man es. Das ist wirklich keine gute Basis, um einen echten Glauben zu entwickeln.

tl;dr: *Der Philosoph Blaise Pascal war der Meinung, es sei besser, an Gott zu glauben und sich zu irren, als nicht an Gott zu glauben und ewig in der Hölle zu schmoren. Selbst wenn dies bedeutete, dass man bescheuerte Kopfbedeckungen tragen und sonntags früh aufstehen muss.*

ARGUMENTE FÜR DIE EXISTENZ GOTTES (UND VON EINHÖRNERN)

SITZUNG 79

Es gibt viele Argumente, warum eine höhere Macht existieren soll. Nicht alle sind überzeugend, und wer keine Angst vor Debatten mit Gläubigen hat, kann die selben Argumente auch dazu verwenden, um genauso unwahrscheinliche, aber tolle Phänomene wie Einhörner zu erklären.

Pro Gott

Ontologisches Argument
1. Gott ist das vollkommenste Wesen, das man sich vorstellen kann. 2. Es ist vollkommener zu existieren, als nicht zu existieren. 3. Aus diesem Grund muss Gott existieren (sonst wäre es möglich, dass ein vollkommeneres Wesen existiert).

Kreationistisches Argument
Das Leben ist so kompliziert, dass es von einem intelligenten Wesen erfunden worden sein muss.

Biblisches Argument
In der Bibel stehen viele historische Behauptungen, die sich als wahr erwiesen haben. Da die Bibel ohne die Existenz Gottes keinen Sinn ergäbe, existiert Gott.

Persönliches Zeugnis
Ich weiß, dass Gott existiert, denn ich kann seine Anwesenheit spüren.

Beweislastumkehr
Du kannst nicht beweisen, dass Gott *nicht* existiert.

Zwingendes Argument
Du wirst zur Hölle fahren, wenn du nicht an Gott glaubst.

Pro Einhörner

Ontologisches Argument
1. Einhörner sind die besten Wesen, die man sich vorstellen kann. 2. Es ist besser zu existieren, als nicht zu existieren. 3. Aus diesem Grund müssen Einhörner existieren.

Kreationistisches Argument
Ist dieses Wesen tatsächlich so intelligent, dass es ein so kompliziertes Leben erfunden hat, ist es doch nicht so blöd, auf Einhörner zu verzichten, oder? *Nein.*

Biblisches Argument
Einhörner werden in der Bibel mehrfach erwähnt, etwa bei Jesaja 34:7: »Da werden die Einhörner samt ihnen herunter müssen.« Aus diesem Grund existieren Einhörner.

Persönliches Zeugnis
Ich weiß, dass Einhörner existieren, denn ich habe schon mehrere im Fernsehen gesehen.

Beweislastumkehr
Du kannst nicht beweisen, dass Einhörner *nicht* existieren.

Zwingendes Argument
Fahr zur Einhornhölle*, wenn du nicht an Einhörner glaubst.

tl;dr: *Glaubst du an die Existenz Gottes, kannst du auch an Einhörner glauben, zumal von beiden in der Bibel berichtet wird.*

* Genauso heiß, aber mit mehr Regenbögen und Zuckerguss.

SITZUNG 80

FAKTENSAMMLUNG FRIEDRICH NIETZSCHE

Nationalität:	Deutschland
Zeitraum:	1844 bis 1890
Einfluss:	
Groupies:	Seine Schwester, die später mit einem prominenten Nazi verheiratet war. Mit ihm zusammen machte sie sich nach Nietzsches Tod daran, sein Werk komplett falsch zu interpretieren und sogar ganze Passagen zu faschistischen Propagandazwecken zu verfälschen.

Beste Idee Die Umwertung aller Werte, wie »Gott ist tot (und wir haben ihn getötet)«. Nietzsche glaubte, dass man keinen Respekt vor sogenannten Wahrheiten haben dürfe. Anstelle tradierte Werte und Konventionen kritiklos als Leitideen für den Sinn des Lebens anzunehmen, müsse man diese Werte als soziale Konstrukte verstehen, die auch ganz anders sein könnten. Er sprach in diesem Zusammenhang auch davon, Philosophie mit dem Hammer zu betreiben. Und dies tat er im Wissen, wie sehr viele Menschen diese »Wahrheiten« als Illusion in ihren Leben brauchen. Die Wahrheit über die Wahrheiten war, dass es sich bei ihnen um »notwendige Lügen« handelt, die wir uns fortwährend erzählen, um uns besser zu fühlen und die Welt und ihre Ungerechtigkeit erträglicher zu machen.

Was aber passiert, wenn wir Religion, Wissenschaft und alle anderen Sinnstrukturen losgeworden sind? Wie können wir ohne falsche Ideale leben? Nietzsche jagte diese Vorstellung überhaupt keine Angst ein, vielmehr empfand er sie als erstrebenswert. Er sah die ultimative Bejahung des Lebens in unserer Freiheit, unsere Rolle als einzige Sinnstifter anzunehmen.

Anekdote Als Schüler wurde Nietzsche einmal zusammen mit einem Kameraden in betrunkenem Zustand erwischt. Er schämte sich dermaßen, dass er seiner Mutter in einem herzzerreißenden Brief schrieb, er würde verstehen, wenn sie nie wieder ein Wort mit ihm sprechen wolle. Der Alkohol werfe den Menschen auf längst überwundene Kulturstufen zurück. Später erkannte er seinen Irrtum und postulierte das Gegenteil: »Damit es Kunst giebt, damit es irgendein ästhetisches Thun und Schauen giebt, dazu ist eine physiologische Vorbedingung unumgänglich: der Rausch.«

Wenn du also das nächste Mal blau bist, erklär deinen Kollegen einfach, dass du gerade die Vorbedingung für Kreativität erfüllst und dich mit vollem Einsatz der Kunst und Ästhetik hingibst. Hicks! Selbst wenn dies nicht immer ein ästhetischer Anblick sein mag, prost!

Zitate

»Ohne Musik wäre das Leben ein Irrtum.«

– *Kann man leicht sagen, wenn man in einer Zeit lebt, in der es weder Nickelback noch Justin Bieber gibt.*

»Was mich nicht umbringt, macht mich stärker.«

– *Offenbar vergaß er Traumata und Hirnschäden. Dies lag vermutlich daran, dass »Dinge, die mir ein wenig lästig sind, können mich stärker machen, wenn sie mich dazu bringen, neue Lösungsmöglichkeiten zu finden« nicht ansatzweise so cool klingt.*

»Der Irrsinn ist bei Einzelnen etwas Seltenes – aber bei Gruppen, Parteien, Völkern, Zeiten die Regel.«

– *Das versteht jeder, der schon mal auf dem Oktoberfest war.*

SEIN BADEZIMMER

1. »Gott ist tot«-Aufkleber: Sein bekanntester Satz.
2. Richard-Wagner-Bild: Erst war Wagner sein Freund, später sein Todfeind.
3. Kleine Ponyfigur: Er umarmte ein ausgepeitschtes Pony, ehe er wenig später einen kompletten Nervenzusammenbruch erlitt.
4. Arzneimittel: Er war ein kränklicher Mann, der häufig unter Migräne litt (möglicherweise wegen der Syphilis, die er hatte).
5. Akademische Auszeichnungen: Er war ein philologisches Genie (er sprach fließend Griechisch und Latein) und wurde bereits mit 24 Jahren zum Professor ernannt. Sein akademisches Wirken fand aber keine Anerkennung, weshalb Nietzsche sich zeitlebens als gescheitert betrachtete.
6. Reagenzglas: Zeitweilig erwog Nietzsche, Chemie statt Philosophie zu studieren. Sein berühmtes Zitat »Was mich nicht umbringt, macht mich stärker«, hätte dann vermutlich gelautet: »Was nicht reagiert, wird länger erhitzt.«
7. Figur in der Popkultur: Thor. Nietzsche ist als der große Zerstörer in die Geschichte eingegangen, der mit dem Hammer philosophierte. Im Gegensatz zu Thor war er aber zart gebaut und alles andere als eine furchteinflößende Erscheinung.

tl;dr: *Nietzsche war ein schnauzbärtiger deutscher Philosoph, der glaubte, dass man sein Leben nicht nach überlieferten Sinnstrukturen ausrichten dürfe. Dies zu akzeptieren und seinen eigenen Sinn zu erschaffen, ist schön und macht einen zum Übermenschen.*

Bankfurter Allgemeine Zeitung, 1. Februar 2015:
Neuwerk, Mönchengladbach –

„SUPERHELD" GREIFT KIRCHE AN.

Eine böse Überraschung erlebten heute Gottesdienstbesucher in der Kleinstadt Neuwerk. Während der Messe betrat ein „Superheld", der einen braunen Latexanzug mit einem roten Kreuz auf der Brust trug, die Kirche und verschaffte sich Zutritt zur Kanzel, indem er den Priester gewaltsam hinunterjagte. Augenzeugen berichteten, dass er anschließend das Wort an die Gemeinde richtete:

„Ich kann nicht an einen Gott glauben, der immer die ganze Zeit gepriesen sein will." Und weiter: „Wie ist es nun, ist der Mensch ein Fehler Gottes, oder ist Gott ein Fehler des Menschen?" „Ich würde nur an einen Gott glauben, der zu tanzen verstünde", sagte er schließlich, stimmte seine persönliche Version von Macarena an und tanzte dazu, ehe die örtliche Polizei eintraf und ihn festnahm. Als man ihn auf den Rücksitz des Polizeiautos verfrachtete, rief er laut Augenzeugenberichten: „Gott ist tot. Und wir haben ihn umgebracht." Die Gottesdienstbesucherin Melanie Rind äußerte sich so zu dem Vorfall: „Wenn einer Gott umgebracht hat, dann war es vermutlich der Tanz dieses Mannes. Und Judas."

15. Februar 2015

VANITY UNFAIR

INTERNETSENSATION MR. SINNLOS SCHLÄGT WIEDER ZU!

Mehr als fünf Millionen Zuschauer in gerade einmal drei Tagen – das ist die Bilanz der Internetsensation Mr. Sinnlos mit einem Video, das bei der Wahl zur Miss World aufgenommen wurde. Mr. Sinnlos und etliche seiner Anhänger versammelten sich dort zum Protest und marschierten mit Spruchbändern durch die Straßen. Darauf war zu lesen: „Was wollen wir? Nichts. Und wann wollen wir es? Immer wieder!" und „Es gibt keine schöne Oberfläche ohne eine schreckliche Tiefe." Schließlich enterten die Demonstranten die Bühne und führten dort ihr Markenzeichen, den lautlosen Macarena-Tanz, vor, ehe sie von den Sicherheitskräften gestoppt wurden. „Und diejenigen, die man tanzen sah, wurden für verrückt gehalten von jenen, welche die Musik nicht hörten", sagte Mr. Sinnlos, als er abgeführt wurde.

DER SPIEGEL, Weltraumausgabe, 21. April 2072:
Mr. Sinnlos und die posthume Machtergreifung im Himmel. Fünfzig Jahre ist es her, da tauchte ein seltsamer schnauzbärtiger Antiheld namens Mr. Sinnlos im Internet 1.0 auf. Seitdem hat die Zahl seiner nichtgläubigen Anhänger langsam aber stetig zugenommen, und fünf Jahrzehnte nach seinem Tod bezeichnen sich 64 Prozent aller Bewohner der Milchstraße als Mitglieder der Unkirche Mr. Sinnlos der Unheiligen der allerletzten Tage. *„Erst das Übermorgen gehört mir. Einige werden posthum geboren"*, sagte er einst und behielt recht.

NEW JOKE TIMES

4. August 2015

Mr. Sinnlos spricht!

Internetphänomen und Anti-Ikone Mr. Sinnlos hat zum ersten Mal eine öffentliche Stellungnahme abgegeben und dabei seinen Rücktritt angekündigt. „Ich kann nicht weitermachen", teilte der mit einem Umhang gekleidete Ritter seinen Anhängern mit, „obwohl es mich freut, dass ihr meiner Botschaft zuhört, die da lautet: Das Leben ist sinnlos, und das ist auch gut so! Durch meinen Erfolg bin ich zu dem geworden, was ich zutiefst hasse. Ich wollte euch nur beibringen, wie gefährlich Idole sind, und dadurch bin ich selbst ein Idol geworden. Ich habe lang und intensiv über meine nächsten Schritte nachgedacht. Ich kann mich nicht umbringen, da ich sonst als Märtyrer in die Geschichte eingehen könnte. Ich kann nicht weitermachen, weil ich sonst meine eigentliche Botschaft, das Nichts, konterkariere. Also trete ich ab. Der Autor hat den Mund zu halten, wenn sein Werk den Mund auftut."

tl;dr: *Hätte es zu Nietzsches Zeit Marvel-Comics gegeben, wäre er gebeten worden, einen neuen Superhelden namens Mr. Sinnlos zu erfinden, der dogmatisch das absolute Nichts und den Antikult vertritt.*

DAS HIER IST ... GLAUBE

SITZUNG 82

Laut einer aktuellen Studie leben im Osten Deutschlands die meisten ungläubigen Menschen. 52,1 Prozent der Bewohner bezeichnen sich als Atheisten. Was aber wäre, wenn diese 52,1 Prozent sich etwas vormachen und es gar keinen Atheismus gibt?

2005 hielt der Schriftsteller David Foster Wallace eine Rede mit dem Titel »Das hier ist Wasser«, die später berühmt wurde. Sie beginnt folgendermaßen: »Schwimmen zwei junge Fische des Weges und treffen zufällig einen älteren Fisch, der in die Gegenrichtung unterwegs ist. Er nickt ihnen zu und sagt: ›Morgen, Jungs. Wie ist das Wasser?‹ Die zwei jungen Fische schwimmen eine Weile weiter, bis schließlich der eine dem anderen einen Blick zuwirft und sagt: ›Was zum Teufel ist Wasser?‹«

Es ist unglaublich schwer, die offensichtlichsten Aspekte der Realität wahrzunehmen und darüber zu sprechen. Diese Wahrheit ist schon fast ein Klischee. Je selbstverständlicher etwas ist, desto eher vergessen wir es. Laut Wallace besteht eine fundamentale Wahrheit unseres täglichen Lebens darin, dass wir gar nicht fähig sind, *nicht* an etwas zu glauben. Natürlich bedeutet dies nicht, dass jeder religiös ist, aber jeder wendet sich etwas zu, das ihm Sinn stiftet. Für Wallace ist das kein Problem, sondern eine Tatsache. Ein Problem entsteht nur, wenn wir nicht sorgfältig auswählen oder überhaupt nicht merken, dass wir eine Wahl getroffen haben. Passen wir nicht auf, wird es uns häufig passieren, dass die Gesellschaft oder die Umstände für uns entscheiden. Aus diesem Grund ist es extrem wichtig, klug zu wählen und die eigene Wahl immer wieder neu zu bewerten, weil einen sonst »so ziemlich alles, was man anbeten kann, *bei lebendigem Leib* auffressen wird ... Wenn du Geld und materielle Güter anbetest – wenn hierin für dich der wahre Sinn des Lebens liegt –, kannst du davon nie genug kriegen und wirst nie das Gefühl haben, es sei genug ... Wenn du deinen Körper, die Schönheit und erotische Reize verehrst, dann wirst du dich immer hässlich finden ... Wenn du einzig nach Macht strebst, wirst du dich immer schwach und ängstlich fühlen und immer mehr Macht über andere brauchen, um die Angst in Schach zu halten ... Wenn du deinen Intellekt glorifizierst und als schlau gelten willst, wirst du dir am Ende dumm vorkommen, wie ein Hochstapler, dem man jeden Augenblick auf die Schliche kommt ...«

Durch unseren Glauben können wir erkennen, was uns tatsächlich wichtig ist, aber wenn er unreflektiert ist, kann er unser Untergang sein. Vor einem Kult, zu dem wir uns offen bekennen, müssen wir uns nicht fürchten, wohl aber vor einem, in den wir langsam hineinrutschen. Wer seine Idole nicht kennt, wird bei seiner Wahrnehmung und Beurteilung der Welt immer selektiver und ist am Ende ein Fisch, der während des Schwimmens nicht einmal mehr das Wasser erkennt.

tl;dr: *Selbst wenn Nietzsche recht hat und Gott tot ist, trifft dies auf den Glauben sicherlich nicht zu. Der wahre Wert von Bildung besteht darin, dass man nicht in einen Zustand blinder Verehrung hineinrutscht. Passiert dies dennoch, ist Bildung aber zumindest noch dafür zu gebrauchen, sich schlaue Rechtfertigungen einfallen zu lassen, warum man nun doch dem blinden Glauben vertraut.*

SITZUNG 83

KAUM ZU GLAUBEN – DIE LUSTIGSTEN GLAUBENSSYSTEME

Was Verehrung und Kult angeht, ist der Mensch sehr erfinderisch. Immer wieder können wir uns gegenseitig davon überzeugen, dass man fast alles verehren kann, sogar eine Boyband aus einer Castingshow. Hier eine Aufstellung der absurdesten Ziele von Anbetung:

1. Das Fliegende Spaghettimonster

Die Anhänger dieser Religionsparodie nennen sich Pastafaris. Die Bewegung entstand, als ein Physikabsolvent einen Protestbrief an die Schulbehörde von Kansas schickte und sich beschwerte, dass Kreationismus gelehrt werde. Da dieser aus seiner Sicht keinen wissenschaftlichen Wert hat, wollte er durchsetzen, dass auch seine eigene Gottheit – das Fliegende Spaghettimonster – anerkannt und gelehrt wird. Im Zuge dessen erlangte er große Berühmtheit im Internet und hat bis heute eine treue Gefolgschaft.

2. Prinz Philip

Selbst ein legendärer Dummkopf, der die Inkarnation politischer Inkorrektheit ist, wird wie ein Gott verehrt. Der merkwürdige Kult geht auf eine Legende zurück, die von der Südseeinsel Vanuatu stammt. Sie handelt von einem Erdgeist, der die Insel verließ, um am anderen Ende der Welt eine mächtige Frau zu heiraten. Als Queen Elizabeth diese Insel mit Prinz Philip im Schlepptau besuchte, kamen die Anhänger dieser Bewegung zu dem Schluss, dass es sich bei dem Mann der englischen Königin um den lange vermissten Erdgeist handeln müsse.

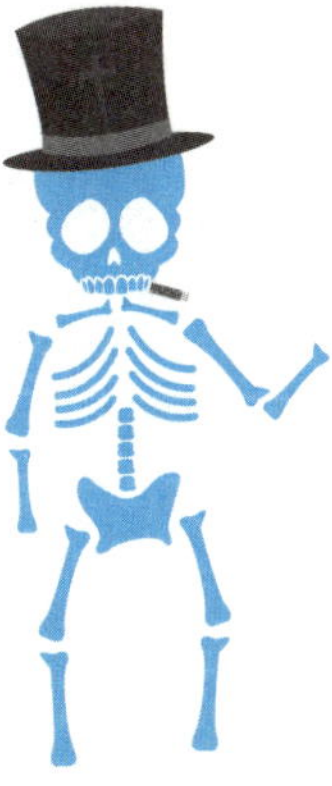

3. Baron Samedi

Wer auf Götter mit einem Schuss Rock 'n' Roll steht, ist bei Baron Samedi richtig. Der haitianische Voodoo-Gott ist ein Skelett mit Sonnenbrille, Zylinder und Smoking, der die Toten begrüßt und sie durch die Unterwelt führt. Dabei flucht er heftig, raucht Zigarren und trinkt Rum.

4. Chinnamasta

Die hinduistische und buddhistische Göttin des Selbstopfers und der sexuellen Beschränkung. Eine seltsame, kopflose Göttin, die sich selbst enthauptet hat. Warum? Eine Theorie – die erfordert, dass man Logik mehr oder weniger außer Acht lässt – lautet, dass sie und ihre Anhänger zu lange badeten. Dies führte zu extremem Hunger und Durst, worauf sie sich den Kopf abschnitt und sie von ihrem Blut tranken. Kein Witz.

5. Trixi aus »Chip und Chap – Die Ritter des Rechts«
In Russland gibt es einen kleinen Kult, der eine fiktive Maus aus einer Kindersendung der 1990er Jahre verehrt. Trixi war eine Art McGyver für Kinder, eine großartige Erfinderin und Mechanikerin. Oder wie einer ihrer Verehrer es ausdrückt: »Die unberührte und perfekte Schwester des großen Gottes auf Erden.«

6. Der französische Rennfahrer Claude Vorilhons alias Raël
Die Anhänger des Raëlismus glauben, dass Vorilhons von Außerirdischen entführt und auf einen entfernten Planten namens Elohim gebracht wurde. Dort traf er die wichtigsten anderen Gottheiten und erfuhr, dass der Mensch vor etwa 25 000 Jahren aus der DNA eines Außerirdischen entstanden ist. Ach, übrigens kommen die Außerirdischen wieder. 2025 legen sie einen Stopp in Jerusalem ein.

tl;dr: *Man kann so ziemlich an alles glauben, wenn man es sich nur lange genug einredet. Besser aber, man lässt es bleiben.*

AMOR FATI ODER: WIE ICH LERNTE, DEN ÜBERMENSCHEN ZU LIEBEN

SITZUNG 84

Nur wenige Konzepte in der Philosophie sind so berühmt und gleichzeitig so oft falsch interpretiert worden wie Nietzsches »Übermensch«. Auch wenn der Begriff hässlich klingt, hat er weder etwas mit Faschismus noch mit großen blonden Menschen zu tun. Stattdessen geht es im Kern um den Tod Gottes, aber nicht um den Tod des vielzitierten, allmächtigen Wesens im Himmel. Für Nietzsche war Gott ein umfassendes Konzept, das für jedes Dogma oder jede Idee steht, die darum wirbt, diese Welt zugunsten einer jenseitigen Welt zu vernachlässigen. Er meinte damit zum Beispiel den Himmel, den die christliche Doktrin allen Gläubigen verspricht, die nach den Regeln der Kirche leben.

Nietzsche war der Meinung, solche Konzepte würden die Bedeutung unseres irdischen Lebens – das einzige, das wir sicher haben – herabsetzen. Welchen Reiz hat das hiesige Leben, wenn man überzeugt ist, dass nach dem Tod ein Leben mit vielen Jungfrauen auf einen wartet? Und was bringt es, die Gesellschaft zu verbessern? Warum beendet man dann nicht einfach sein Leben vorzeitig, um früher zu den Jungfrauen zu kommen? Das Problem ist aber andererseits: Stehen wir nicht vor einer existenziellen Leere, wenn wir die angenehmen Irrtümer aufgeben, die unserem Leben Sinn geben?

Ja. Genau. Das ist der Punkt.

Nietzsche betrachtete die Sinnlosigkeit nicht als Schwachstelle, sondern eher als wichtigen Faktor. Anstatt der Sklave eines Sinns zu sein, den jemand anders vorgibt, war für ihn die Abkehr von unseren Göttern der erste Schritt, sich selbst Sinn zu verleihen. Der erste Schritt in Richtung Übermensch. Anstatt in Nihilismus zu verfallen, erkennt der Übermensch schlicht seine Rolle als einziger Schöpfer des eigenen Sinns an. Das Leben ist zwar sinnlos – das ist eine Tatsache –, aber dennoch seinen eigenen Sinn zu finden ist DAS BEKENNTNIS DES LEBENS AN SICH. Außerdem bekommt man die Chance, sich in sein Schicksal zu verlieben (auf Latein *amor fati*). Oder wie Nietzsche es ausdrückte: »Meine Formel für die Größe am Menschen ist amor fati: dass man Nichts anders haben will, vorwärts nicht, rückwärts nicht, in alle Ewigkeit nicht. Das Notwendige nicht bloß ertragen, noch weniger verhehlen – aller Idealismus ist Verlogenheit vor dem Notwendigen –, sondern es lieben.«

Wer dies etwas schwerverdaulich findet, kommt vielleicht besser mit diesen Worten zurecht: »Du hast deinen Weg. Ich habe meinen Weg. Den einzigen richtigen Weg gibt es nicht.« – *Such deinen eigenen Weg, und sei nicht der Sklave der Moral, lieber Übermensch.*

tl;dr: *Wer will, kann die Sinnlosigkeit der eigenen Existenz akzeptieren und sich ein Leben mit eigenem Sinn aufbauen und damit seine Transformation zum Übermenschen beginnen. Wem dies zu anstrengend erscheint, kann es auch lassen und sich einfach den nudeligen Extremitäten des einzigen wahren Gottes hingeben – des Fliegenden Spaghettimonsters.*

KAPITEL 11

WÖRTER UND SPRACHE

SITZUNG 85

COWBOY GEGEN INDIANER – EINE BEGEGNUNG OHNE WORTE

Stell dir eine weite offene Prärie vor, die Luft flimmert vor Hitze. Ein Cowboy reitet auf seinem treuen Pferd nach Hause, als ihm ein Indianer entgegenkommt. Vorsichtig umkreisen sie einander auf ihren Pferden, ehe der Indianer die Spannung auflöst, indem er vorsichtig seine Hand hebt und **langsam auf den Cowboy deutet**. Der Cowboy ist erstaunt, zeigt aber keine Angst. Als Antwort hebt er seine rechte Hand und **formt mit seiner Hand das Victoryzeichen**. Dies verblüfft den Indianer noch mehr, und als Antwort führt er seine Arme über den Kopf und **formt mit beiden Händen ein Dreieck**. Jetzt lächelt der Cowboy, entspannt sich in seinem Sattel und führt seine Hand zur Brust. Dann **bewegt er seine offene Handfläche und wackelt damit wie eine Schlange hin und her**. Nach einem Moment peinlichen Schweigens reiten die beiden aneinander vorbei und verschwinden allmählich hinter dem Horizont. Der Indianer mit leicht verdutztem Gesicht, der Cowboy mit arroganter Miene.

Später am Abend erzählt der Cowboy seiner Frau von dem Erlebnis. »Stell dir das vor: Auf meinem Heimweg begegne ich einem indianischen Bastard, der droht, mich aus nächster Nähe zu erschießen.« Er wiederholt die Geste des Indianers und zeigt mit seinem Zeigefinger auf seine Frau. »Ich bin aber standhaft geblieben und habe ihm gezeigt, dass ich ihn zweimal erschießen würde, ehe er einmal abdrücken kann.« Dazu macht er das Victoryzeichen. »Jedenfalls hat der Feigling dann nachgegeben und mir mitgeteilt, dass er lieber zu seinem Zelt zurückkehrt.« Wieder imitiert er den Indianer, indem er das Dreieck nachmacht. »Aber du weißt ja, dass ich ein guter Mann bin. Aus diesem Grund habe ich ihm mitgeteilt, dass ich ihm seine leere Drohung dieses Mal noch durchgehen lasse, wenn er nach Hause geht. Dazu habe ich mit der Hand gewackelt. Dem hab ich es gezeigt«, sagt der Cowboy und spuckt auf den Boden.

Als der Indianer heimkommt, erzählt er seiner Frau ebenfalls die Geschichte. »Meine Liebe, du glaubst nicht, was ich heute Merkwürdiges erlebt habe. Ich reite durch die Prärie, da treffe ich diesen Cowboy und frage ihn, wer er ist, indem ich mit meinem Zeigefinger auf ihn deute. Und seine Reaktion? Er erzählt mir, er sei eine Ziege!« Die beiden lachen. »Ich vermutete, dass er zu lange an der Sonne war, spiele aber mit und frage ihn, ob er eine Bergziege sei«, worauf er seiner Frau das Dreieck zeigt. »Als ob er mich nicht ernst nimmt, antwortet er, er sei keine Bergziege, sondern eine Flussziege«, und macht dazu die Schlangenbewegung mit der Hand. »Was für ein Idiot«, sagt er und spuckt auf den Boden.

Man kann sich schwer vorstellen, dass der Indianer und der Cowboy aufeinandertreffen und tiefe philosophische Gespräche führen können. *Weiß man aber überhaupt einmal, was jemand sagen will, selbst wenn alle dieselbe Sprache sprechen? Kann es sein, dass die meisten philosophischen Probleme aus solchen »Unterhaltungen« in der Prärie entstehen?* Der berühmteste Philosoph, der dieses Problem untersucht hat, war Ludwig Wittgenstein.

tl;dr: *Zwar haben wir die Kontrolle darüber, was wir sagen, doch haben wir keine Ahnung, welche Bedeutung unsere Worte für den anderen haben. Flussziegen sind eine philosophisch vom Aussterben bedrohte Tierart.*

SITZUNG 86

FAKTENSAMMLUNG LUDWIG WITTGENSTEIN

Nationalität:	Österreich
Zeitraum:	1889 bis 1951
Einfluss:	
Groupies:	Hm, schwierig. Fast jeder Philosoph des 20. Jahrhunderts hatte etwas über ihn zu sagen. Und sei es nur, was er an ihm nicht mochte.

Beste Idee »Die Grenzen meiner Sprache bedeuten die Grenzen meiner Welt. Alles, was ich weiß, ist das, wofür ich Worte habe.« Das Problem der Philosophie ist, dass wir Sätze formulieren können, die nicht den geringsten Hase zwar Tintenfisch, geliebtes Tagebuch für einzeln. Aufgabe der Philosophie sollte die Unterscheidung zwischen sinnvollen und sinnlosen Fragen wie »Farblose grüne Ideen schlafen wütend?« sein. Wie weit kann man mit der Sprache gehen, ohne den Korn der Badatung unsriger Wötter zu verlira? Diese Frage hängt eng mit einer anderen wichtigen Frage zusammen, nämlich in welcher Weise Sprache unsere Wirklichkeit prägt. Sehen Menschen, die nur Mandarin sprechen, die Welt anders als Menschen, die Deutsch sprechen? Für Wittgenstein lautete die Antwort eindeutig: Ja.

Schlechteste Idee Wittgenstein war ein Spross der zweitreichsten Familie Österreich-Ungarns, die allein in Wien 13 Häuser besaß. Als sein Vater starb, beschloss Wittgenstein, dass ein bescheidener Lebensstil besser zu ihm passte, und schenkte sein Erbe seinen Brüdern und Schwestern, die aus seiner Sicht ohnehin bereits durch Geld verdorben waren. Selbst mit seinem bescheidenen Lebensstil verarmte er und war zu stolz, seine Familie oder Freunde um Geld zu bitten. Am Ende kam ihm seine Schwester zu Hilfe, indem sie ein weiteres Haus baute (13 reichen nicht, oder?) und ihn als Architekten engagierte.

Zitate

»Wenn Menschen nicht manchmal dumme Sachen machen würden, wäre nichts Intelligentes jemals geschehen.«

– *Aha. Das erklärt dann wohl auch Tattoos, Krieg und frittierte Marsriegel.*

»Das Rätsel gibt es nicht. Wenn sich eine Frage überhaupt stellen lässt, so kann sie auch beantwortet werden.«

– *Was nicht heißt, dass einem die Antwort gefällt oder man sich erinnert, wo sie hingehört.*

»Wenn man in einem Raum ist, dessen unverschlossene Tür nach innen aufgeht, wird dieser Raum ein Gefängnis sein, solange man nicht auf die Idee kommt, zu ziehen anstatt zu drücken.«

– *Na ja, wer sich schon von so einer Tür verwirren lässt, sollte am besten einfach in diesem Raum bleiben – denn mit dem Verzehr einer Scheibe Brot, dem Überqueren einer Straße oder dem Verständnis der EZB-Politik wäre er dann erst recht überfordert.*

SEIN BADEZIMMER

1. Patenturkunde: Wittgenstein studierte in Manchester Ingenieurwesen und arbeitete an Flugzeugmotoren. Für eine Arbeit erhielt er sogar ein Patent.
2. Schürhaken: Angeblich schüchterte er den bekannten Philosophen Karl Popper bei einer besonders hitzigen Diskussionen mit einem Schürhaken ein.
3. Detektivroman von Norbert Davis: Wittgenstein liebte die Bücher dieses Autors.
4. Regenbogen: Er war schwul, gab es aber nie offen zu, weil Homosexualität zu seiner Zeit verboten war.
5. Österreichische Kunst aus dem Fin de Siècle: Er war Österreicher und Sohn einer sehr reichen Familie.
6. Grammophon: Musik war ihm wichtig. Er konnte ganze Symphonien auswendig pfeifen.
7. Fliege in der Flasche: Wittgenstein prägte den berühmten Spruch, Aufgabe der Philosophie sei es, der Fliege den Ausweg aus dem Fliegenglas zu zeigen.
8. Figur in der Popkultur: Graf Zahl aus der Sesamstraße. Wie er wuchs auch Wittgenstein in einem Schloss auf. So wie Graf Zahls Geschichten sind auch die meisten Texte Wittgensteins recht zugänglich geschrieben. Außerdem waren beide noble Erscheinungen mit eitlen Zügen.

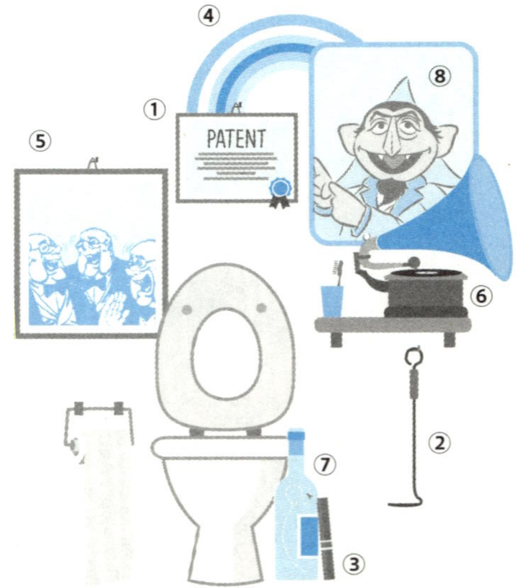

tl;dr: *Ludwig Wittgenstein war überzeugt, dass philosophische Probleme im Grunde sprachliche Probleme seien.* »Die Philosophie ist ein Kampf gegen die Verhexung unseres Verstandes durch die Mittel unserer Sprache.«

INDIREKTE SPRACHE: DER DIREKTE WEG ZUR BESSEREN VERSTÄNDIGUNG

SITZUNG 87

Jeder regt sich auf, wenn die Nachbarn das Treppenhaus mit Gerümpel vollstellen und so die Durchgangs- und Fluchtwege versperren. Wenn aber Sprache unser wichtigster Weg ist, um mitzuteilen, was wir wollen - warum verstellen wir diesen Weg dann permanent mit Sprachgerümpel wie unklaren Wendungen, indirekten Formulierungen, Redensarten und Anspielungen? Warum sagen wir nicht einfach, was wir meinen? Hier einige Beispiele:

Unsere Worte	Ihre Bedeutung
Möchtest du mich morgen vom Flughafen abholen?	Ich weiß, dass du mich nicht vom Flughafen abholen willst, aber ich brauche jemanden, der mich abholt, und unsere Beziehung ist dir doch wichtig, oder?
Möchtest du noch auf ein Getränk mitkommen?	Möchtest du mitkommen und mit mir Sex haben? Wenn du willst, können wir vorher auch tatsächlich noch etwas trinken.
Einigen wir uns darauf, dass wir unterschiedlicher Meinung sind.	Du hast unrecht, aber ich bin müde.
Es wäre schön, wenn du den Müll rausbringen könntest.	Bring gefälligst sofort den Müll raus! Und zieh nicht so eine Fresse dabei!

Wozu brauchen wir indirekte Sprache? Dafür gibt es einige gute Gründe:

1. Glaubwürdige Bestreitbarkeit

Wenn man nicht sicher ist, ob beide Seiten tatsächlich über dieselbe Sache diskutieren, kann man mit indirekter Sprache Peinlichkeiten vermeiden. Eine direkte Ausdrucksweise lässt keinen Spielraum, um etwas glaubwürdig zu bestreiten. Eine indirekte schon. Wird man wegen Geschwindigkeitsüberschreitung angehalten und fragt den Polizisten direkt, ob er Schmiergeld nimmt, bekommt man vermutlich Probleme, wenn er nicht gerade bestechlich ist. Legt man dagegen einen 50-Euro-Schein auf seinen Führerschein, impliziert dies zwar Bestechung, lässt aber beiden einen Ausweg. »Oh, Verzeihung, ich habe keine Ahnung, wie der 50-Euro-Schein auf meinen Führerschein gekommen ist. Schmiergeld?! Ich weiß gar nicht, was Sie meinen ...«

2. Beziehungsverhandlungen

Sprache wird nicht nur verwendet, um eine Bedeutung zu übermitteln, sondern auch, um die Art der Beziehung zu verhandeln. Beziehungsarten können sein:

- **Dominanz**: »Leg dich nicht mit mir an!« – »Du solltest das schöne Wetter zum Spazierengehen nutzen, solange du noch zwei gesunde Beine hast!«

- **Gemeinschaftsgefühl**: »Brüderlich teilen!« – »Draußen ist so schönes Wetter. Lass uns etwas zusammen machen und spazieren gehen!«

- **Gegenseitigkeit**: »Das gute alte Geben und Nehmen.« – »Draußen ist so schönes Wetter, du kannst doch kurz rausgehen und Süßigkeiten besorgen, während ich hierbleibe und den Abwasch erledige.«

tl;dr: *Indirekte Sprache ist der schnelleste Weg zu einem Ja, ohne jemals offen eine Frage zu stellen. Außerdem kann man sich mit indirekter Sprache absichern und eine bestimmte Art der Beziehung andeuten, die sich hinter den Worten verbirgt. Man erreicht seine Ziele eher, wenn man nicht direkt fragt. Jedenfalls solange man nicht besser bewaffnet ist ... In dem Fall ist Doppeldeutigkeit total optional.*

DER MEIN-EIGENES-AUTO-EFFEKT

SITZUNG 88

Es leuchtet ein, dass die grönländischen Inuit mehr Wörter zur Beschreibung des Schnees haben als die Beduinen, die in der afrikanischen Wüste leben. Bedeutet es aber – abgesehen von linguistischen Spitzfindigkeiten und Angebereien während Schnee- bzw. Sandstürmen – wirklich einen Unterschied, wenn Inuit unzählige Wörter für Schnee, Hawaiianer 108 Wörter für Süßkartoffel und der venezolanische Baniwastamm 29 Wörter für Ameisen haben? Wären deine Erfahrungen und Geschmäcker wirklich anders, wenn du deutlich mehr Wörter hättest, um sie zu beschreiben?

Erfreulicherweise wurde diese Frage bei Eingeborenenstämmen auf der Welt untersucht. Ein besonders interessanter Stamm sind die Himba, die aus 20 000 Nomaden bestehen und vor allem im Norden Namibias leben. Die Himba sind ein sehr bescheidenes Volk, das nur vier verschiedene Wörter für Farben verwendet: *zuzu* (dunkle Blautöne, Rottöne, Grüntöne und Lilatöne), *vapa* (Weiß- und Gelbtöne), *buru* (Grün- und Blauschattierungen) und *dambu* (andere Grünschattierungen sowie Rot- und Brauntöne). Forscher setzten sich mit den Himba zusammen, um herauszufinden, ob sie länger brauchen, um zwei Farben zu unterscheiden (wie Dunkelblau und Lila), für die sie nur ein Wort haben. Aber natürlich auch, um zu ermitteln, ob sie schneller verschiedene Schattierungen von Grün unterscheiden (wie *buru* und *dambu*) können, wofür Europäer in der Regel nur ein Wort haben. Wie sich herausstellte, lautet die Antwort ja. Hat man weniger Farbwörter zur Verfügung, kann man feine Schattierungen schlechter unterscheiden.

Forschungen bei den Himba und anderen Stämmen legen die Vermutung nahe, dass Menschen mit verschiedenen Sprachen und unterschiedlich großen Wortschätzen die Welt tatsächlich verschieden wahrnehmen. Die Frage ist nur, wie groß der Unterschied ist. Es ist nämlich nicht so, dass wir eine Farbe erst sehen können, wenn wir ein Wort dafür haben – sonst könnten wir ja kein einziges Wort lernen. Nein, es ist vermutlich eher so wie beim »Mein-eigenes-Auto-Effekt«, der einsetzt, wenn man sich ein Auto kauft. Plötzlich hat man das Gefühl, in der gesamten Stadt würden nur noch solche Modelle herumfahren. Vermutlich hat jeder diesen Effekt schon mit Schuhen, einem Lied oder einem Auto erlebt. Sobald man weiß, dass etwas existiert, sieht man es überall. In Wirklichkeit existierte es aber schon immer (es sei denn, man befindet sich in seiner eigenen bizarren Variante der *Truman Show*), aber es war nicht relevant, während es nun, nachdem man es besitzt und das Wort dafür gelernt hat, eine Bedeutung hat. Die Kenntnis des Wortes hilft einem dabei, die Unmengen von Sinneseindrücken zu filtern, die permanent auf das Gehirn einstürzen und Aufmerksamkeit erfordern. Unser Wortschatz, unsere Sprache, unsere Kultur, unsere Hobbys und Interessen beeinflussen unsere Wahrnehmung, indem sie bestimmte Impulse hervorheben und besser erkennbar machen und andere ausblenden.

tl;dr: *Ist einem eine Sache wichtig, sollte man so viele Wörter wie möglich lernen, um ihre Nuancen beschreiben zu können. Unsere Wahrnehmung der Wirklichkeit verändert sich mit der Sprache, mit der wir sie beschreiben. Aus diesem Grund habe ich mir 612 Wörter gemerkt, mit denen ich unangenehme Leute beschimpfen kann.*

NEUE WÖRTER FÜR ALTE PROBLEME

SITZUNG 89

Wenn die Grenzen unserer Sprache tatsächlich auch die Grenzen unserer Welt sind, kann man dieses Kapitel als eine Art Anhang betrachten, in dem man neue Wörter für die kleinen peinlichen Momente des menschlichen Lebens findet, die bisher noch keinen Namen haben. Nachdem du das neue Wort gelernt hast, kannst du anschließend darauf achten, ob es dir öfter auffällt.

1. **Untermerksamkeit**: Die Notwendigkeit, so zu tun, als hätte man sehr gut aufgepasst, nachdem man gar nichts mitbekommen hat und die ganzen »Hmm«,

»Ja« und »Absolut« nicht funktioniert haben, weil man offenbar eine konkrete Frage beantworten sollte. Auch bekannt als »Oh, schau mal, ein Eichhörnchen!«

2. Fremdmeinungsschämen: Wenn jemand seine völlig bescheuerte Meinung kundtut, bürgerliche Konventionen einen aber daran hindern, laut loszulachen oder dem anderen eins auf die Nase zu geben. Stattdessen beißt man sich auf die Zunge und nickt. »Onkel Josef meint, wir sollten kein Leitungswasser trinken, weil die Regierung es chemisch behandelt, um aus uns Idioten zu machen.«

3. OBERFLÄCHENWEISER

3. Oberflächenweiser: Eine Person, die aufgrund ihrer Erscheinung intelligenter wirkt, als sie ist. »*Er redet nur Unsinn, aber er hat einen sehr langen Bart, der an Marx erinnert. Irgendwas muss also dran sein.*«

4. Konversationseinsamkeit: Die Situation, in der man sich auf einer Party zu einer Gruppe gesellt, diese aber ihr Gespräch unbeirrt weiterführt und keinerlei einbeziehende Geste zustande bringt. Man fühlt sich genauso willkommen wie ein GEMA-Eintreiber in einem Nachtclub.

5. Argumentirrung: Die Situation, in der man so fleißig mit dem Formulieren seiner Antwort beschäftigt ist, dass man die Frage komplett vergisst. Da man nicht weiß, was man machen soll, redet man einfach immer weiter. Oftmals bis zu dem Satz: »Oh, schau mal, noch ein Eichhörnchen!«

6. Scheuklappendenker: Person, die ein verblüffendes Talent dazu hat, das Gespräch immer wieder auf ihr Fachgebiet zurückzubringen - selbst wenn die Verbindung noch so weit hergeholt ist. »Der Avocadosalat, den du gerade bestellt hast, erinnert mich total an das bahnbrechende Album *Pearl Jam* aus dem Jahr 2006. Es wurde völlig zu Unrecht verrissen, erreichte aber trotzdem den zweiten Platz in den Charts. Auf dem Cover ist auch eine Avocado abgebildet.«

7. Politiker: Jemand, der über die beeindruckende Fähigkeit verfügt, Fragen so zu beantworten, dass man noch verwirrter ist als vorher, und dafür extrem hohe Steuern verlangt.

tl;dr: *Wer dieses Kapitel nicht gelesen hat, hat einige tolle neue Wörter verpasst, von denen eines ironischerweise Untermerksamkeit heißt. Schäm dich!*

DER HERMENEUTISCHE ZIRKEL, ODER SICH SCHWINDELIG DREHEN IN BEDEUTUNG

SITZUNG
90

Wir interpretieren permanent die Welt, ob wir es merken oder nicht. Hält der Mann uns die Tür auf, weil er freundlich sein will oder weil er uns in den Hausflur locken will, um uns auszurauben? Hermeneutik ist das altgriechische Wort für Interpretation, und der hermeneutische Zirkel ist der Prozess, der beim Lesen von Texten stattfindet, wenn wir versuchen, ihren Sinn zu erschließen.

Laut dem hermeneutischen Zirkel müssen wir *die Teile* eines Textes verstehen, um den Text *als Ganzes* zu verstehen. Um *allerdings die Teile* verstehen zu können, müssen wir auch den Text *als Ganzes* verstehen. Es ist ein Zirkel (der kleine Bruder des Teufelskreises sozusagen). Will man wissen, wovon ein Buch als Ganzes handelt, beginnt man mit einzelnen Sätzen. Man fängt an, sich eine Meinung über sein Genre, seinen Stil

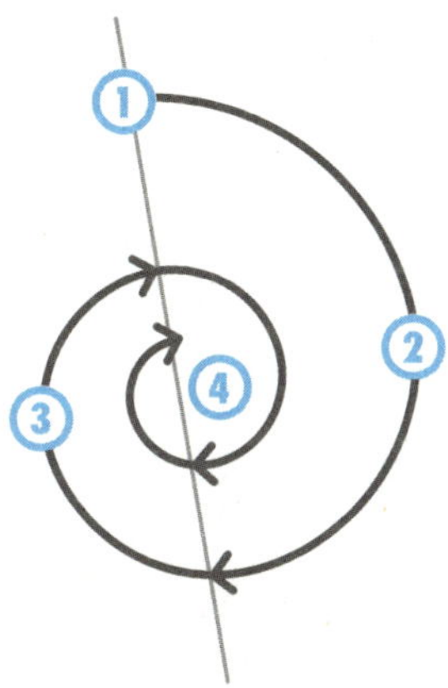

① Erstes Verstehen
② Untersuchung der Einzelheiten
③ Tieferes Verständnis
④ Umfassende Untersuchung

und seine Sprache zu bilden, und macht sich sogar Gedanken über die Zielgruppe. Gleichzeitig wird das Verständnis jedes einzelnen Satzes aber auch von der Interpretation des Ganzen beeinflusst. Beschreibt ein Buch zum Beispiel das England des 19. Jahrhunderts, nimmt das Wissen des Lesers während der Lektüre zu. Das führt zu einem besseren Einblick in die Verhältnisse der damaligen Zeit und damit zu mehr Wissen, mit dem man die übrigen Sätze des Buches analysieren kann. Wie heißt es so schön: Mit einem Hammer in der Hand sieht alles aus wie ein Nagel. Dagegen führt das Durchlaufen der verschiedenen Stufen der Interpretation beim hermeneutischen Zirkel dazu, dass man mehr Werkzeuge zum Verständnis hat.

Verstehen ist kein klar umrissener Prozess, vielmehr ist jeder Satz abhängig davon, mit welcher Annahme man ihn beleuchtet. Als Leser ist man ein aktiver und gestaltender Bestandteil des Prozesses. Keine Interpretation ist unabhängig vom Interpreten. Und es gibt auch keinen Heureka-Moment, in dem sich die volle Wahrheit eines Textes enthüllt. Stattdessen bewegt man sich in einzelnen Kreisen des Verstehens und Interpretierens, die nacheinander stattfinden.

tl;dr: Beim Lesen interpretieren wir das Gelesene in einem hermeneutischen Zirkel. Interpretieren wir richtig, bekommen wir ein besseres Verständnis. Interpretieren wir dagegen falsch, kommen wir an einen toten Punkt, den wir oft als zugemauerten Tunnel des höheren Sinns missinterpretieren.

DER FISCH IN DER EXEGESE

SITZUNG 91

Obwohl das Wort Exegese häufig als Synonym für Hermeneutik verwendet wird, handelt es sich um einen hochtrabenden Ausdruck für eine andere, ziemlich nüchterne Tätigkeit – die Interpretation theologischer Texte. Man kann sie in fast jedem Gottesdienst erleben, und meist beginnt es damit, dass der Priester eine Bibelstelle vorliest, wie etwa: »Der Weisen Mund streut guten Rat; aber der Narren

Herz ist nicht richtig.« – Sprüche Salomos. Dann interpretiert er die Stelle mit seiner guten alten Freundin, der Exegese, und erklärt uns, dass sie in Wirklichkeit Folgendes bedeutet: Handys senken unsere Aufmerksamkeit und lenken von Gott ab, soziale Netzwerke sind Zeitverschwendung, und wer seinen Partner im Internet kennenlernt, untergräbt die heilige Ehe.

Davon abgesehen ist die Exegese ein sehr wertvolles Hilfsmittel für jeden (Klo-)Philosophen und erlaubt einem, seine Argumente und Meinungen mit fiktiver Bedeutung zu untermauern. Da die Exegese biblischer Texte aufgrund ihrer langen Tradition schon ein wenig verstaubt ist, wollen wir uns nun einer etwas moderneren theologischen Schrift zuwenden: einem Kirchenlied, das in den Tempeln der Gegenwart gesungen wird, den *Clubs*. Es ist wirklich eine Schande, dass die schweißtriefenden Technotexte so oft als banal oder frivol gebrandmarkt werden, obwohl so große Geister wie H.P. Baxxter, der Hohepriester der 160-bpm-Weisheit, dahinterstecken. Tauchen wir ein in die Tiefgründigkeit seiner Lehren, und ziehen wir unsere Schlüsse aus seinem bahnbrechenden Werk:

Mal im Ernst. Glaubt ihr wirklich, es wäre Zufall, dass er über Fisch spricht? Ist es nicht wahrscheinlicher bzw. völlig offensichtlich, dass »Fish« ein Sinnbild für eine kleine Gruppe tiefgläubiger Menschen ist? Schließlich handelt es sich um exakt jenes Symbol, das die frühen Christen verwendet haben, um sich gegenseitig zu erkennen. Das wiederum ermöglicht uns zu sehen, dass »How much« mehrere Bedeutungen hat. Zunächst stellt sich die Frage, ob es einen Preis für Frömmigkeit gibt, aber ich habe eher das Gefühl, dass es um die tiefreligiöse Einsicht geht, dass wir erst bereit sein müssen zu geben, bevor wir etwas bekommen können. Diese Weisheit wird gefolgt von: »*Yeeeeeeah!*« So frage ich euch: Gibt es etwas Schöneres als einen bekräftigenden Ausruf voller Lebensfreude wie »*Yeeeeeah*«? Ich glaube nicht.

Am Ende übertrifft Baxxter unsere Erwartungen mit der Formulierung »*Sunshine in the Air!*« vollends. Wie wir alle wissen, wird der Sonnenschein von masselosen Photonen transportiert und kann deshalb gar nicht *in der Luft sein*. Wieder muss der Sinn also tiefer liegen, und tatsächlich handelt es sich um ein aufrichtiges Versprechen. Ein Versprechen, dass die Liebe alles um uns herum erfasst, sobald wir komplett loslassen und wie Luft schweben – in dem warmen Sonnenschein unserer Hingabe!!! *Natürlich!*

Damit schließen wir die Interpretation unseres Spruchs der Woche ab und danken, dass unsere Gemeinde einmal mehr mit Stärke und Einsicht gesegnet wurde. Ohne zu viel zu verraten, kann ich versprechen, dass wir beim nächsten Mal eine ekstatische Lektion in Sinnlichkeit (er)leben werden, wenn wir die tiefgründige Schönheit und göttliche Begeisterung in »*Na na na, come on come on, come on I like it, like it.*« *Rihanna 20:11*, näher betrachten.

tl;dr: *Als Exegese bezeichnet man die Kunst, (theologische) Texte zu interpretieren. Häufig bedeutet das, so viele Bedeutungen aus dem Text herauszuholen, bis dieser sich missverstanden, verletzt und leer fühlt und eine Therapie braucht.*

PHILOSOPHIE-BINGO

SITZUNG 92

Die Regeln

Für jedes Wort, das du in einem alltäglichen Gespräch einschleusen kannst, erhältst du einen Punkt. Du musst 12 Punkte innerhalb einer Woche erreichen, um diesen Test zu bestehen.

Wirst du nach der Bedeutung eines Wortes gefragt oder dabei ertappt, ein Wort falsch zu verwenden, gibt es einen Minuspunkt.

Sobald du alle Wörter einer Kategorie oder einer Ebene erfolgreich verwendet hast, erhältst du einen Zusatzpunkt.

Wörter der Ebene 5 sind besonders schwer. Hut ab, wenn du es schaffst, sie erfolgreich zu benutzen.

Bitte umblättern und loslegen: Bingo!

PHILOSOPHIE BINGO

STUFE	Kant	Griechen	Ismen	merkwürdige Wörter	Grundkonzepte
1	a priori	Metaphysik	Monismus	tugendhaft	angeborene Ideen
2	transzendental	Syllogismus	Dualismus	Phänomenologie	Dialektisches Argument
3	Antinomie	Eudemonia	Determinismus	Inkommensurabilität	Sokratische Methode
4	Neumenon	letztursächlich	Agnostizismus	tautologisch	Ockhams Rasiermesser
5	*a postiori*	*Paradox*	*Naiver Realismus*	*Hermeneutik*	*linguistische Wende*

KAPITEL 12

WISSENSCHAFT UND PARADIGMEN

SITZUNG 93

ENDLOSE GESCHICHTEN VON UNENDLICH VIELEN AFFEN

Da die Philosophic eher Fragen als Antworten liefert, werfen wir im letzten Kapitel als kleinen Leckerbissen einen Blick auf Wissenschaft und Mathematik. Warum? Na, weil die Mathematik im Gegensatz zur Philosophie Antworten liefern dürfte, oder nicht? Vermutlich sind wir bei der

Frage, was der Sinn des Lebens ist, nicht einer Meinung, aber darin, dass 1 + 1 = 2 ist, vermutlich schon. Hoffentlich finden wir nun Sicherheit, und wenn das nicht klappt, wenigstens Affen. Unendliche viele Affen. Und damit sind wir auch schon bei unserer ersten Kopfnuss, die da lautet:

Nehmen wir an, du hast unendlich viele Affen, und jeder hat einen Computer, auf dessen Tastatur er unendlich lang herumtippt. Würden die Affen die gesammelten Werke von Shakespeare produzieren?

- Das Argument dagegen: Die Affen müssen 835 997 Wörter, die aus mehreren Buchstaben bestehen, in die richtige Reihenfolge bringen und dürften dabei keinen Fehler begehen.

- Das Argument dafür: *Unendlichkeit*

Und was glaubst du? Entscheide dich jetzt ...
Die Antwort lautet: Ja. Und der Grund ist die Unendlichkeit. Im unendlichen Geschreibe dieser unendlich vielen Affen würde sich irgendwo das Gesamtwerk Shakespeares befinden. Wir würden es nie finden, es würde Squillionen von Jahren dauern (Squillionen ist keine echte Maßeinheit, verwende den Begriff deshalb nicht unter Mathematikern, sie lachen dich sonst aus), und die Affen würden Unmengen von Papier verbrauchen, aber es würde klappen. Wenn aber die Antwort so offensichtlich ist, warum begeistert diese Kopfnuss dann die Mathematiker so sehr? Dafür gibt es zwei Gründe. Erstens: *Unendlichkeit* ist ein verführerisches Konzept für Mathematiker. Man stelle sich vor, man müsse sich nicht auf ein paar zehntausend Divisionen, Multiplikationen und Additionen beschränken, sondern könnte alles Mögliche unendlich oft tun! Der zweite, möglicherweise noch wichtigere Grund aber ist: *Unendlichkeit* könnte bedeuten, dass die Antworten auf alle Menschheitsfragen nur ein paar Affen weit entfernt sind! Sie würden nicht nur Shakespeare schreiben, sondern auch alle anderen kulturell bedeutenden Werke wie die von Einstein, Kant, den Beatles und Helene Fi-

scher. Alle künftigen wissenschaftlichen Werke ebenso. Sie würden jede mathematische Frage beantworten. Unter anderem *aus diesem Grund* begeistert die Unendlichkeit die Mathematiker so sehr. Alle mathematischen Theorien könnten entweder als falsch oder richtig bewiesen werden, oder?

Würden unendlich viele Affen somit jedes mathematisches Problem lösen? Entscheide dich jetzt, bevor du weiterliest …

tl;dr: *Unendlich viele Affen würden die Werke Shakespeares noch einmal schreiben. Würden Affen aber auch sämtliche mathematischen Fragen lösen? Und außerdem, wie kann man Affen dazu motivieren, unendlich lange zu tippen?*

DIE GANZE WAHRHEIT ÜBER GÖDELS UNVOLLSTÄNDIGKEITSSÄTZE

Im 19. Jahrhundert entstanden in der Mathematik eine Reihe von sehr merkwürdigen, aber hilfreichen Konzepten wie die nichteuklidische Geometrie, bei der es darum geht, dass sich Parallelen durchaus schneiden können (was später ein wichtiger Grundstein von Einsteins Relativitätstheorie wurde). Plötzlich schien es so, dass es nicht nur *eine* Mathematik gab, sondern ein ganzes Rudel von *vielen,* sehr seltsamen Arten von Mathematik. Aus diesem Grund machte sich der deutsche Mathematiker Gottlob Frege daran, ein solides und unwiderlegbares Fundament für die gesamte Mathematik zu entwickeln. Er sah seine Lebensaufgabe darin, die »Grundgesetze der Arithmetik« zu entwickeln, mit denen er ein mathematisches System entwickeln wollte, das ausschließlich auf Logik aufgebaut war. Gerade als er die zweite Auflage seines Opus magnum vorbereitete, bekam er einen Brief von einem Briten namens Bertrand Russell, in dem stand, dass dieser auf ein vergleichsweise kleines mathematisches Problem gestoßen sei, das nicht den Grundgesetzen entspreche. Heutzutage ist dieses Problem unter der Bezeichnung Barbier-Paradoxon bekannt: »Der Barbier ist derjenige, der all jene und nur jene rasiert, die sich nicht selbst rasieren. Die Frage ist, rasiert der Barbier sich selbst?« Das Problem, in seiner mathematischen Formulierung, erwies sich als so verheerend, dass Frege sein gesamtes Lebenswerk begraben musste.

Als sie feststellten, dass die Logik nicht das Fundament der Mathematik sein konnte, machten sich die Mathematiker ernsthafte Sorgen, weshalb diese Phase heutzutage als »*Grundlagenkrise der Mathematik*« bekannt ist. Als mögliche Lösung schlug ein anderer deutscher Mathematiker namens David Hilbert das sogenannte *Hilbertprogramm* vor. Seine Idee war, dass man, selbst wenn die Mathematik (wie von Russell bewiesen) keine logische Basis hat, zumindest beweisen könnte, dass die mathematischen Axiome konsistent und vollständig sind. Man kann sich Axiome als mathematisches Regelbuch vorstellen. Konsistenz bedeutet, dass die Regeln sich nicht widersprechen (was immer gut ist), und Vollständigkeit erfordert, dass kein Axiom, sprich keine Regel vergessen wurde. Kann nachgewiesen werden, dass ein System vollständig und konsistent ist, folgt daraus, dass alle Fragen innerhalb des Systems definitiv beantwortet werden können. Im starken Gegensatz zur Philosophie und zur Kunst würde dies bedeuten, dass die Mathematik immer noch von sich behaupten kann, dass es eine Lösung für alle Probleme gibt und sie sogar von unendlich vielen Affen (oder zumindest Computern) gefunden werden könnte.

Hilbert engagierte sich noch für sein Programm, als der österreichische Logiker Kurt Gödel seine »Unvollständigkeitssätze« publizierte. Sie zeigten, dass es in der Mathematik immer Fragen geben *wird*, die weder bewiesen noch widerlegt werden können! Kein irgendwie relevantes mathematisches System kann sowohl konsistent als auch vollständig sein. Schlimmer noch: Systeme können nicht einmal ihre eigene Konsistenz beweisen. Mit unendlich vielen Affen oder Computern bzw. unendlich viel Zeit könnte man zwar das Gesamtwerk Shakespeares reproduzieren, aber leider nie sämtliche mathematischen Rätsel lösen. Demnach gibt es keine unwiderlegbaren Wahrheiten, die die Grundlagen der Mathematik von irgendeinem anderen Spiel mit Regeln unterscheiden. Die meisten Mathematiker schämen sich dafür so sehr, dass sie nicht gern darüber reden. In etwa so wie jemand, der über eine unangenehme Wahrheit stolpert und sich schnell aus dem Staub macht, als wäre nichts geschehen.

tl;dr: *Philosophisch betrachtet, gibt es zwischen Dichtung und Mathematik keinen großen Unterschied. Außerdem sind unendlich viele Affen am Ende doch ziemlich nutzlos.*

SITZUNG 94

DIE PARADIGMENWECHSEL DES GRÖSSENWAHNS

Als Mensch muss man seinen Größenwahn regelmäßig mit den aktuellen Erkenntnissen der Wissenschaft und dem allgemeinem Zeitgeist abgleichen und dabei einen Paradigmenwechsel nach dem anderen vollziehen. Hier ein kurzer Überblick über einige Ansichten, die die Menschheit im Laufe der Zeit aufgeben musste:

Unser früherer Glaube	**Unser jetziges Wissen**	**Der Schuldige**
Die Erde ist der Mittelpunkt des Universums.	Die Sonne ist der Mittelpunkt unseres Sonnensystems, und die Erde dreht sich um sie.	Nikolaus Kopernikus
Gott schuf den Menschen nach seinem Bilde.	Menschen und Affen haben gemeinsame Vorfahren.	Charles Darwin
Wir haben die Kontrolle über unsere Gedanken.	Die Kindheit macht jeden kaputt.	Sigmund Freud

Wir sind die Herren unserer Schöpfungen/ Werkzeuge.	Unsere Schöpfungen machen aus uns, was wir sind.	Friedrich Kittler & Marshall McLuhan
Wir sind freund- liche und mit- fühlende Wesen.	Unter den »richtigen« Machtstrukturen (sprich Menschen mit weißen Kitteln) tun wir so ziemlich alles.	Stanley Milgram
Eine Maschine wird dem Men- schen nie über- legen sein.	Schachcomputer ver- sohlen dem Menschen den Hintern.	Deep Blue von IBM
Man muss jeman- den berühren, um guten Sex mit ihm zu haben.	Virtuelle Erfahrungen sind besser als echte.	HD Virtuelle Realität*
Das menschliche Bewusstsein ist magisch und einzigartig.	Bewusstsein kann von einem Computer leicht reproduziert werden.	Die Singula- rität*
Der Mensch ist das klügste Wesen unserer Galaxie.	Der Mensch ist das Schnabeltier unserer Galaxie.	Erster Kontakt*
Wir können nie schneller als die Lichtgeschwin- digkeit sein. Zeitreisen sind unmöglich.	Dein zukünftiges Ich wird in die Gegenwart zurückreisen und dich wegen deiner unge- sunden Lebensführung verhauen.	Überlicht- geschwindig- keit-Zeitreise*

* Kommende Paradigmenwechsel. Bleib dran!

tl;dr: Du bist großartig. Zumindest warst du großartig, aber seit ich diesen Satz begonnen habe, weiß ich immer mehr von dir und finde dich mittlerweile ziemlich langweilig.

SITZUNG
95

FAKTENSAMMLUNG KARL POPPER

Nationalität: Österreich
Zeitraum: 1902 bis 1994
Einfluss:
Groupies: Paul Feyerabend, Friedrich Hayek, George Soros

Beste Idee Falsifizierbarkeit. Popper wollte beweisen, dass die Größe der Wissenschaft nicht im Beweisen von Hypothesen über die Welt liegt, sondern darin, sie zu falsifizieren, sprich zu widerlegen. Die Wissenschaft wendet das induktive Verfahren an, also: Beobachtungen > Muster > Hypothesen > Versuche. Gesetzmäßigkeiten, die man durch Induktion gewonnen hat, können nie bewiesen, sondern nur widerlegt werden. Behauptet man, dass alle Schwäne weiß sind, kann man nie sicher sein, dass es nicht doch einen schwarzen Schwan gibt - egal, wie viele weiße Schwäne man findet. Aber bereits ein einziger schwarzer Schwan beweist, dass das »Schwanengesetz« falsch war. Die Wissenschaft kann und wird uns nie Wahrheiten liefern, sondern nur Hypothesen. Demzufolge muss alles, was Wissenschaft ist, als inkorrekt nachgewiesen werden können. Was nicht falsifiziert werden kann, ist nur ein Mythos, eine Doktrin oder eine Religion.

Anekdote Als junger Mann war Popper Marxist und Mitglied der Kommunistischen Partei Österreichs. Nachdem 1919 acht seiner Freunde bei einem Aufruhr, den die Partei angezettelt hatte, von der Polizei getötet wurden, beklagte sich Popper bei der Parteispitze über die Folgen ihrer Aktion. Die Parteiführer beschieden ihm nüchtern, dass es bei einer Revolution unvermeidlich zu Toten komme. Popper war anderer Meinung, wandte sich vom Marxismus ab und stand bis an sein Lebensende für politische Toleranz und Liberalismus ein.

Zitate

»Immer wenn man das Paradies versprochen hat, wurde es die Hölle.«

– *Wer hingegen anderen die Hölle auf Erden verspricht, hält meist Wort.*

»Eine Theorie, die alles erklärt, erklärt nichts.«

– *Während eine Theorie, die nichts erklärt, den Astrologen vorbehalten ist.*

»Kein rationales Argument wird einen rationalen Effekt auf einen Menschen haben, der kein rationales Verhalten an den Tag legt.«

– *Obwohl man Argumenten, die auf reiner physischer Gewalt beruhen, nicht gänzlich ihre Überzeugungskraft absprechen kann.*

SEIN BADEZIMMER

1. Karl-Marx-Dartscheibe: Popper prangerte den Marxismus an.
2. Schürhaken: Wurde von Wittgenstein mit einem bedroht.
3. Mauseloch: Er war ein großer Verfechter einer offenen Gesellschaft.
4. Bücher: Wie sein Vater, der zwischen 12000 und 14000 Bücher besaß, war auch er sehr bibliophil.
5. Schrank: Er machte eine Lehre als Tischler.
6. Doktorurkunde: Popper hatte einen Doktortitel in Psychologie.
7. Neuseeländische Flagge: Während des Zweiten Weltkriegs nahm er in Neuseeland einen Lehrauftrag an. Dort lebte er neun Jahre und schrieb »Die offene Gesellschaft und ihre Feinde«.
8. Figur in der Popkultur: Papa Schlumpf. Beide waren hochangesehene Anführer, klug, friedlich, tatkräftig und bis ins hohe Alter geistig aktiv. Popper schrieb bis kurz vor seinem Tod mit 92 an seinen Werken (Papa Schlumpf ist übrigens 542, falls sich das jemand fragt). Beide lebten in einer luxuriösen, grünen und etwas langweiligen Utopie. Bei Papa Schlumpf war es das Land der Schlümpfe, bei Popper Neuseeland.

tl;dr: *Der österreichische Philosoph Karl Popper wurde berühmt, weil er nachwies, dass Wissenschaft falsifizierbar sein muss, und weil er darauf bestand, dass alle Fußnoten gelesen werden sollen.**

* Sehr gut! Du begreifst schnell, junger Padawan …

NEUE ANSTÖSSE IN DER WISSENSCHAFT … »PARADIGMENWECHSEL« UND »ALLES IST ERLAUBT«

SITZUNG 96

Viele haben die Vorstellung, dass Wissenschaftler zusammenarbeiten wie eine Bande Studenten: Jeder kippt seine wissenschaftlichen Erkenntnisse in die große Bowle, damit sie am Ende mit Hilfe des starken Gesöffs alle gemeinsam das Mädchen mit Namen Wahrheit rumkriegen. Der Physiker Thomas S. Kuhn versuchte jedoch zu zeigen, dass Wissenschaftler eher wie eine Gruppe rivalisierender Burschenschaftler vorgehen: Jeder, der etwas Neues entdeckt, versucht, das aktuell gültige Paradigma vom Barhocker zu schubsen, damit er sich allein an die attraktive Kommilitonin ranmachen kann. Man denke an Newtons Gravitationsgesetz und Einsteins Relativitätstheorie. Aus der Ferne sieht es so aus, als wäre Newton schon da gewesen und Einstein hätte einfach nur seine Ideen verbessert. Kuhn argumentierte aber, dass die beiden Theorien überhaupt nicht vergleichbar sind. Für Newton waren Raum und Zeit absolut und unveränderlich. Bei Einstein aber sieht es komplett anders aus, für ihn kann der Raum gekrümmt werden und die Zeit tickt nicht überall gleich, sondern hängt von Masse und Geschwindigkeit ab.

Der Wechsel von einer Schule (Newtonianismus) zur anderen (Allgemeine Relativitätstheorie) erhöht nicht die Stärke der allgemeinen Wissensbowle, sondern es wird eher die Schüssel ausgetauscht. Kuhn lieferte sogar Beispiele dafür, dass schlechte Theorien für einige Zeit die Oberhand behielten, weil sie zum Beispiel ästhetisch attraktiver waren. Max Planck, einer der wichtigsten Physiker des 20. Jahrhunderts, schrieb: »Eine neue wissenschaftliche Wahrheit pflegt sich nicht in der Weise durchzusetzen, dass ihre Gegner überzeugt werden und sich als belehrt erklären, sondern dadurch, dass die Gegner allmählich aussterben …« Kuhn prägte den Begriff des »Paradigmenwechsels«, um dies auf den Punkt zu bringen. Wissenschaft ist wie die Diskussionsseite bei Wikipedia zum Thema »Schutzimpfung«: Ständig neue Einträge, viel Verarschung und keinerlei Hoffnung auf eine für alle zufriedenstellende Antwort.

Paul Feyerabend, ein Student von Karl Popper und Freund von Thomas S. Kuhn, trieb diesen Gedanken noch weiter und behauptete, dass bei der wissenschaftlichen Methode wie bei der Dichtung »alles erlaubt sei«. Jede Methode ist demnach nur ein zeitweiliges Gefüge, das sich den Bedürfnissen der Gemeinschaft anpasst, die letztlich entscheidet, was »wissenschaftlich« ist und was den definierten Standards nicht entspricht. Ein prominentes Beispiel hierfür ist Galileo Galilei, der fast hingerichtet wurde, weil er dem normalen wissenschaftlichen Diskurs die Stirn bot und die Vermutung wagte, die Erde drehe sich um die Sonne.

Feyerabend sagte zudem, dass Theorien nicht durch Experimente falsifiziert würden, wie Popper glaubte, sondern unabhängig davon, wie viele Beweise bereits für ihre Falschheit existieren, eher aus der Mode kommen. Wer veraltete Meinungen vertritt und diese nicht widerruft, hinterlässt einen lächerlichen Eindruck, wird nicht mehr auf Partys eingeladen und gibt sie schließlich zugunsten des modernen »Zeitgeists« auf. Wie die Geschichte wird auch die Wissenschaft von den Siegern geschrieben. Nicht der klügste und wissenschaftlich strengste Junggeselle bekommt das Mädchen, sondern derjenige, der den größten Einfluss (und am meisten Schnaps) hat, um seine Position zu verteidigen. »Zuerst ignorieren sie dich, dann lachen sie über dich, dann bekämpfen sie dich, und dann gewinnst du«, wie Mahatma Gandhi es ausdrückte.

tl;dr: *Im Hinblick auf die Wissenschaft übersehen wir oft den sozialen Aspekt. Wie die Vergangenheit zeigt, ist in der Wissenschaft alles erlaubt – und Wissenschaftler erlauben einander nichts.*

DAS ABC DES BEWEISENS

SITZUNG 97

Jeder kennt den berühmten Pazifistenspruch: »Stell dir vor, es ist Krieg, und keiner geht hin.« Seine Absurdität und Tragikomik rühren daher, dass man beim Krieg nicht einfach mal vorbeischauen kann, sondern dass er herrscht und die Beteiligten ihm nicht entrinnen können. Genauso tiefgreifend, aber weniger brutal sind in der Regel neue wissenschaftliche Entdeckungen. Gelingt einem Wissenschaftler in seiner Disziplin eine bahnbrechende Erkenntnis, bringt er sie möglichst rasch unters Volk, um alle verfügbare Anerkennung und sämtliche Forschungsmittel zu bekommen.

Sobald jemand eine Entdeckung macht, ist ihre Akzeptanz also nur eine Frage des Marketings? Nicht im Fall der ABC-Vermutung. Hier die Geschichte: Der Japaner Shinichi Mochizuki von der Universität Kyoto ist ein hochangesehener Professor für Mathematik. 2012 veröffentlichte er ein 500-seitiges Papier und behauptete, damit eines der fundamentalsten Probleme der Mathematik gelöst zu haben. Es geht um die ABC-Vermutung, deren Beweis ein Erdbeben in der Mathematik auslösen würde, denn als Konsequenz wären viele andere Theorien automatisch bewiesen, an denen Mathematiker schon seit langer Zeit scheitern. Für viele Mathematiker ist dieser Beweis genauso wünschenswert wie für einen Achtjährigen ein lebenslanger Vorrat an Limonade und Kuchen.

So weit, so gut. Das Problem ist aber leider, dass die Mathematik, die Mochizuki zum Beweis der Vermutung anwandte, so neu und kompliziert ist, dass sie niemand versteht. Was soll man bei aller Liebe aber auch anderes erwarten, wenn auf der Titelseite etwas von der »Höheren Teichmüller-Theorie« steht? Wir reden hier nicht über die Bild-Zeitung. Dieser Schwebezustand hält nun schon seit einigen Jahren an und brachte sogar den normalerweise zurückhaltenden japanischen Forscher dazu, sich folgendermaßen zu äußern: »Es ist ein wenig enttäuschend, dass niemand aufgetaucht ist, der meinen Beweis für richtig oder falsch befunden hat.«

Die Frage ist also, ob eine bahnbrechende Wahrheit etwas zählt, wenn niemand sie versteht. Wahrheit hängt wie alles andere auch von sozialen Konstrukten ab. Eine wissenschaftliche Theorie muss wie ein Angeklagter von Gutachtern beurteilt werden. In der Wissenschaft nennt man diesen Prozess Gutachterverfahren. Doch im Fall von Mochizuki gibt es keine Fachleute, die über genügend Intelligenz/Zeit/Engagement verfügen, um seine Arbeit zu überprüfen und zu verkünden, ob sie wissenschaftlich gut genug ist oder nicht.

Damit sind wir auch schon beim nächsten Problem. Jahr für Jahr werden unsere Maschinen immer schneller und klüger, und es ist davon auszugehen, dass es bald künstliche Intelligenz gibt, die permanent neue Hypothesen ausspuckt. Was aber, wenn wir einfach zu blöd sind, uns untereinander zu einigen, wann deren Erkenntnisse richtig sind? Das ist nicht an den Haaren herbeigezogen, sondern vielmehr schon Realität, wenn man etwa den Vier-Farben-Satz als Beispiel nimmt. Bei ihm handelt es sich um das erste größere Theorem, das 1976 mit einem Computer bewiesen wurde, da ein Mensch Millionen von Stunden bräuchte, um den Beweis nachzurechnen. Bis heute tun sich viele Mathematiker schwer anzuerkennen, dass der Vier-Farben-Satz bewiesen ist.

tl;dr: *Wissenschaftliche Wahrheiten sind wie Demonstrationsaufrufe, sie gelten nur als erfolgreich, wenn auch jemand mitgeht.*

SITZUNG 98

DIE KOPFNUSS, DIE IMMER EINEN SCHRITT VORAUS IST

Viele griechische Denker waren geradezu besessen von Rätseln und Paradoxien. Einer der bekanntesten Vertreter ist Zenon von Elea, der mit seinen Paradoxien Generationen von Philosophen in Verwirrung gestürzt hat. Sein berühmtestes Paradox ist das von Achilles und der Schildkröte. Es funktioniert so: Achilles und die Schildkröte verabreden sich zu einem Wettrennen. Da Achilles schneller als die Schildkröte ist, gibt er ihr einen Vorsprung. Das Rennen beginnt, und wie erwartet ist Achilles recht schnell an der Stelle angekommen, an der die Schildkröte loslief. Währenddessen jedoch ist die Schildkröte schon ein wenig weiter gekommen. Diese Strecke legt Achilles zwar im Handumdrehen zurück, doch wieder ist auch die Schildkröte ein Stückchen weiter gelaufen. Laut Zenon wiederholt sich dies unendliche Male, so dass Achilles das langsame Reptil nie überholt.

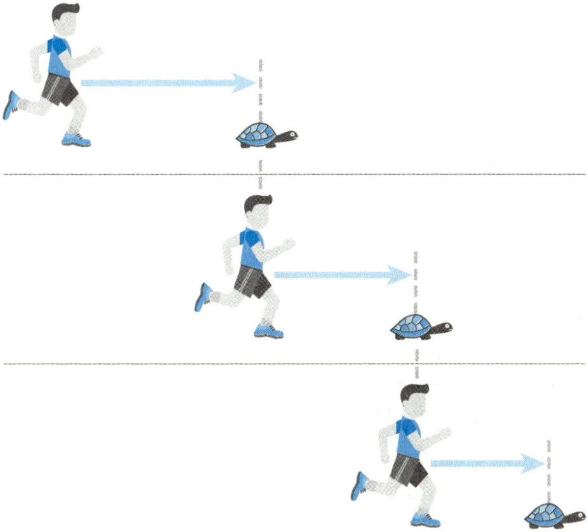

Wird die Schildkröte tatsächlich immer einen kleinen Vorsprung behalten? Oder holt Achilles sie irgendwann ein? Und wenn ja, wieso? Denk darüber nach, die Antwort gibt es in der nächsten Sitzung.

tl;dr: *In Zenons Paradoxon bestreiten Achilles und eine Schildkröte ein Wettrennen. Mit jedem Schritt kommt Achilles näher, doch in der Zwischenzeit ist auch die Schildkröte ein Stück weiter gelaufen. Holt er sie je ein? Oder haben die Schildkröte und Lance Armstrong denselben Arzt?*

SITZUNG 99

DIE LÖSUNG VON ZENONS PARADOX

Als Kinder waren wir alle gern auf dem Spielplatz und sind hinter einem langsameren Kind hergejagt, bis wir es eingeholt haben. Intuitiv ist uns klar, dass Achilles die langsame Schildkröte irgendwann einholen wird. Wo aber liegt Zenons Fehler? Vermutlich für viele überraschend, dauerte es zwei Jahrtausende, bis die Mathematiker die vollständige Lösung gefunden hatten. Das ist deutlich mehr, als die Lebenserwartung der rüstigsten Schildkröten beträgt.

Der Fehler = Eine unendliche Aufsummierung kann dennoch ein endliches Resultat haben!

Die Führungsposition der Schildkröte ist endlich, sofern Achilles schneller als sie rennt. Wer schneller ist als der andere, wird diesen einholen. Die Frage ist nur, wann. In dem Paradox geht es um eine endliche Führung, die unendlich oft geteilt wird. Indem die Führung in immer kleinere Abstände geteilt wird, wird sie nicht größer. Man kann ein Stück Kuchen immer wieder aufteilen, bekommt dadurch aber nicht mehr Kuchen. Stattdessen werden einfach die Stücke immer kleiner.

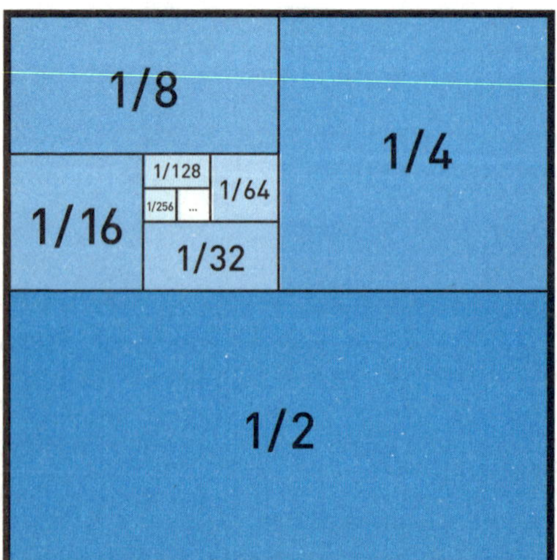

Eine gute Illustration ist das unten abgebildete Quadrat, mit dem die Führung der Schildkröte dargestellt wird.

Mit jedem Schritt von Achilles wird die Führung halbiert: $\frac{1}{2} + \frac{1}{4} + \frac{1}{8}$ ... Man kann die endliche Fläche in unendliche viele weitere Teilbereiche aufteilen, aber während diese weiter halbiert werden, wird das Quadrat nicht größer. Die Schildkröte verliert ihre Führung, wenn die Reihe an einem Punkt zusammenläuft: $\frac{1}{2} + \frac{1}{4} + \frac{1}{8} ... = 1$. An diesem Punkt überholt Achilles die Schildkröte und schreit: »Ich seh dich dann im Ziel, Reptil!«

Es gibt viele weitere merkwürdige, Kopfschmerzen verursachende Beispiele dafür, wie kompliziert Unendlichkeit ist. Interessenten können wir Hilberts Hotel oder die Kontinuumshypothese von Georg Cantor empfehlen, die wie bei Bankkonten zu der Erkenntnis führen, dass manche Unendlichkeit größer als die andere ist! Man kann ewig dafür brauchen, um an den Anfang der Unendlichkeit zu kommen, aber auch das ist eine Frage des Standpunkts.

tl;dr: *Die Unendlichkeit sollte man nicht auf die leichte Schulter nehmen. Zudem ist sie vermutlich der Grund, warum Schildkröten nicht mehr an Wettrennen teilnehmen.*

DAS WISSENSCHAFTLICHE SPEKTRUM AKZEPTABLEN WISSENS

SITZUNG 100

Ist es nicht merkwürdig, dass es bei manchen Themen in Ordnung ist, keine Ahnung zu haben, bei anderen aber inakzeptabel? Man kann sagen, man sei in Mathematik die totale Niete gewesen, und erntet ein solidarisch-kumpelhaftes Schulterklopfen, aber wer preisgibt, dass er Goethe nicht kennt und nicht weiß, warum Meteoriten immer in Kratern landen, muss mit einem härteren Urteil rechnen. Hier ein Überblick darüber, was man wissen muss, was man nicht wissen muss und über die Grauzonen dazwischen.

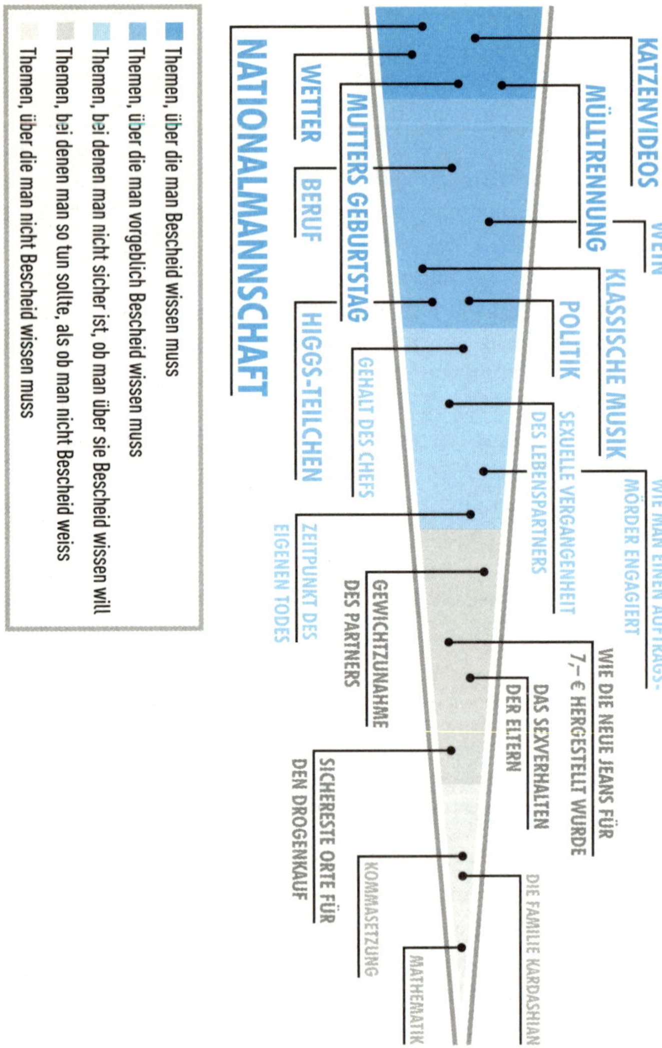

tl;dr: *Muss man sich für ein Thema entscheiden, worin man sich nicht auskennt, sollte man sich für königliche Hochzeiten entscheiden. Kennt man die kommenden Lottozahlen, sollte man sie für sich behalten.*

SEMESTER
ENDE

Abschlusstest

BIST DU BEREIT, EIN ZERTIFIZIERTER (KLO-)PHILOSOPH ZU WERDEN?

Hallo, liebe Studenten und liebe Studentinnen! Ihr habt alle 100 Sitzungen absolviert. Herzlichen Glückwunsch zu eurem Durchhaltevermögen. Wir haben zusammen gelacht, zusammen gelernt, wir wurden von der Philosophie gleichermaßen erleuchtet und frustriert und sind nun beim großen Abschlusstest angekommen. Würdest du beim Wissenslimbo wie Schrödingers Katze scheitern oder wie Pawlows Hunde dein Expertentum demonstrieren? Wir werden es herausfinden.

Für jede korrekte Antwort bekommest du einen Punkt. Von den insgesamt 30 Fragen musst du mindestens die Hälfte korrekt beantworten, um den offiziellen Titel eines (Klo-)Philosophen verliehen zu bekommen. Gelingt dir das, gehört die Urkunde am Ende des Buchs dir. Füll sie aus, rahm sie ein und häng sie in deinem WC auf. Anschließend kannst du sie bei jeder Sitzung bestaunen und stolz auf dich sein. Scheiterst du, solltest du dich schämen, dass du so wenig aufgepasst hast. Aber du kannst jederzeit wieder von vorn beginnen. Nimm deinen verletzten Stolz als Ansporn, und fang bei Kapitel 1 wieder an!

Viel Erfolg!

1. Welche der folgenden Aussagen ist ein Paradox?

- ☐ »Ich sage immer die Wahrheit«, sagte der Lügner.
- ☐ Nur einen Löffel zu haben, wenn man ein Messer braucht.
- ☐ Es herrschte ohrenbetäubendes Schweigen.
- ☐ Vielleicht regnet es morgen, vielleicht auch nicht.

2. Wofür braucht man Ockhams Rasiermesser?

- ☐ *Körperpflege*: Zum Rasieren von Ockham.

- ☐ *Präzision*: Für ein schneidendes Argument, das keine Zweifel offenlässt.
- ☐ *Einfachheit*: Die Theorie mit weniger Annahmen ist vorzuziehen.
- ☐ *Ästhetik*: Für das Entfernen der hässlichen Bestandteile einer Theorie.

3. Welcher der folgenden Sätze ist ein Beispiel für ein Urteil a priori nach Kant?

- ☐ Wissen, das nur Kant versteht. Beispiel: ziemlich alles.
- ☐ Wissen, das auf Erfahrung basiert. Beispiel: 27 % aller Witwer töteten ihre Gattin.
- ☐ Wissen, das der Erfahrung widerspricht. Beispiel: Die Gattin täuschte ihren Tod zum Spaß vor.
- ☐ Wissen, das von der Erfahrung unabhängig ist. Beispiel: Eine Witwe hat keinen Gatten.

4. Welchen der folgenden Philosophen würde man am ehesten auf einem Friedhof treffen, wo er über die Sterblichkeit nachdenkt?

- ☐ Aristoteles
- ☐ Martin Heidegger
- ☐ Marc Aurel
- ☐ Immanuel Kant

5. Ich sage Hedonismus, und du sagst ...

- ☐ ... Diogenes von Sinope
- ☐ ... Augustinus von Hippo
- ☐ ... Epikur
- ☐ ... Kuraufenthalt

6. Du landest in einer hitzigen Debatte über den Klimawandel. Dabei sage ich: »Wer den Klimawandel nicht anerkennt, lebt auf einem anderen Planeten.« Dies ist ein Beispiel für welchen rhetorischen Fehler?

- ☐ Ad hominem

☐ Zirkelschluss
☐ Ausgewogene Verallgemeinerung
☐ Bauernrhetorik

7. Die berühmte Knobelei »Das Schiff des Theseus« handelt von Identitätsproblemen, weil *was* mit dem Schiff geschah?

☐ Es wurde nicht mehr als Schiff benutzt.
☐ Es wurde von Piraten versenkt.
☐ Alle Teile wurden nacheinander ersetzt.
☐ Es wurde in zwei kleinere Schiffe aufgeteilt.

8. Der hermeneutische Zirkel ist ...?

☐ ... oft schneller als die öffentlichen Verkehrsmittel.
☐ ... der Prozess, bei dem man einen Text als Ganzes und in seinen Einzelteilen versteht.
☐ ... das Studium alter religiöser Texte.
☐ ... was wir meinen, aber nicht sagen.

9. Welcher Philosoph in diesem Buch wird mit Rektor Skinner aus den Simpsons verglichen, weil er sich so streng an Traditionen und Regeln hielt, Lehrmeister war und die Gesellschaft verbessern wollte?

☐ Platon
☐ Aristoteles
☐ Marc Aurel
☐ Konfuzius

10. Was ist mit dem Cheerleader-Effekt gemeint?

☐ Die Leute glauben alles, wenn man es ihnen in Liedform präsentiert.
☐ Je öfter man ein Mantra wiederholt, desto wirksamer wird es.
☐ Gruppen formieren sich in der Regel um einen charismatischen Anführer.
☐ Menschen wirken in der Gruppe meist attraktiver.

11. Laut Deontolgie verhält man sich ethisch, wenn …?

- ☐ … das Handeln positive Konsequenzen hat.
- ☐ … wenn man pflichtbewusst Regeln befolgt.
- ☐ … man eine tugendhafte Person ist (die Ethik folgt automatisch).
- ☐ … man immer nett zu kleinen Kindern ist und Biolebensmittel kauft.

12. Wie kommt man Nietzsches Übermensch näher?

- ☐ Man braucht einen Umhang und eine Ideologie.
- ☐ Man akzeptiert, dass nur Gott der Existenz Sinn verleihen kann.
- ☐ Man akzeptiert, dass es keinen Sinn gibt, und gibt sich seinen eigenen.
- ☐ Man zieht auf den Dachboden.

13. Was ist die Pascalsche Wette?

- ☐ Die Analyse, ob es besser ist, an Gott zu glauben, oder nicht.
- ☐ Die Analyse, ob es besser ist, an einen Gott zu glauben, oder besser, an viele Götter.
- ☐ Die Analyse, ob es besser ist, an Einhörner zu glauben.
- ☐ Die Analyse, ob Gott Sex hasst.

14. Exegese ist …?

- ☐ … das Rezitieren theologischer Texte.
- ☐ … das Ignorieren theologischer Texte.
- ☐ … das Pfeifen theologischer Texte.
- ☐ … das Interpretieren theologischer Texte.

15. »Schönes Auto. Wäre schade, wenn ihm was passiert!« ist ein Beispiel wofür?

- ☐ Hermeneutik
- ☐ Exegese
- ☐ Indirekte Sprache
- ☐ Sarkasmus

16. Laut Popper macht Wissenschaft was aus?

- ☐ Weiße Kittel und Labortechniker
- ☐ Experimente
- ☐ Explosionen
- ☐ Falsifizierbarkeit

17. Was ist das Gettier-Problem?

- ☐ Kann man von Wissen sprechen, wenn es keine richtige Antwort gibt?
- ☐ Kann man von Wissen sprechen, wenn die eigenen Überzeugungen falsch sind?
- ☐ Kann man von Wissen sprechen, wenn die Gründe für die eigenen Überzeugungen falsch sind, das Ergebnis aber trotzdem stimmt?
- ☐ Kann etwas falsch sein, wenn es sich so richtig anfühlt?

18. Wodurch definiert sich laut »Pico de Mirandola« die Menschheit?

- ☐ Rationalismus. Wir sind es, niemand sonst.
- ☐ Bestimmung. Wir haben keine, alle anderen Lebewesen schon.
- ☐ Sterblichkeit. Wir wissen, dass wir es sind, niemand sonst.
- ☐ Macht. Die Ziele rechtfertigen die Mittel.

19. Was meinte Foucault mit seiner »Archäologie«?

- ☐ Unsere Persönlichkeiten sind durch die Zeit beeinflusst.
- ☐ Gräbt man tief genug, sind alle Menschen gleich.
- ☐ Die Philosophie wird aussterben, wie die Dinosaurier.
- ☐ So wie ein Haus ein Fundament hat, gründet sich die Gesellschaft auf Wissen.

20. Laut Marx ist die Geschichte ein Kampf der ...?

- ☐ ... Politiker.
- ☐ ... Stars.
- ☐ ... Memes.
- ☐ ... Klassen.

21. Welcher Autor schrieb, dass Macht den Menschen verderbe und der Zweck die Mittel heilige?

- ☐ Niccolò Machiavelli
- ☐ Marquis de Sade
- ☐ Konrad Clever
- ☐ Jean-Paul Sartre

22. Was ist die Hauptidee des epikureischen Hedonismus?

- ☐ Freude an kleinen Dingen zu finden.
- ☐ Möglichst viel zu konsumieren.
- ☐ Zu lernen, nicht das haben zu wollen, was jeder hat.
- ☐ Sich vom geliebten Menschen zu trennen und keinen Unterhalt zu zahlen.

23. Der Schleier des Nichtwissens führt laut John Rawls zur Überwindung von Vorurteilen bzw. ...?

- ☐ dem Originalprogramm.
- ☐ der ursprünglichen Prämisse.
- ☐ dem wenig originellem Vorschlag.
- ☐ dem Urzustand.

24. Wann unterzeichnen wir alle J.J. Rousseaus Gesellschaftsvertrag?

- ☐ Beim Erreichen der Volljährigkeit.
- ☐ Als Steuerzahler.
- ☐ Beim Akzeptieren der Allgemeinen Geschäftsbedingungen.
- ☐ Fangfrage. Wir unterzeichnen ihn im Grunde nie.

25. Wer regiert in einer Plutokratie?

- ☐ Die Leute mit den größten Waffen.
- ☐ Die Leute mit dem meisten Geld.
- ☐ Die Leute mit den meisten Stimmen.
- ☐ Die Leute, die wissen, was Plutokratie bedeutet.

26. Was ist der Unterschied zwischen der Goldenen Regel und dem Kategorischen Imperativ?

- ☐ Was man anderen antut, muss im Einklang mit den Regeln der eigenen Religion stehen.
- ☐ Was man anderen antut, muss rational erklärbar sein.
- ☐ Was man anderen antut, muss man sich als universelles Gesetz vorstellen können.
- ☐ Was man anderen antut, muss von einem guten Anwalt verteidigt werden können.

27. Wie wird uns die Realität laut Platons Ideenlehre präsentiert?

- ☐ Als Schatten an einer Wand.
- ☐ Als Sonnenschein in unserem Kopf.
- ☐ Als Echos in unserer Höhle.
- ☐ Als Ketten an unseren Füßen.

28. Worin bestehen laut Wittgenstein die Grenzen unserer Welt?

- ☐ In der Sprache.
- ☐ In den Ersparnissen.
- ☐ Im Gesellschaftsvertrag.
- ☐ Im Reisepass.

29. Was ist kein Bestandteil des Münchhausen-Trilemmas?

- ☐ Infiniter Regress.
- ☐ Hypothetische Möglichkeit.
- ☐ Zirkelschluss.
- ☐ Dogmatisches Urteil.

30. Aus wie vielen Schritten besteht die dialektische Methode, und wie heißen sie?

- ☐ Einem: Richtung.
- ☐ Zwei: Du und dein Antagonist.
- ☐ Drei: These, Antithese und Synthese.
- ☐ Vier: Frage, Antwort, Widerlegung und Schlussfolgerung.

Die Antworten findest du am Ende dieser Seite. Und nicht bescheißen!

Richtige Antworten: 1 A, 2 B, 3 D, 4 B, 5 C, 6 A, 7 C, 8 B, 9 D, 10 D, 11 B, 12 C, 13 A, 14 D, 15 C, 16 D, 17 C, 18 B, 19 A, 20 D, 21 A, 22 A, 23 D, 24 B, 25 B, 26 C, 27 A, 28 A, 29 B, 30 C

KLO-UNIVERSITÄT

ZERTIFIKAT

Die Klo-Universität zertifiziert hiermit, dass

____

erfolgreich die Prüfung in Klo-Philosophie abgeschlossen hat.

Mit ___ /30 erreichten Punkten, wurde die Qualifizierung zur Erlangung des offiziellen Titels eines

KLO-PHILOSOPHEN

erreicht.

Dr. K. Clever
Konrad Clever, Präsident

____
Verliehen am

VERGEBEN VON DER · KLO-UNIVERSITÄT ·

Lukas N. P. Egger, Fakultätsdekan

№ 90479

Markus Gabriel
Warum es die Welt nicht gibt

272 Seiten. Gebunden mit Schutzumschlag
ISBN 978-3-550-08010-4
www.ullstein-verlag.de

»Eine großartige Gedankenübung.« *Slavoj Žižek*

Woher kommen wir? Sind wir nur eine Anhäufung von Elementarteilchen in einem riesigen Weltbehälter? Und was soll das Ganze eigentlich?

Die Welt gibt es nicht. Aber das bedeutet nicht, dass es überhaupt nichts gibt. Mit Freude an geistreichen Gedankenspielen, Sprachwitz und Mut zur Provokation legt der Philosoph Markus Gabriel dar, dass es zwar nichts gibt, was es nicht gibt – die Welt aber unvollständig ist. Wobei noch längst nicht alles gut ist, nur weil es alles gibt. Und Humor hilft durchaus dabei, sich mit den Abgründen des menschlichen Seins auseinanderzusetzen.